ハヤカワ・ミステリ

WALTER MOSLEY

流れは、いつか海へと

DOWN THE RIVER UNTO THE SEA

ウォルター・モズリイ

田村義進訳

TOKYO
HAYAKAWA
BOOKS

A HAYAKAWA
POCKET MYSTERY BOOK

DOWN THE RIVER UNTO THE SEA
by
WALTER MOSLEY

Translated by
YOSHINOBU TAMURA
First published 2019 in Japan by
HAYAKAWA PUBLISHING, INC.
This book is published in Japan by
arrangement with
THE THING ITSELF, INC.
c/o THE MARSH AGENCY LTD.
acting in conjunction with
WATKINS/LOOMIS, USA
through THE ENGLISH AGENCY (JAPAN) LTD.

装幀／水戸部 功

マルコムとメドガーとマーティンに

流れは、いつか海へと

登場人物

ジョー・キング・オリヴァー……私立探偵
モニカ・ラーズ……………………ジョーの元妻
エイジア＝デニス・オリヴァー……ジョーとモニカの娘
コールマン・テセラット…………モニカの夫
ブレンダ・ネイプルズ……………ジョーの祖母
ロジャー・フェリス………………ブレンダの友人。大富豪
ナタリ・マルコム…………………ジョーの事件の被害者
グラッドストーン・パーマー……ジョーの友人。刑事
アンリ・トゥルノー………………一級巡査
スチュアート・ブラウン…………弁護士
ウィラ・ポートマン………………新人弁護士
A・フリー・マン（レナード・コンプトン）……活動家、ジャーナリスト
ユージン・ヴァレンス…………警察官。故人
アントン・プラット……………警察官。故人
ラモント・チャールズ……………ブラッド・ブラザーズ・オブ・ブロードウェイのメンバー
ウィリアム・ジェームズ・マーモット……セキュリティ関連業者
オーガスティン・アントロバス……セキュリティ会社経営者
ボブ・エーカーズ…………………下院議員
チェスター・マリー………………犯罪者
エフィー・ストーラー……………元売春婦
メルカルト・フロスト……………時計職人。元犯罪者

1

モンタギュー通りの眺めは、三階より二階の窓からのほうがいい。二階からなら、通りを行き交う勤め人の顔に刻まれた皺《しわ》まで見ることができる。彼らはそこに立ち並ぶ洒落た店や銀行から次第次第に縁遠くなりつつある。わけても新参の事業者は、土砂から砂金を選り分ける探鉱者のようなもので、百万ドルのコンドミニアムに住み、高級ブランドの服を身に着け、フランス料理店で食事をし、一本百ドルのワインをあける一握りの富裕層しか相手にしない。

十一年前、このオフィスを借りたときには、古本屋や古着屋が何軒もあったし、ブルックリン・ハイツの失業者の群れを腹いっぱいにするファーストフード店も多かった。そんなときに、クリストフ・ヘールという男から更新可能な二十年契約で部屋を貸すという話を持ちかけられた。息子のレイフ・ヘールが誘いを断わられたというだけで女性に残忍な暴力行為を加えた事件を、グラッドストーン・パーマーという刑事が揉み消してやったからだ。

その三年後、レイフはまた別の暴力事件を起こし、故殺罪で刑務所にぶちこまれた。だが、それはわたしとはなんの関係もない。賃貸契約はそのときすでに発効していた。

母方の祖母がよく言っていたように、ひとには応分のおさまりどころというものがある。

十三年前には、わたしも刑事だった。わたしなら、レイフを最初の暴行事件のときに刑務所にぶちこんでいただろう。もちろん、ほかの者がどう考えるかはわからない。誰もが同じルールに従っているわけではない。法は、そのどちら側にいる者にとっても、応用のきくものであり、その度合いは状況や人柄、そしてもちろん富の有無によって変わる。

　当時のわたしの女性に関する問題は性欲だった。微笑まれたり、ウインクをされただけで、ジョー・キング・オリヴァー一級刑事は、任務や決まりや誓約や常識を忘れ、一陣の風や、うまいビールや、流行りすたりの激しい街区と同じ一過性のものに飛びついたり、ほのめかしに引っかかってしまっていた。

　この十数年間は以前ほど性的衝動の影響を受けていない。もちろん、いまでも女性は美しく、称賛に値するものだと思っている。けれども、前回、本能のままに動いて大やけどをしたため、わたしの女癖の悪さは大幅に改善されていた。

　その女の名前はナタリ・マルコム。ハスキーな声、目から鼻に抜けるような利発さ。そこには往年の大女優の新人時代を思わせるものがあった。タルーラ・バンクヘッドの現代版といったところだろう。その仕事を携帯電話で伝えてきたのは、わたしの通信指令係であるグラッドストーン・パーマー刑事だ。

「簡単な仕事だ、ジョー」と、グラッドは言った。

「それで捜査課長に恩を売ることもできる」

「でも、おれには埠頭の仕事がある。リトル・エクセターはいつも水曜日に動く」

「ということは次の水曜日にも、その次の水曜日にも動くってことだろ」

　グラッドストーン・パーマーはポリス・アカデミーの同期生だ。アイルランド系の白人で、わたしの肌は濃い褐色だが、それがふたりの友情に影響を与えることはなかった。

「いいところまで来ているんだ、グラッド。あとちょっとで尻尾をつかめるんだ」

「それはけっこうなことだ。でも、ベネットは肺を患って入院しているし、ブルースターは五回の仕事のうち二回はかならずドジを踏む。いずれにせよ、あんたは今年あと二、三ポイント稼いでおく必要がある。埠頭の仕事に時間をとられて、逮捕件数はノルマの半分にも達していない」

たしかにそのとおりだ。法は曲げられるが、数字は動かない。刑事としてのキャリアは、逮捕した犯罪者、有罪が確定した事件、回収した盗品、事件の解決に結びついた捜査などの数によって決まる。わたしはいま大きな仕事《ヤマ》を抱えているが、完全に片がつくのは一年後になるかもしれない。

「容疑は？」わたしは訊いた。

「自動車の窃盗だ」

「窃盗団のアジトにひとりで行けと言うのかい」

「ナタリ・マルコムという女だ。アッパー・イーストサイドに住むトレモント・ベンディクスのベンツを盗んだ」

「女？」

「上部からのご下命なんだ。ベンディクスには友人がいるってことだろう。その女はパーク・スロープにひとりで住んでいて、車は家の前にとまっている。あんたがしなきゃならないのは、ベルを鳴らして、手錠をかけることだけだ」

「令状は？」

「署で受けとってくれ。いいか、キング……」

大事なことを言おうとしているとき、グラッドはいつもミドルネームを使う。

「なんだい」

「抜かるなよ。詳細は追ってメールで知らせる」

ナタリ・マルコムの家の前には、パープルのベンツがとまっていた。ナンバープレートは聞いていたものと同じだった。

わたしは玄関のドアに目をやった。その両脇には大きな窓があり、どちらにも黄色いカーテンがかかっている。そのときは赤子の手をひねるようなものだとタカをくくっていたことを覚えている。

ベルを鳴らしてから一分後にドアが開いた。「なんでしょう」

霧の向こうからわたしを見つめているような黄褐色の目。赤毛、その他もろもろ——まさしくタルーラ・バンクヘッド。

わたしの祖母は古い映画が好きで、ロワー・マンハッタンの老人ホームに面会にいったときには、いつもいっしょにTCMテレビで昔のラブストーリーやコメディを観ている。

「ミズ・マルコム？」

「そうですけど」

「わたしはオリヴァー刑事。逮捕状が出ている」

「なんですって」

わたしは革のケースを取りだして、バッジと身分証明書を見せた。ナタリはそこに目をやったが、そのときどんな表情をしていたかは覚えていない。

「トレモント・ベンディクスはきみに車を盗まれたと主張している」

「まあ」ため息をつき、小さく首を振る。「お入りになって、刑事さん。さあ、どうぞ」

いまここで身柄を拘束することもできた。最高裁判所が保証した被疑者の権利を述べて、手錠をかけるだけでいい。けれども、これはなんの手間もかからない簡単な逮捕案件であり、相手はか弱い女性で、あきらかに動揺している。いずれにせよ、リトル・エクセター・バレットとシー・フロッグ号の船長との接触はすでにすんでいる。この次ヘロインが入ってくるのは何日も先のことになる。

わたしは警察官としての節度をわきまえている。忍耐力は何ヤードもあり、手荒になるのは我が身の危険を感じたときだけだ。相手が取りおさえられて拘束されたあと、殴る蹴るの暴行を加えるようなことは間違ってもしない。

「いまお出しできるのはお水だけなの。荷造りをすませたあとなので」

居間は荷物の山で足の踏み場もなかった。段ボール箱、ぎゅう詰めのダッフルバッグ、本、コンピューター、鉢植えの植物……

「ここでいったい何が始まろうとしているんだい」わたしは自分のために用意されたセリフを読みあげるように言った。

「こんな仕打ちをしておいて、トレモントはわたしが車を盗んだと言ってるのよ」

ナタリは光沢のある薄いグリーンの部屋着姿で、その下には何も着ていない。最初はそこにあまり注意を払っていなかった。注意を払うようになったときも、まだ仕事のことだけを考えていた。

「どういうことかわからないが……」

「これまでの三年間、トレモントはここの家賃を払って、ベンツを使わせてくれていた」黄褐色の瞳は電灯の下で金色になっている。「でも、つい先日、奥さんに離婚すると脅されて、わたしをここから追いだし、車をアップタウンのガレージに戻せと言ってきたの」

「なるほど」

「だから、引っ越さなきゃならないのよ……あなたのお名前は、刑事さん」

「ジョー」

ナタリが微笑み、媚びを売るように肩をくねらせたとき、われわれの束の間の関係は〝手錠〟から〝ベッド〟にかたちを変えていた。

ベッドでのナタリは素晴らしかった。キスの仕方を知っていた、それはわたしにとってもっとも重要なことだ。何度もキスをされたり、したりしないと、その気になれないのだ。ナタリはそのことを本能的に知っていた。それで、われわれは昼下がりから夕方までの時間をいっぱいに使って、刺激的なキスの方法と場所を見つけだすことに勤《いそ》しむことになった。

ナタリは被害者だ。それは目のなかに見てとれたし、声のなかに聞いてもとれた。逮捕状はお門《かど》違いというものだ。男は愛人の住まいの家賃を払い、車を自由に使わせていた。としたら、その車を男のガレージにかえしにいけと言うほうが間違っている。

報告書は明日の朝作成すればいい。そのあと、本物の犯罪が起きようとしている埠頭の仕事に戻ろう。

目を覚ましたとき、当時わたしの妻だったモニカ・ラーズはすでに起きていて、自分と六歳の娘のエイジア＝デニス・オリヴァーのために朝食をつくっていた。コーヒーの香りが漂ってくる。前日のキスの記憶がよみがえる。わたしの背中の、自分では手が届かないところへのキス。勤務時間が終わると、わたしはナタリの家を出た。そして、署でシャワーを浴び、服を着がえて、遅めの夕食に間にあうように帰宅したのだった。

ベッドのなかでしばらくうとうとしたあと、満ち足りた気分で息を深く吸ったとき、玄関のベルが鳴った。

わたしのクイーンズの自宅の寝室は二階にあり、この日の出勤は午後からでよかった。服も着ていなかったし、とても疲れていた。いずれにせよ、玄関のベルにはモニカが対応してくれる。

小さく伸びをする。わたしは家族を心から愛している。この世界一の都市に存在する最大のヘロインの密売組織を独力で叩きつぶすことができたら、警部への昇進も夢でなくなる。

「ジョー！」モニカが一階の玄関の間から大きな声で呼んだ。

「なんだい」

「ポリス！」

警察官の妻が決して口にしない言葉のひとつが〝ポリス〟だ。犯罪者や犯罪の被害者はその言葉をよく使う。警察官も犯罪者の後頭部にリボルバーを突きつけたときに使う。市長もそう言うし、新聞もそう書く。だが、警官の妻が〝ポリス！〟と叫ぶのは、わたしの黒人の祖母が元小作人の夫に〝玄関に黒ん坊が来てるわよ〟と口走るに等しい。

なんらかの問題が生じ、モニカが警告を発したことはわかっていた。それがわれわれの結婚生活のなかでの彼女の最後の愛情の証《あか》しであり、自分が望みうる普通の市民生活の終わりの先触れであったことを知るすべはなかった。

逮捕されたあと、組合がさしむけてくれた弁護士が検事から聞いた話だと、ナタリ・マルコムの家の玄関のドアの横に、〝防犯カメラ作動中〟と記された小さなステッカーが貼ってあったらしい。つまり、プライバシーはなかったということだ。

「ミズ・マルコムは刑務所に行くか、フェラチオをするかと迫られたと言ってるわ」とジンジャー・エドワーズは言った。

ライカーズに収監されて三十九時間しかたっていないのに、わたしはすでに四人の囚人に襲われていた。右の頬には、開いた傷からの出血をとめるための白い絆創膏が貼りつけられている。

相手も鼻とナイフを持った手がつぶれたが、傷跡はわたしのほうが長く残るだろう。

「嘘っぱちだ」と、わたしはジンジャーに言った。

「わたしはビデオテープを見たのよ。彼女は微笑んでいなかった」

「彼女がおれにキスをしていたときはどうだ」

「そのようなところは映っていない」

「つまり、それは編集されているってことだ」

「検事の意見はちがうわ。その点については検討の余地があるとしても、訴追は避けられない」

　ジンジャーは小柄で、ほっそりしているが、華奢な感じはしない。年は三十代なかば。薄茶色の髪。顔立ちはごく平凡で、二十年前とほとんど変わっていないのではないかと思える。

「それで、どうしたらいいんだろう」

「拘置所から出してもらいたいのなら、罪を認めて司法取引に応じるしかないわね」

「そうしたら、おれはすべてを失うことになる」

「自由以外のすべてを」

「少し考えさせてくれないか」

「検事は強姦罪で起訴するつもりよ」

「あさってもう一度ここに来てくれ。そのときに司法取引のことを話しあおう」

　目も薄茶色だ。その目を少しだけ大きく開いて訊いた。「その顔の傷はどうしたの」

「髭を剃っていたときに切ったんだよ」

　結局、司法取引には応じず、裁判で黒白をつけることにした。その次の二日間で、わたしは六回の暴行を受けた。そのとき、わたしは独房に入れられていたのだが、四日目の朝には、ミンクという名の囚人に鉄格子の扉ごしにバケツ一杯の小便をぶちまけられた。グレーの目、オリーブ色の肌、ちりちりに縮れたブロンドの髪の男だ。

　看守は掃除をしてくれなかった。

　悪臭のなかで、わたしは殺意を持って待った。ミンクは次にやってきたとき、鉄格子の扉に身を乗りだし、臭いを嗅ぐふりをした。だが、五インチほど距離を間違えていた。わたしは飛びかかり、一瞬のうちにチョークホールドをかけた。これまでミンクのような男に対して何度となく使ってきた技だ。そのときは殺すつもりだった。邪魔だてした者も同じように殺すつもりだった。一生刑務所から出られなくなるかもしれないが、ミンクの友人から看守まで誰も二度とわたしの手の届くところに来ることはなくなるだろう。

殺すまえに、看守がやってきた。ミンクの身体をわたしから引き離すためには鉄格子の扉をあけなければならなかった。それで、看守たちとのあいだで大乱闘が始まった。警棒でめった打ちにされることの意味が本当にわかったのはこのときだった。殴られているときは、頭に血がのぼっているので痛みを感じない。だが、夜になると、全身が骨の髄まで痛みだす。

わずか数日のうちに、わたしの心情は警察官から完全に犯罪者のものに変わっていた。落ちるところまで落ちたと思った……だが、そうではなかった。

翌日の午後、服にこびりついた小便の臭いに慣れてきたとき、暴動鎮圧用の防護服に身を固めた四人の看守がやってきて、監房の扉をあけるためのスイッチを押した。わたしは床に押しつけられ、手首と前腕と腰と足首にチェーンをかけられた。そして通路に引っぱりだされ、その先にある部屋に連れていかれた。三人の男が床に固定された金属のテーブルでブラックジャックをすることもできないくらい狭い部屋だ。

わたしは金属の椅子にすわらされ、テーブルと床にチェーンでつながれた。

そのような状態で被疑者を取調べたことはこれまで何度もある。だが、手足を縛られて尋問を受ける者が何をどんなふうに感じるかも、あるいはどのような前向きな会話が期待できるかも、このときまでまったくわかっていなかった。

わたしは身をよじらせたが、前日の傷の痛みのせいで、長くは続けられなかった。

動きをとめたとき、わたしのまわりで、時間が琥珀《こはく》のなかに閉じこめられた蚊のように固まった。聞こえるのは、自分の息づかいとこめかみの脈動の音だけだった。〃服役期間《サービング・タイム》〃という言葉の意味が理解できたのはこのときだった。わたしは虜《サーバント》なのだ。

　絶望的な思いになりかけたとき、背が高くて、〃ハンサム〃と呼ぶ者も多いアイルランド人が部屋に入ってきた。

「グラッドストーン」と、わたしは言った。それは讃美歌だったかもしれない。

「ひどいツラだな、閣下」

「それに小便の臭いもする」

「その点については指摘しないでおくつもりだった」グラッドは言って、テーブルの反対側の金属の椅子にすわった。「電話で聞いたんだが、あんたは受刑者と、ついでに三人の看守を病院送りにしたそうだな。ひとりは鼻の骨を折られ、もうひとりは顎の骨を折られていた」

　わたしは知らず知らずのうちに微笑んでいた。グラッドの目には、わたしの痛みが映っている。

「何があったんだい、ジョー」

「ここは地獄だよ。おれは殴られ、切られ、小便を浴びせられた。なのに、みんな知らんぷりだ」

　通信指令課の刑事グラッドストーン・パーマーは鍛えられた肉体の持ち主で、身長はわたしより二インチ高い六フィート一インチ。いつも微笑んでいる。でなかったら、微笑もうとしている。わたしを見つめ、それから首を振った。

「同情するよ。ここにいるのは野良犬のようなやつばかりだ」

　わたしは訊いた。「あの女の逮捕状にサインしたのは誰なんだい」

「捜査課長からメールが送られてきたんだ。でも、電話でオフィスに問いあわせると、そんなメールは送っていないと言われた」

「おれはあの女に何も強要していない」

「あんたの一物がそれほど大きくも黒くもなかったらよかったんだが。あの女の顔を見たら、どんなに怖がっているか誰にだってわかる」

「ほかにも映っていたものがあるだろ」

「カメラは居間にしか設置されていなかった。そこに映っているものがすべてだ」

ナタリが同情を誘う打ちあけ話をしたあと、寝室へ行こうと言ったときのことを、わたしは頭に思い浮かべた。あれは罠だったのだ。

「おれははめられたんだ」

わたしの友人は顔をしかめ、また首を振った。

「おれははめられたんだよ、グラッド！」

三十秒間の沈黙のあと、グラッドは言った。「いいかい、ジョー。そのことを否定するつもりはない。でも、おれたちはみんなあんたの女癖の悪さを知っている。それだけじゃない」

「というと？」

「それが罠だとしたら、じつによくできた罠だってことだ。ビデオテープから本人の供述まで、どこをどうとってもレイプとしか思えない。あんたが髪を引っぱっているところも映ってる」

「そうするように頼まれたんだ」わたしは言った。だが、その言葉が陪審員の耳にどう響くかは推して知るべし。

「ビデオテープに音声は入っていない。映像からだと、やめてくれと頼んでいるように見える」

何か言いたかったが、言うべき言葉が見つからない。

「でも、それが問題というわけじゃない」グラッドは続けた。「問題は拘置所に手をまわし、あんたを葬り去ることができる強力な敵がいるってことだ」

「煙草をもらえないか」

世界でたったひとりのわたしの友人はマールボロに火をつけ、椅子から立ちあがって、口にくわえさせてくれた。わたしは煙を深く吸いこみ、しばらく肺にとどめ、鼻から吐いた。

これほど煙草がうまいと思ったことはない。わたしはうなずいて、もう一服した。

このときのくつろぎは一生忘れないだろう。

「うまく立ちまわらなきゃ、ジョー。ここで罠のことは口にしないほうがいい。弁護士にも黙っていろ。おれがなんとかする。捜査課長にもかけあってみるつもりだ。ツテはある。ここにも知りあいがふたりほどいる。一般棟から隔離棟へ移してもらうよう頼んでおいてやるよ。そこなら安心だ。あとはおれの魔法の効果を待っているだけでいい」

情けない話だが、隔離してもらえるのはじつにありがたかった。

「モニカはどうしてる」わたしは訊いた。「面会に来るよう言ってもらえないか」

「来たくないと言っている、キング。担当刑事のジョスリン・ブライヤーがビデオテープを見せたんだ」

隔離棟に移されたことへの感謝の念は長続きしなかった。房は狭く、薄暗かった。そこには、簡易ベッドと、角張ったアルミのトイレ、そして歩幅二歩半ぶんの床のスペースがあるだけだった。頭を六インチ上にあげると、金属製の天井に当たってしまう。食事は胃がでんぐりがえるくらいまずい。それでも、食事は一日に一回だけなので、腹はつねにすいていた。献立はインスタントのマッシュポテトとコンビーフ・ジャーキー、茹でたサヤ豆、そして週に一回キューブ状のジェロ。

わたしはひとりではなかった。ゴキブリやクモやナンキンムシと同居だった。そして、まわりには同じ独房仲間が何十人もいて、わめいたり、叫んだり、ときには歌をうたったり、大きな音を立てて運動をしたりしていた。

なぜかわたしの名前を知っていて、罵ったり、脅したりする者もいた。

「おまえのカマを掘ってやる。ここを出たら、おまえの女房と娘にも同じことをしてやる」反応したら、相手を喜ばせるだけだ。そのかわり、鉄の留め具がコンクリートの床から取れかかっているのを見つけた。それを押したり引いたりして、八回の食事のあと、ようやく床からもぎとることができた。

擦り切れた毛布を引き破り、長さ九インチの錆びた鉄に巻きつけて取っ手にした。誰かがライカーズの鉄格子の向こうで死ぬことになったとしたら、それはわたしの家族に許しがたいことをしようとしている男だ。

結局、檻の外へ出してもらえることは一度もなかった。無性に新聞や本が読みたかった。そのための明かりもほしかった。隔離棟の独房に閉じこめられていた、このときほど書かれた言葉が恋しかったことはない。小説でも記事でも手紙でもなんでもいい。もちろん、古今東西の知識を満載したコンピューターでもいい。

檻のなかで、わたしはそれまで決してできなかった偉業を成しとげた。禁煙したのだ。そもそも煙草がなかった。禁断症状はほかの多くの耐えがたさのなかにうまくまぎれこんでくれた。

ほかの囚人の不平不満の声は、街のエレベーター内の音楽や、いたるところで耳にする流行歌と同様の背景音になった。

わたしは獄中でつくった鉄の棒をいつも握っていた。誰かがそれで死ぬことになっていた。二週間後に、相手は誰でもよくなっていた。

八十三回の吐き気をもよおす食事のあと、簡易ベッドの上で眠っていたとき、暴動鎮圧用の防護服を着た四人の男が房に入ってきて、すばやく手錠をかけた。穴ぐらのようなところに外からとつぜん光が当たったので、目がくらみ、うろたえ、鉄の棒をつかむことはできなかった。

　どこへ連れていこうとしているのか訊いたが、誰も答えてくれなかった。途中何度か小突かれたが、連中が本気で殴りかかってきたときと比べたら愛撫のようなものでしかない。

　連れていかれたのは、意外なほど広い部屋だった。わたしは細長いテーブルの末端の席にすわらされ、床に埋めこまれた鉄のフックにチェーンでつなぎとめられた。蛍光灯の光に目が焼けそうで、頭痛がした。誰かがやってきて、殺されるのではないかと思った。ここはまだアメリカであり、法の番人が裁判所の決定なしにひそかに死刑を執行するようなことはないはずだが、そのときはそのことにあまり確信が持てなかった。監獄の壁のなかで決して悔い改めることのない殺人鬼が生まれたとしたら、ひそかに闇に葬れという命令が下ってもおかしくはない。

「ミスター・オリヴァー」女の声だった。

　そっちのほうを向くと、驚いたことに、ひとりの女が知らないうちに部屋に入ってきていた。その後ろには、筋骨隆々の身体に青い制服姿の黒人の男が立っていた。まったく気がつかなかった。音がわたしの頭のなかで新しい意味を持つようになっていたせいで、聞こえたものが何かわからなかったのかもしれない。

　わたしは後にも先にも一度も口にしたことがない言葉を女に投げつけた。青い制服姿の男がつっと前に進みでて、わたしをひっぱたいた——ほとんど手加減なしに。

　わたしはありったけの力を腕にこめて拘束具を引きちぎろうとしたが、ライカーズがそんなヤワなものをつくるわけがない。

「ミスター・オリヴァー」女は繰りかえした。

　色は白く、背が高く、痩せていて、髪は胡麻塩。地味な紺色のパンツスーツ姿で、眼鏡をかけている。レンズが光を反射していて、目はよく見えない。

「何か用かい」

「わたしはニコルズ所長補です。あなたが釈放されることを伝えにきました」

「なんだって」

「わたしとシェール警部補がここを去ると、あなたは拘束具をはずされ、シャワーを浴び、髭を剃れるところに連れていかれ、そのあと服といくばくかの現金を渡されます。そこから先の人生はあなたのものです」

「罪状は？　罪状はどうなるんだ」

「公訴は棄却されました」

「おれの妻は——おれの人生はどうなるんだ」

「一身上の問題はわたしの与《あずか》り知るところではありません、ミスター・オリヴァー。わたしがいまここで言えるのは、あなたが釈放されるということだけです」

　シャワーを浴びたあと、その横にあったスティールの鏡で、わたしはこの数カ月ではじめて自分の顔を見た。髭を剃ると、顔の右下にぽっかりと口をあけた傷がむきだしになった。ライカーズでは、針と糸の貸出しはない。

　四十二丁目のポート・オーソリティでバスを降りると、わたしはそこに立ちどまって、周囲を見まわした。自由な世界がどれだけ虚ろであるかを肌で感じながら。

2

「また拘置所のことを考えてるの、パパ」

エイジア＝デニスはわたしのオフィスの戸口に立っていた。身長五フィート九インチ、スペインの聖母のように黒い肌、父親似の目。わたしの心の状態を気にしてくれているようだが、口もとには微笑がある。気むずかしい若者ではない。元チアリーダーで、理系の学生で、とても可愛らしく、同世代の娘たちはみなエイジアのほうがモテると認めているが、いまのところ特定のボーイフレンドはいない。

　黒いスカートは短かすぎ、珊瑚色のブラウスは露出度が高すぎる。けれども、わたしは自分の人生のなかにふたたびエイジアを取り戻すことができたことを望外の幸運と思っていたので、小言をいうのはなるべく控えるようにしていた。

　ふたりが長いこと引き離されていたのは、元妻のモニカのせいだ。娘との接見を禁止する裁判所命令を求めて訴訟を起こしただけではない。わたしの口座から有り金すべてを引出し、わたしの手元に五セント玉二個しかなくなると、娘の養育費が支払われていないと言って、またしても訴訟を起こしていた。

　エイジアが父親と定期的に会えるようにしてくれと母親に迫って認めさせたのが、十四歳のとき。そして、いまは十七歳。わたしのオフィスで働きたいと言い、認めてくれないと、シャワーを浴びているところを母親の新しい夫コールマン・テセラットに覗き見されたと訴えでると脅したという。

「えっ、なんだって」と、わたしは訊いた。

「そんなふうに窓の外を見ているときはいつもそう。いつも拘置所のことを考えてる」

「そこで破滅させられてしまったからだよ」

「そこまでひどいところとは思えないけど」それは以前わたし自身が口にした言葉だった。エイジアが小さいころ、学校に行きたくないと駄々をこねたときに、そう言ったのだ。

わたしはエイジアの手のなかにあるものを指さして訊いた。「何を持ってるんだい」

「郵便物よ」

「明日、見る」

「どうだか。見たときには、請求書の支払い期限はとうに過ぎてると思うよ。ネットで銀行口座にアクセスできるようにしてくれたら、そういった雑用は全部わたしがやってあげるのに」

エイジアの言うとおりだ。郵便物にでっちあげの証拠品が入っていて、またゴキブリだらけの独房に送りかえされるのではないかという思いが頭から離れないのだ。

「これからエーカーズの仕事に行かなきゃならない」

「郵便物を持っていって、待ってるあいだに目を通したら。仕事の九十九パーセントは、なんにもしないで車にすわって待ってるだけだって言ってたでしょ」

エイジアは郵便物の束をさしだし、それからわたしの目を見つめた。間違いない。エイジアはわたしが彼女を必要としていることを知っていた。だから、母親とやりあったのだ。

わたしが郵便物を受けとると、エイジアはにこっと笑った。

「あとね、グラッドおじさんから電話がかかってきたよ」

わたしは郵便物を選り分けはじめた。請求書、ジャンクメール、クライアントや裁判所、そしてもちろん元妻からの手紙。さらには、ミネソタの消印が入った小さなピンクの封筒。流麗な書き文字で宛名が記されている。

「ほう。それで、なんと言ってたんだい」

「今夜、近くでポーカーをすることになってるんだって。メンバーはレーマンとミスター・ローとウォー・マン」

「ウォー・マンじゃない。ジェシー・ウォーレンだ」

「そう呼べと言われたのよ」

どちらかというと苦手な面々で、グラッドがここに連れてくることはない。そんなふうにグラッドは何かと気を使ってくれる。逮捕されたとき以来、何度助けられたか。

拘置所では、隔離棟に移してくれたおかげで、殺人犯にならずにすんだ。そのあと、家賃や養育費を払えずに青息吐息だったときには、〝キング探偵サービス〟の開業資金を用立ててくれた。最初の依頼人を何人か連れてきてくれさえした。

それよりも何よりもありがたかったのは、ニューヨーク市警の退職条件の取りまとめをしてくれたことだ。さすがに退職金を受けとることはできなかったが、モニカと娘のための医療保険は継続扱いにしてもらうことができた。魔法のように前科もつかなかった。

この一週間ほど、わたしは百年ほどまえの小説『西部戦線異状なし』を読んでいる。そこにはグラッドストーンを想起させる人物が出てくる。スタニスラウス・〝カット〟・カチンスキーという男で、墓地で御馳走を見つけたり、爆撃で破壊された建物で美女と出くわしたり、ドイツ兵がみな飢えているとき、調理ずみのガチョウやチーズや赤ワインを持って戻ってきたりする。

カットやグラッドのような男には誰も頭があがらない。

「だいじょうぶ。パパは仕事で出かけると言っといたから」

「いい子だ」

「そのまえに寄ると言ってたよ」

ミネソタからの手紙のことが気になったが、それを読むのはあとまわしにすることにした。

「母さんはどうしてる？」

「元気よ。パパに手紙を書いてた。お金を送れって。イタリア行きの旅費にあてるために。じつはね、わたし、ミラノで開かれる青年物理学会に招待されてるの」

「そりゃすごい。光栄じゃないか」

「招待されたのは全部で百人。そのうちアメリカからは四人だけ。でも、わたしは行きたくない。だから、わかったとだけ言っておけばいい。お金を送る必要はない」

「どうして行きたくないんだい」

「ブロンクスの教会で、ホールって牧師さんが恵まれない子供たちのための学校を開いててね。わたしはそこで科学のクラスを受けもってるの」

「おまえはもうちょっと悪いことを覚えなきゃいけない」わたしはわざとしかつめらしい口調で言った。

「どうして？」エイジアは真顔で訊いた。

「父親は娘を助けてやりたいものだ。なのに、学校の成績はいいわ、性格はいいわ、郵便物のことを気にしてくれるわじゃ、なんにもしてやれることがない」

「そんなことない。パパはいろいろしてくれたよ」

「何を？　お子さまランチやホットドッグを食べにつれていってやったとか」

「読書の楽しみを教えてもくれた」

「でも、おまえが読んだのは宿題に出された本だけだ。しかも、文句たらたらだった」

「わたしが小さかったころのことを覚えてる？　いつもいっしょに週末を過ごし、午前中はずっと本を読んでくれてたでしょ。わたしに子供ができたら、わたしも同じようにするつもりよ」

「また始まった」わたしは涙声になりそうになるのをこらえなければならなかった。「あまりにもそつがなさすぎる。これじゃ、父親の出る幕がまったくない。これからはおまえがまともなことをするたびに叱りとばすことにするよ」

　これで話の落ちはついた。エイジアは首を振り、部屋から出ていった。おかげで、わたしはニューヨーク市警の誰かによってもたらされた災いをしばし忘れることができた。

　ミネソタからの封筒に目を向けるまえに、エイジアが大きな茶封筒を持って戻ってきた。

「うっかり忘れるところだった。グラッドおじさんからこれをことづかってたの」

　そして、それをさしだすと、わたしが彼女のそつのなさについて一言へらず口を叩くまえに、くるりと踵《きびす》をかえした。

3

　エイジアが隣の部屋の机に戻ったあと、わたしはしばらくぼんやりしていた。ライカーズでの九十数日以降、わたしの人生は〝からっぽ〟としか呼びようのないものだった。ひととの付きあいに居心地の良さは感じなかったし、娘や数少ない友人との一時的な接触は孤独をより深いものにしただけだった。人間関係はひとが失うことのできるものを思いださせるだけだった。

　私立探偵という職業はそんな自分に打ってつけだった。たいていの場合、盗聴器と望遠レンズつきのカメラがあれば用は足りる。実際に話をしなければならないときには、誰かになりすまして、その役を演じるか、でなければ決まりきったことを尋ねるだけだ。たとえば、〝金曜日の夜の九時過ぎにここにいたか〟とか、〝ミスター・スミスはどのくらいここで働いていたんだろう〟とか。

ブザーが鳴った。

三十秒後、エイジアがインターホンごしに言った。

「グラッドおじさんよ、パパ」

「通してくれ」

ドアが開き、永遠の部長刑事が部屋に入ってきた。長身、引き締まった身体。麦わら色のスポーツ・ジャケット、黒に近い濃いグリーンのズボン、そして白いシャツに青いネクタイ。目もとにも口もとにも、笑みがたたえられている。

「ミスター・オリヴァー」

「グラッド」

わたしは立ちあがって握手をした。グラッドは机の反対側の椅子にすわった。

「どういうわけか、この部屋は独房の臭いがする」

「お掃除のおばさんに頼んで、二週間に一回ずつその臭いをつけてもらっているんだよ」

「あんたがしなきゃならないのは、窓をあけることと、その机にかじりついている時間をできるだけ短くすることだ」

「今夜のポーカーの話はエイジアから聞いた。できれば参加したいのだが、あいにく仕事が入っててな」

グラッドの目は矢車草のような青い色をしている。その視線は、〝そりゃ残念だ〟の微笑とともに、ひたとわたしに注がれている。

「なあ、ジョー。いつまでも閉じこもってちゃいけない。もう十年になるんだぞ。おれの息子は大学生になる。娘のほうは二人目の赤ん坊を身ごもっている」

「心配ないって、パーマー刑事。探偵の仕事はおれにあっている。うまくやっていける」

わたしは自分の人生が狂いだすまえからつねにグラ

ッドを羨《うらや》んでいた。椅子にすわっているところを見るだけで、幸せで有意義な人生を送っていることがわかる。

「もっとうまくやっていけるかもしれん」

「どうやって？」

「そのために力を貸してくれそうな男を知っている。チャーリー・ブーダンを覚えてるな」

「あのお馬鹿なデカのことか？　覆面捜査専門の？　アロンゾ・ギャングの信用を得るために、逮捕しにきた警官に噛みついたっていう」

「目くそが鼻くそを笑えるか」

「そのチャーリーがどうかしたのかい」

「本当なら、七百ドルのコニャックを買ってきて、あんたを酔っぱらわせ、気を大きくさせてから切りだすつもりだったんだがね。チャーリーはいまワイキキにいる。そこの警部補だ。あんたを呼び寄せる許可はウインクひとつで出ると言っていた」

わたしはふと思った。もしかしたら、それは大きな転換点になるかもしれない。グラッドはわたしが警察の同僚たちから疎んじられていることに前々から怒りをあらわにしていた。立ち直る機会はすべての者に与えられるべきだと言っていた。人種のちがいはあっても、グラッドは間違いなくわたしの唯一の親友だ。

「ハワイ？　ここからの距離は五千マイルからある。エイジアを残して、そんなところに行くわけにはいかないよ」

「一年後くらいをめどに移住を考えればいい。マノアの大学には優れた物理学科がある。そこを出て、進路を決めればいい。あるいは、大学に残って博士号を取得するのも手だ。とにかく、レベルはひじょうに高い。しかも学費は格安ときている」

下調べはすんでいるということだ。

「あんたはおれを厄介払いしようとしているのか、グラッド」

「とにかく、もう一度馬に乗ってみろ、ジョー。公訴は棄却されたんだ。署はあんたが被疑者であったことを公言することを禁じられている。推薦状も取れる。三人の警部が身元保証人になってやると言っている」

「受け入れ準備は整ってるってことだな」

「あの島には、あんたのような経験の持ち主が必要なんだ、ジョー。あんたはニューヨークきっての敏腕刑事のひとりだった」

「エイジアはそんな遠いところへは行きたくないと言うかもしれない」

「あんたが行ったら、ついていくはずだ。あの子はあんたを慕っている。あんたがここで恋煩いをしているセイウチのようにウジウジしているのをやめるのなら、どこにだって喜んで行くはずだ」

「もしあのことが明るみに出たら？　おれがしたと言われていることをみんなに知られたら？　それでまた人生に狂いが生じ、いろんなものが足もとから崩れはじめたら？　エイジアには金も帰る家もなくなってしまう」

　グラッドはひるまなかった。「あんたはレボーゾがイースト・ハーレムで撃たれたときのことを覚えているか」

「それがどうかしたのかい」

「相手は二人組で、セミオートマティックを持っていた。そして、レボーゾはアスファルトの上に血を流して倒れていた。あんたは拳銃一挺でふたりを地面に這いつくばらせ、それからレボーゾの傷の手当てをして、夕食に間にあうように家に帰った」

「またおれをボウリングのピンみたいに立たせようってわけか」

　グラッドは小さな笑みを浮かべた。「それがどうした。武装した二人組に立ち向かうことができるというのに、なんで五千マイルを恐れなきゃならないんだ」

　いい質問だった。

4

わたしのような仕事をしている者には車が欠かせない。車がないと、尾行もできない。移動手段として毎回タクシーを使うわけにもいかない。リムジンにしても、個人営業車《ウーバー》にしても、白タクにしても、それなりに金も時間もかかる。監房に入りこむネズミやゴキブリのように穴ぐらに潜るのが好きなら、地下鉄を使えばいいのだが。

ニューヨークは車に優しい街ではない。それで、わたしはビアンキーナというイタリア車に乗っている。玩具レベルまでサイズダウンしたような車なので、どこへ行っても駐車場所に困ることはない。塗装色はくすんだ褐色で、そんなに目立ちもしない。

六時十六分、わたしは三番街九十一丁目のモンタナ・クレスト・アパートメントの近くに車をとめ、調査対象者を待っているあいだに、エイジアから受けとった郵便物をチェックすることにした。

最初の封筒をあけるまえに、冬のない生活と復職について一思案した。あそこまで離れたところなら、わたしの過去を知る者はいない。もしかしたら、それで十年にわたる現実逃避から抜けだすことができるかもしれない。

そこからまた娘のことを考えはじめた。

エイジアというのは本名ではない。子供のころ、学校で〝アジア〟という単語の綴りを教わったとき、たまたまどこかの壁に〝A‐j‐A〟という文字が落書きされているのを見た。スペルがちがうのに発音は同じ。そのことに何かを感じとったらしく、〝嬉しいときもあるし、悲しいときもあるけど、いつだってわたしはわたし〟と言って、それを自分の名前にしたのだ。

　まずグラッドが置いていった茶封筒を開いた。

　そのなかには、ニューヨーク市警が保管しているファイルをたどって作成した四通の書類が入っていた。

　それによると、シンシア・エーカーズと名乗る女が捨てたミネラルウォーターのペットボトルから採取された指紋は、実際はアラーナ・ポランダーという女のものだった。ミズ・ポランダーは元々ジェニーン・オヴァーメイヤーという名前だったが、生まれ育ったオハイオ州で小切手の不正利用の罪に問われて有罪判決を受けたのを機に改名した。そして、その新しい名前を使って、メリーランド出身のオッサ・ジェームズという名前の〝政治調査員〟のもとで働くようになった。

　エイジアに勧められて買ったｉＰａｄを使って調べてみると、オッサ・ジェームズが最近アルバート・ストーンマンという国会議員候補と専属契約を結んだことがわかった。それと同じ地区の現下院議員が、わたしがいま待っているボブ・エーカーズ。そして、その夫人の名前がシンシアだ。彼女と会ったことは一度もない。

　ニューヨークに滞在中、ボブ・エーカーズ議員は何をするにしてもつねに時間を厳守している。帰宅時間はいつも六時半から七時五分のあいだと決まっている。わたしは六時二十五分に郵便物とｉＰａｄをしまって、ＣＤラジカセのスイッチを入れた。ビアンキーナにはしょぼいラジオとスピーカーしか付いていない。

　この日は、ライカーズを出たあと好きになったセロニアス・モンクをかけることにした。逮捕されるまえは、古いジャズが好きだった。ファッツ・ウォーラーとか、ルイ・アームストロングとか。わたしのキングという名前は父のチーフ・オリヴァーが考えてつけたものだ。それなら名前をもじって下僕呼ばわりされることはないとのことで。ルイ・アームストロングの師であるキング・オリヴァーが好きだったので、そのオマージュだったのかもしれない。だが、シカゴの貧しい家庭で育った母のトーニャ・フォルターは、そんな大層な名前をつけたら、かえって学校とかでからかわれると考えた。父はその意見を尊重し、結局ファーストネームはジョゼフで、キングはミドルネームになった。

いずれにせよ、ジャズにゆかりの深い名前なので、それに興味を持つようになるのは自然のなりゆきというものだろう。けれども、拘置所を出たあとは、昔の音楽の心地よいリフにもはや感じるものはなくなっていた。いまはセロニアス・モンクだ。共演者はみな才気にあふれている。彼らは味わい深いメロディーを奏でる。だが、モンクは部屋の片隅の狂人のようにリズム・アンド・ブルースの虚飾のあいだにひとりで真実を紡ぎだす。

《ラウンド・ミッドナイト》を聴いていたとき、ボブ・エーカーズがモンタナ・クレストの前でタクシーから降りた。ライトブラウンのスーツに黒い靴。帽子はかぶっていない。ネクタイも締めていない。彼の政治家としてのキャリアの土台にあるのは、権威以上に仲間意識のようだ。有権者との会話を大事にし、新聞を信じるとすれば、民草の関心事を可能なかぎり親身になって代弁している。

いまわたしがエーカーズの夜の行動を監視しているのは、妻と称する女性に一日二百十五ドルの報酬で依頼を受けたからだ。浮気をしているのは間違いないので、離婚協議を円滑に進めるための証拠をつかみたいという。

表面的には、どこもおかしいところはない。ニューヨーク・タイムズには、エーカーズ夫妻が別居したという小さな記事が出ていた。妻のシンシアは生まれ故郷のテネシーに戻ったという。そのぼやけた写真は、わたしのオフィスに来た女性のように見えなくもない——体重をごっそり落として、髪をブロンドに染めたとしたら。

罠にはめられて逮捕されるまえなら、その女がシンシア・エーカーズと名乗ったことになんの疑問も抱かなかっただろう。だが、落ちるところまで落ちてからは、ひとの言うことをいちいち疑ってかかるようになっている。なので、彼女が使ったペットボトルから指紋を採取し、照合作業をグラッドに依頼したのだった。

エーカーズがこの街に来たのは先週のことだ。普段はほとんどの時間をワシントンDCで過ごし、法案の策定や政策の立案作業に精を出している。

尾行を開始した最初の週の夜には三回外出した。一度は息子とおぼしき若者との食事、一度はハーヴァード・クラブでの政治資金パーティー。もう一回は推測になるが、西二十七丁目での違法なカードゲーム。だが、今週はパターンがまったくちがう。毎晩七時前後に帰宅すると、四階の自宅に入り、明かりをつける。そのあと、十時十七分に消灯し、翌朝六時五十六分に点灯する。

四日連続して、エーカーズの部屋の明かりは軍隊的な正確さで消灯と点灯を繰りかえしていた。見張られていることを誰かに教えられたにちがいない。照明の自動スイッチを作動させて、いつもどこへ行っているのか。

前夜は、建物の側面の奥まったドアの近くで見張っていた。すると、八時三十四分、スウェットスーツ姿で出てきて、二ブロック西へ歩き、そこで黒塗りのリンカーン・タウンカーに乗りこんだ。

それから二十四時間後、いまは尾行の準備ができている。

エーカーズが建物の正面玄関を抜けると同時に、わたしは昨夜リンカーン・タウンカーが待っていたところに車で向かった。そこの角には別のリムジンがとまっていた。

そこでわたしは待った。

曲は《ブライト・ミシシッピ》に変わっていた。モンクが弾くスタンダード・ナンバーを聴きながら、わたしはミネソタから来たピンクの封筒を取りだし、そこから立ちのぼる仄《ほの》かな芳香を嗅ぎながら封を切った。

　親愛なるジョゼフ・K・オリヴァー

いきなりお便りをさしあげる無礼をお許しください。わたしの名前はベアトリス・サマーズといいます。どうしてもあなたにお知らせしたいことがあるのです。わたしたちは見ず知らずの間柄ではありません。このまえお会いしたとき、わたしはナタリ・マルコムと名乗っていました。あのとき、わたしは不実な男にもてあそばれていたという嘘をついて、あなたを誘惑し、なのに性的暴行を受けたと主張しました。あのとき以来、あなたのことを忘れたことは一度もありません。わたしがあんなことをしたのは、アダモ・コルテスという警官に強要されたからです。あのとき、わたしは大量のコカインを持っていて逮捕され、長期の懲役刑を言い渡されていました。だから、断われなかったんです。その後、わたしはセントポールに住まいを移し、ドラッグを断ち、キリスト教のコミュニティで暮らしはじめました。そこで、自分の罪を告白し、赦《ゆる》しを得たのです。いまはふたりの可愛い子供と優しい夫といっしょに暮らしています。夫の名前はダリルといって、ふたりのあいだに隠しだてすることは何もありません。わたしがあなたにしたことについても同様です。わたしたちはそのことを話しあい、あなたに手紙を書くことにしたのです。わたしはいつでもニューヨークに戻り、あなたのために証言する用意があります。わたしたちはどちらも罪人《つみびと》です、ミスター・オリヴァー。あなたはすでに罪を贖《あがな》いましたが、わたしはこれからです。自宅の電話番号は下記のとおりです。わたしは専業主婦ですので、たいてい家にいますが、いないときは留守番電話にメッセージを残してください。連絡をお待ちしています。

敬具

ベアトリス・サマーズ

読んでいるうちに、痺れるような感覚と神経を逆撫でされたような思いを同時に覚えた。わたしの逮捕の背後になんらかのたくらみがあることは最初からわかっていたが、あまりにも巧みに仕組まれているので、わたしは永遠に獄につながれ、真実は次第に色褪せていき、最終的には監獄の壁の記憶の後ろにほぼ完全に隠されてしまうのではないかと以前は思っていたくらいなのだ。

それがここに来て急変した。これまでは監房のことを思いだすのがいやで、みずからに問いかけることすらしなかった。その問いの答えがいまわたしの手元にあるのだ。

怒りと恐怖がないまぜになった状態で、ふと顔をあげたとき、ボブ・エーカーズがリムジンのドアをあけた。

わたしは父や祖父がそうであったように生まれたときから民主党を支持している。ボブ・エーカーズはゴリゴリの共和党員だ。けれども、いまだったら彼に一票を投じたかもしれない。その出現によって、一瞬のうちに過去を掻《か》き消し、わたしの注意力を現在に戻してくれたからだ。

リムジンはウェストサイド・ハイウェイからホランド・トンネルに入り、ハドソン川の下のどこかで州境を越えた。だが、そこから先はそんなに遠くまで行かなかった。

ニュージャージー州のジャージー・シティに出ると、

リムジンは最初の角を右折し、クラークソン通りにあるシャンパーニュ・アワー・モテルの駐車場に入った。わたしは通りの反対側に車をとめ、高解像度のデジタルカメラで写真を撮った。一階の部屋のドアは駐車場に面している。高倍率のレンズごしに、エーカーズが三十九号室に入るのが見えた。

リムジンは走り去った。

わたしは七分待ってから、駐車場に入り、ガラスで仕切られたフロントに向かった。ピンクの高い受付カウンター、青紫色の壁、きらびやかな赤いタイルで覆われた天井。受付カウンターの後ろには、ダークブラウンとチェリーレッドのブレイズヘアの可愛らしい黒人の娘が立っていた。美人だが、その顔に微笑はない。

わたしは片方の手にダッフルバッグを持っていた。以前は旅行用に使っていたものだ。

「こんばんは」

「ハロー」愛想も小想もない。

だが、わたしのような仕事をしている者にとっては、不愛想なくらいがちょうどいい。愛想の良さとは相性が悪い。

わたしは机の上に百ドル札を置いた。「三十七号室か四十一号室にいい思い出があってね」

「足りないわ。一泊百十八ドルよ」

「それはきみが持っていてくれ」わたしは言って、さらに二枚の百ドル札を置いた。「これが部屋代だ」

娘は微笑んだ。「四十一号室が空いてます」

わたしはいつでもどこでも全能のドルが幅をきかす国に心のなかで快哉《かいさい》を叫んだ。

三十九号室からかすかな物音が壁ごしに聞こえてくる。わたしはバッグをあけて、⅛インチ・ビットの小さなハンドドリルを取りだした。これだと、音はほとんど出ない。ふたつの部屋のあいだにある鍵のかかったドアをダイヤモンドの刃先で削る音を聞きとられる恐れはない。

わたしの部屋は暗くしてある。三十九号室から光が漏れてくるようになると、バッグから手術用の光ファイバー・レンズを取りだして、多機能デジタルカメラに装着し、さらにiPadに接続した。そしてレンズを穴に通すと、スクリーンに享楽の極みと言ってもいい映像が映しだされた。

部屋にはふたりのニューハーフがいた。三人ともすでに裸になり、勃起していた。わたしは三人のプレイをじっと見ていた。そうしていたのは、主として、ベアトリス・サマーズによってもたらされたもののことを考えたくなかったからだ。

ニューハーフたちはいい仕事をしていた。ふたりともとても女らしかった。

エーカーズのほうは、たぎりたち、とても、とても幸せそうだった。

ビデオの収録時間は三時間半。それで、アルコールとドラッグまみれのミニ乱交は終わった。わたしは三十九号室の全員がシャワーを浴び、服を着て、出ていくまで待った。それから、バッグをあさり、探偵の七つ道具のなかでもっとも重要なもの——二十年ものの一〇〇プルーフ・バーボンが入ったシルバーのスキットルを取りだして、ベッドに横たわった。

夢を見た。独房から引きずりだされたときにつかみそこなった鉄の棒の夢だ。そのなかで、わたしはあらんかぎりの力をこめて、小気味よくミンクの顔を殴っていた。

5

目を覚ますと、枕もとのデジタル時計は十一時〇七分を表示していた。二日酔いはこれまでのことを考えるとましなほうだ。部屋は回っていない。揺れているだけだ。急に頭を動かしたり、まともに光を見たりしたとき以外、頭痛もしない。

十分ほどたったとき、ベアトリス／ナタリからの手紙のことを思いだした。だが、いまはそんなことを考えている場合ではない。すっかり寝坊をしてしまった。急いでグッチーズ・ダイナーへ行かなければ、時間に間にあわなくなる。

ホランド・トンネルを半分ほど行ったところで、携帯電話が鳴った。スピーカー・モードにして応じる。

「もしもし」

「パパ？」

「学校じゃないのか、A・D」

「いまは休み時間よ。言っておかなきゃいけないことがあるの。一件、予定を入れといたからね。ウィラ・ポートマンって女のひとで、今日の四時。ケータイにメール送ってあるけど、パパ、ときどき見ないことがあるから」

「用件は？」

「調査の依頼」

「調査って、なんの？」

「それは聞いてない。けど、いい感じのひとだったよ」

「電話での感じが？」

「ううん。直接来たの」

「わかった。それまでに帰ってる」

「じゃ、あとでね。愛してるよ、パパ」

二日酔いと、真昼のマンハッタンの渋滞と、これからしなければならない話のせいで、ベアトリス・サマーズのことや、その告白が招きかねない危険性のことを考えている時間の余裕はなかった。

グッチーズ・ダイナーは五十九丁目の通りの東側にある。何十年もまえからそこで営業している家族経営のレストランで、わたしがその店を知っているのは、父が母といっしょに暮らしていたときによく通っていたからだ。家長のランベルト・オレッリには先見の明があったようで、その三階建てのビルを買いとると、それ以降どんなに大金を積まれても決して手放さなかった。わたしは車を近くの駐車場にとめ、通りの向かい側にあるバス停まで歩いていき、そこのベンチにすわって待つことにした。手紙のことも、ベアトリスのことも、アダモ・コルテスとかいう男のことも、できれば忘れてしまいたい。ここで待っているうちに、怒りも恐怖もどこかに消え失せてくれればいいのだが。娘の成長を見守りながら、紳士面の変態野郎を州境を越えて尾行するだけの日々をこれからもずっと続けていたい。

バッグにはアスピリンもペットボトルの水も入っているが、いまは鬱陶《うっとう》しい気分でいるほうがいい。いまの自分と自分の職業には、そういった状態のほうがふさわしい。

ボブ・エーカーズは一時十五分ちょうどにやってきた。ニューヨーク・タイムズとウォール・ストリート・ジャーナルとデイリー・ニュースを持って、いつものテーブルに向かい、そこの椅子に腰をおろす。

注文した料理が運ばれてくるまで待って、わたしは通りを横切り、店に入った。エーカーズの席に向かい、断わりもなくそこの椅子にすわる。そして、エーカーズの目をじっと見つめる。

「何か用かね」

「監視されていると誰から聞いたんだ」

エーカーズは口を開いたが、何も言わない。

「そうでなければ、今週になって急に照明にタイマーをセットしたりしない」

エーカーズに恨みはない。変態で、おまけに共和党員だが、誰にでも至らぬ点はある。わたしだって、あのとき鉄の棒をつかみそこなっていなければ、殺人犯になっていたかもしれないのだ。

「誰に雇われたんだ」エーカーズは訊いた。

それには答えず、iPadを取りだし、エーカーズがことに及んでいる最中に編集したサムネイルを画面に表示して、さしだした。

エーカーズはサムネイルを順々に見ていった。その顔に読みとれる表情はない。これならポーカー・ゲームに間違いなく勝てる。

しばらくしてから顔をあげて訊いた。「誰に頼まれて撮ったんだ」

エーカーズに恨みはない。

「シンシア・エーカーズと名乗る女」

瞼がこわばる。

「シンシア？」子供のころ母親の背徳行為を知り、それがトラウマになっているといった口調だ。

「そう名乗ったが、調べてみると、別人だった。あんたのスキャンダルをつかみ、アルバート・ストーンマンが有利になるよう、何者かによって送りこまれたんだ」

「とすると、家内ではないんだな」

「ちがう。愛じゃなくて、政治だ。よくある話だ」

「じゃ、きみの雇い主はストーンマンってことなのか」

「そういうことになるだろうな。あんたの奥さんになりすました女を雇ったのはオッサ・ジェームズという男で、ストーンマンの政治顧問だ」

エーカーズが右手をあげ、てのひらを顔のほうに向けた。そして、そのてのひらの真ん中を左手の指でこすりはじめた。

「わからないな。どうしてきみはこれをわたしのところへ持ってきたんだ。本当なら、人前にさらすためのものだったはずなのに。しかも、きみは依頼人の名前まであきらかにした。どうしてなんだ」

「おれはドルに仕えているが、ドルの奴隷じゃない」

父が口癖にしていた言葉だ。「依頼人があんたの奥さんじゃないとわかって、ふざけるなって気になったんだよ。以前、ある女にだまされて、痛い目にあったことがあってね」

エーカーズは両方のてのひらをテーブルの上に置いた。

「何か厄介ごとでも？」筋骨隆々の男がやってきて訊いた。料理人の白い制服を着ているが、その居丈高な物言いからすると、ギャングの一味かオレッリ家の一員のどちらかにちがいない。

「いいや、クリス。議員仲間に頼まれて、メッセージを届けにきてくれただけだよ」

クリスと呼ばれた男はグレーの目をわたしに向けた。筋肉量では負けるが、場数はわたしのほうが踏んでいる。わたしは銃器の携帯許可証を持っているが、拳銃はたいてい家に置くか、ビアンキーナのトランクのなかにしまってある。胼胝《たこ》のできた手のなかの鉄の棒の記憶のせいだ。

ボディーガードを買ってでた男が立ち去ると、エーカーズは訊いた。「それで、何が望みなんだ。きみの名前は？」

「おれのことをチクった者から聞いていないのか」

「ああ。彼女は私立探偵に尾けられていると言っただけだ」

彼女——

「おれの名前なんかどうでもいい。それに、何かがほしいわけではない」

「辞任するつもりはない」

「いいか。おれは民主党の支持者で、元警察官だ。でも、あんたがニュージャージーのモテルに三人でしけこんだことをとやかく言うつもりはない。あんたが右翼であることについても同様だ。おれが今日ここへ来たのは、そこそこに経験を積んだ私立探偵なら、あんたを見張り、尾行し、この種の写真を撮ることくらい訳もないからだ。おれの見立てだと、こういうことになる。あんたは心のどこかで捕まりたいと思っている。でなければ、欲望が強すぎて、ときどき歯止めがきかなくなる。前者なら、いいセラピストを知っている。後者なら、ミミ・ロードという女を紹介しよう。手頃な値段で、シャーロック・ホームズが調べてもわからないようランデブーをセッティングしてくれる」

　そこで話を途切らせると、エーカーズは言った。

「それだけか」

「シンシアの名前をかたった女には、電話で何も見つからなかったと言っておく。調査料は前金で半分もらっている。無駄金を使わせてしまったことになるので、残金は受けとらないことにする。それであんたにはひとつ貸しができたことになる」

「いくらだ」

「金じゃない。おれのことをチクった者が誰か知りたい」

　エーカーズの目は赤褐色で、ゴールド・カラーのスポーツ・ジャケットがよく似あっている。それだけ計算高いということだろう。

　ふと思ったのだが、探偵と政治家はよく似ている。どんなに公平無私を装っても、結局は私情で動く。場合によってはそこに罪が絡んでいることもある。

「名前は知らない。オフィスに電話があったんだ。交換手にはわたしのガールフレンドだと言ったらしい。それで、秘書が電話に出ると、わたしのニューヨークでの動静を調べている探偵がいるという話をした。発信者の電話番号は記録に残っている。よかったら、それをきみに送らせるよ」

いいやつだ。わたしの身元を知ろうという魂胆があるとしても。

「頼む。handy@handy9987.tv3に送ってくれ」

書きとめながら、エーカーズは訊いた。「これは？」

「おれのメールアドレスだよ」わたしは言って、微笑んだ。「ひとつ教えてくれ。監視されていると知りながら、どうしてモテルに行ったんだい」

エーカーズはうつむき、それから顔をあげると、首を振り、口もとをかすかに緩めた。

「ミミ・ロードという名前だったな」

わたしは持っていたメモ帳に電話番号を書き、破りとって、エーカーズに渡した。

「彼女なら何も心配することはない」わたしは言って、立ちあがった。

「写真は？」

「写真がどうした」

「どうするつもりだ」

「タブレットから削除して、忘れる」

「その言葉をどうやって信じればいい」

古いポピュラーソングを思いださせるセリフだ。

「あんたを困らせる理由はない。あれば、ストーンマンに渡すか、あんたに二倍の値段で買いとらせていたはずだ」

「きみは民主党支持だと言っていたな。わたしの主義主張が気にいらなくないのか」

「レーガンが労働組合を叩きつぶして以来、どちらの政党も金持ちに媚びへつらうばかりだ。みな、おれのような者からどうやって金をかすめとるかってことしか考えていない」

エーカーズは顔をしかめた。もしかしたら、侮辱されたと思ったのかもしれない。いずれにせよ、うなずきはしたので、わたしもうなずきかえした。

グッチーズ・ダイナーを出たときには、久しぶりに気分がよくなっていた。

6

オフィスに戻ったときには、三時を少しまわっていた。気分のよさは縮小し、独房の記憶やベアトリス・サマーズの手紙と同じくらいの比率になっていた。

手紙——

いまだに手紙を書く者がいるとは思わなかった。罫《けい》線《せん》の入っていない淡いピンクの便箋に、ピーコック・ブルーのインク。文字は均一で、インクの染みもなければ、訂正したあともない。誤字もない。文頭から文末まで、行はまっすぐで、平行している。

それは何を意味しているのか。差出人の気構えだ。おそらく何度も下書きをし、そのうえで行が揃うよう罫紙を下に敷いて書きうつしたのだろう。見よや、主のしもべを。

アンリ・トゥルノー一級巡査名義でアクセスしたニューヨーク市警のデータベースによると、アダモ・コルテスという名前の男はどの署にも存在しなかった。一方、年間千八百ドルを払って利用している私立探偵用データベースによれば、ベアトリス・サマーズという名前の女は九年前からセントポール郊外のオダムヴィルに住んでいる。

かつてナタリと名乗った女は、神の前で何を考えていたのか。神は悔い改めた罪深き女のことをどんなふうに見ていたのか。

わたしはといえば、いまも目を閉じるたびに、暗い独房のことを思いださずにはいられない。小便と汗の臭い。闇のなかを飛びまわる虫。結露した鉄格子の扉ごしに聞こえてくる男たちのうめき声や怒声。

ベルが鳴った。

目をあけて、二階の窓からまたモンタギュー通りを見やる。十一月だが、まだ寒くはない。太陽は明るく輝いている。通りの向こう側で、ひとりの女が立ちどまり、顔をあげる。わたしと目があう。

ベルがまた鳴ったので、立ちあがり、通りすがりの女の視線に背中を向けて、娘が毎日学校のあと使っている隣の部屋へ行った。

玄関のドアはもちろん施錠してある。錠がおりたドアの内側でなければ、気が休まらない。

壁に埋めこまれた小さなモニターに、廊下側にある監視カメラがとらえた映像が映しだされている。すらりとした身体つきの若い白人の女性だ。ブルーと白のワンピース。セールスではなさそうだ。片方の手に茶色い革のブリーフケースを持ち、もう一方の手にグレーのソフトタイプのキャリーバッグを持っている。

レンズを見あげる顔は若く、美しく……沈んでいる。

「どなた？」わたしはスピーカーごしに訊いた。

「ウィラ・ポートマンです。ミスター・ジョー・オリヴァー?」

ドアをあけると、びっくりするようなことが起きたみたいに息を呑んだ。

「約束は四時じゃなかったかな」

「そうなんだけど……少し早く来てしまいました」

「着いたときが約束の時間だといつも言う友人がいる」

ウィラは微笑み、キャリーバッグを引いて部屋に入ってきた。

「こちらへ」わたしは言って、奥のドアに手をやった。

「受付の女性は?」

「高校生だ。もう少ししたら来る」

目に不安げな表情が宿ったが、ウィラはすぐにそのドアからわたしのオフィスに入った。

オフィスは狭いが、白い漆喰塗りの天井は高い。床から天井までの大きな窓。煉瓦の壁に、黒っぽい木の床。タモ材の机。事務用品やファイルはここにはいっさい置いていない。エイジアが使っている部屋はここよりずっと広く、事務用品やファイルであふれている。

「そこの椅子へ」

一瞬のためらいのあと、ウィラは客用のタモ材の椅子に腰をおろした。

「一風変わったオフィスですね」と、部屋を見まわしながら言う。

「なんとなく落ち着かないようだが……」

「さあ、どうしてかしら。ここに来たことで現実味が出てきたからかもしれない。考えている段階では、実感が湧かないでしょ」

「よくわかるよ」思った以上に気持ちのこもった言い方になった。

その口調に誠実さを感じとったらしく、それでいくらか落ち着きを取り戻した。

「わたしの名前はウィラ・ポートマン」

「それはさっき聞いた」

「インターンとしてスチュアート・ブラウンのところで調査の仕事をしています」

「スチュアート・ブラウン？　そいつはすごい」

ウィラは口もとを歪めた。「そうなの。誰からも弁護を引き受けてもらえないようなひとにとっては、とても貴重な存在です」

　スチュアート・ブラウンというのは、著名な急進派弁護士で、最近では戦闘的な黒人ジャーナリストのA・フリー・マンの弁護を引き受けたことで知られている。

　A・フリー・マン――本名はレナード・コンプトン。三年前にふたりの警察官を殺害した容疑で逮捕された。そのときにみずからも重傷を負い、ファー・ウェスト・ヴィレッジの銃撃戦の現場から数ブロック離れたところに倒れていた。所持していた拳銃は、ふたりの警察官の殺害に使用されたものだった。だが、マンを撃った銃は、弾丸が身体を貫通していたために、誰のものか特定できていない。

　事件当夜マンが誰かといっしょにいて、その者が犯行に及んだ可能性については、本人が否定している。ニューヨーク州は警官殺しに対して死罪の適用を認めているが、死の淵に立たされても、悔いる気配は皆無で、警察や検察への協力も基本的には拒んでいる。

　ブラウンが弁護を引き受けるまでは、ニューヨークで久しぶりに死刑が執行されるのは間違いないと思われていた。

　だが、ブラウン・マシーンとして知られる男は、裁判に新局面をもたらした。依頼人に不利な証拠の大半は状況証拠にすぎず、これまでの公選弁護人は無能すぎたとして、不服申し立てを認めさせたのだ。新聞各紙は正当防衛の可能性を報じ、〝フリー・マンをフリーに〟の運動が全国各地で展開されるようになった。

　わたしはそれに同調しない。被害者が警察官なら、わたしも〝青い壁〟の一部になる。信じてもらえないかもしれないが、みんなから恐れられ、疑いの目を向けられながら、警察官の仕事を続けるのは簡単なことではない。市長も市議会も一般市民の半分も、警察の最悪の部分しか見ようとしない。われわれは一日二十四時間、命をかけ、身体を張って生きているのだ。

　われわれ……

そう、わたしはいまでも自分が警察官だと思っている。在職中には、一度ならず殴られたり、刺されたり、唾を吐きかけられたり、撃たれたりした。何千回となく、テレビ電話に顔を映しだされた。誰かを逮捕するたびに、地元住民から反感を買った。警察官の思いのたけや苦労をわかってくれる者は多くない。

「じゃ、きみは弁護士なんだね、ミズ・ポートマン」

「この六月に司法試験に合格したの。ブラウンのところで働いてるのは、そこだと自分のしたい仕事ができるからです」

「それで、ブラウンに何を頼まれたんだい」

「なんにも」

「だったら、きみはここに何をしに？」

「ミスター・マンは荒海にさらわれようとしている。なのに、ブラウンは見殺しにしようとしている」

「荒波」

「えっ？」

「正しくは、〝荒波にさらわれる〟だよ」

「あら」

　ウィラの目には絶望と怒りがある。

「ブラウンはマンを救おうとしていたんじゃないのかい」

「最初はそうでした。殺された警官に不利な証拠を集めて――」

「マンは警官殺しを認めたのか」

「うーん、なんと言えばいいのかしら。認めてはいるけど、意味あいはちょっとちがう。連中はマニーを殺そうとしていた。前々から付け狙っていた。それまでにマニーの三人の仲間を殺害し、ひとりを半身不随にしている。マニーも殺されそうになった。だから、自分を守ろうと……」

話しているあいだ、ウィラはわたしから目をそらしていたが、話が終わったときには、わたしの目をじっと見つめていた。

「それで、ブラウンはその証拠を集めていたんだね」

「そう。事実関係の確認とか、弾道検査報告書とか、信頼できる目撃者の供述とか」

「準備はできていたってことだね」

「そういうことです。でも、二週間前に……なんと言えばいいのか、急に熱が冷めた。そうなんです。そうとしか言いようがない。そのとき、わたしたちはジョアンナ・マッドという教会職員に話を聞きにいく予定になっていました。殺されたヴァレンスという刑事がモルデカイ助祭から金を受けとって、ホームレスの少年少女の売春を斡旋していたことを証言してくれることになっていた女性です」

「教会がかかわっていたのか」

「〝臨終の秘跡〟というバプティスト教会で、家出した子供や孤児を支援するための施設を運営しています。関与していた人物はモルデカイと数人の友人です。それをヴァレンスやプラットといった警官の一味がビジネス化していたんです」

「その点を弁護の軸に据えようとしていたんだな。マンとその仲間たちは売春組織と闘っていた」

「それだけじゃありません。マニーの話だと、ヴァレンスたちはほかにもいろんな犯罪行為に手を染めていたようなんです。窃盗とか、麻薬の取引とか、殺人とか。邪魔だてする者は殺せってわけです」

「なのに、ある朝、ブラウンは急に熱が冷めたみたいにそっぽを向いた」

「何時ごろミズ・マッドに会いにいくのかと訊いたら、

中止だと言われました。理由を尋ねると、こういう答えがかえってきました。Ａ・フリー・マンが言ったことはすべて嘘だ。三人の仲間を殺したのも彼にちがいない。理由は裏で警察とつながっていると思ったからだろう」

　マンに殺されたとされるユージン・ヨーロ・ヴァレンスとアントン・プラットは、叙勲歴もある警察官で、市長やニューヨークを訪れる要人のボディーガードをしばしば仰せつかっていたという。

「ブラウンが言ったとおりかもしれない」

　わたしは身に覚えのない罪を負わされた警察官を数多く知っている。自分もそのひとりだ。

「ミズ・マッドの居所がわからなくなってるんです。電話をかけても出ないので、数日後に会いにいったら、息子さんのロンドリューから行方がわからなくなってるという話を聞かされたんです。ブラウンに会いにいくと言って出かけたきり、帰ってこないそうです」

　わたしはため息をついた。それは自然に出たため息だった。依頼人になるかもしれない女性の話に興味を持ってしまったのだ。

　ウィラは両手を握りしめ、視線を木の床に落とした。

「ハーイ」エイジアが戸口に立っていた。微笑んでいる。短い髪が尖った草のように全方位につんつんと立っている。ジーンズは脚に描かれているように見える。ブラウスの丈は腰の上までしかない。

　校則に違反していないのかと訊こうとしたとき、ウィラが顔をあげた。目に涙があふれている。

「だ、だいじょうぶ？」と、エイジアは言って、部屋に駆けこみ、床に膝をついてウィラを抱きしめた。

　思わず漏れたため息と、エイジアの気遣いのせいで、少なくとも二、三日はこの一件に費やすことになりそうだ。

「こっちへ来て」エイジアはウィラを椅子から立ちあがらせ、隣の部屋の脇にある手洗いに連れていった。

ひとりになると、ベアトリスの手紙のことがまた頭に浮かんだ。この一件との直接のつながりはないが、共通点はある。どちらも、うまく片をつけることができたら、過去を清算し、ライカーズのことを忘れ去ることができるような気がする。

もしマンが無実で、自由の身になれたら、自分自身も自由の身になれるかもしれない。

そのとき、わたしはまた窓の外を見ていた。

後ろからウィラが言った。「失礼しました、ミスター・オリヴァー」

「メモをとろうか、パパ？」

「自分でとるから。ドラッグストアに行って、メモ帳のセットを買ってきてくれ」

「どうして。わたしじゃ駄目なの？」

「いいから、買ってきてくれ」わたしは言い、自分の言葉を強調するために立ちあがった。

家族のあいだでは、言葉より口調や表情のほうが効果的である場合が多い。エイジアは席をはずせというメッセージを理解し、それに従った。

開け放たれたドアごしに、エイジアがバッグを持って出ていくのが見えた。それから十秒ほど待って、ふたたび椅子に腰をおろし、目を潤ませているウィラのほうを向いた。

「この一件がどれほどの危険をはらんでいるか、きみはわかっているのかい」

「だから席をはずさせたの？」

「エイジアは大事な娘だ。われわれはこれから何マイルもの悪路を歩いていかなきゃならない」

ウィラは表情を曇らせた。

「きみが本当のことを話しているとしたら、この一件には悪いニュースと殺人事件が絡んでいる」

「でも、マニーは無実なんです」

「彼は既婚者だと思っていたが」

「えっ？」

「きみの話し方だと、まるで恋人だ」

「ちがいます」

「本当に？」

わたしを見つめるウィラの表情に思わず笑いそうになった。若者でも年寄りでも、愛する者を思う気持ちは引力のようなものであり、否定することも疑問をはさむこともできない。そして、それはいつか不要なものになる。

「関係を持ったのは一度だけです。ブラウンは別の裁判に出なきゃいけなくて、わたしがマニーの供述を記録しにいったときのことです。もちろん、分はわきまえているつもり。マニーはマリンという女性とのあいだに子供をもうけている。でも、正式の婚姻関係はない。だから、プレキシガラスごしの面会しか認められていない……マニーには誰かが必要なんです」

「ジョアンナ・マッドは行方をくらましたんだね」

「ええ」

「そして、ブラウンは弁護をやめると言いだした」

「そして、集めた資料をすべてシュレッダーにかけた。嘘八百を並べただけのものだと言って」

「それで証拠はなくなったわけだね」

ウィラは手をのばして、キャリーバッグを叩いた。

「ブラウンのオフィスで働くことになったとき、シャロン・ミトルマンというカレッジ・アドバイザーから言われたんです。どんなものでも、紛失したときのために、かならずコピーをとっておくようにって。ブラウンはファイルのデータベース化を危険視していました。ハッカーはどんなメモリー・デバイスにでも侵入できるとのことで。それで、夜、オフィスに行ってコピーをとったんです」

依頼人になるかもしれない者への評価はあがる一方だ。「分量は？」

「両面コピーで三千三百十七枚」

「六千ページってことだね」

「七千ページ弱です」

七千ページ。ふいに恐怖を感じた。証拠はつねに探偵の友だ。だが、それを読んでいるときに、背後から影に忍び寄られたら？　その手に装塡ずみの拳銃が握られていたとしたら？

なんとか言い逃れるすべを見つけなければならない。

「いいかい。わたしはブラウンとちがう。無料奉仕はできない」

ウィラはブリーフケースを机の上に置いて開いた。なかには帯封つきの五十ドル札の束がぎっしり詰まっていた。

「一万九千ドルほどあります。祖母が残してくれたお金の半分です。警察に行けないことはわかっているし、誰かに調査を依頼したことを知られるわけにもいかない。それで念のために一度に千ドルずつ引出しました。お願いです。マニーが無実であることを証明して、刑務所から出してください」

「マニーがマリンの元へ戻ることを望んだら？」

「本当に愛しているなら、相手を縛っちゃいけないと思ってます」その口調はポップソングなみに力強い。

若く美しい娘の悲しそうな顔を見ながら、わたしはこの二十四時間を振りかえり、自分がどれだけ変わったのか考えた。エーカーズ下院議員のことやベアトリス・サマーズのことがあって、わたしはいま間違いなく一皮むけつつある。別人になりつつある。

その際《きわ》にいる。だが、まだ一線は越えていない。

「金はもう一日持っていてくれ」

「どうして」

「書類に目を通してから引き受けるかどうか決める」

「わたしが話したことはすべて本当のことです」

「だとしても、自分自身でそれをたしかめたい」

「あなただけが頼りなの。あのひとの唯一の希望の光なの」

「どうしてわたしをそこまで信用できると思うんだ

い」その聖なる言葉はゼウスの額から生まれたアテナのようにわたしの口をついて出てきた。

「ジェイコブ・ストーレルです」

7

ジェイコブはストーレル夫妻の一人息子だ。父のトーマスはロワー・イーストサイドで小さな工具店を営んでいて、母のマルゲリータは〝ドリュアス〟という民間の婦人交流会の世話人をしていた。つまり、夫がハンマーや釘を売っているあいだに、妻は友人たちと木の精霊《ドリュアス》に祈りを捧げているというわけだ。

職業別電話帳の広告を見て、電話をかけてきたのは妻のほうだった。なんでもキング探偵サービスの〝サービス〟という言葉に責任感と品位を感じたらしい。

それは八年前のことだった。そのとき、わたしはまだ離婚問題を引きずっていて、モニカの弁護士から前渡し金が振りこまれなかったら銀行口座を差し押さえるという脅しをかけられていた。だから、仕事が必要だった。どんな仕事でもよかった。

トーマス・ストーレルの話だと、息子のジェイコブが強盗容疑で逮捕されたとのことだった。イースト・ヴィレッジにある文具店で、店員が奥の通路で接客している隙に、レジから現金を奪いとったらしい。店員が警察に通報すると、たまたま警邏《けいら》巡査がすぐ近くにいあわせたので、ジェイコブは店の前の角を曲がるまえに御用となった。

「必要なのは、探偵じゃなくて、弁護士なんじゃないのか」と、わたしはアドバイスした。

「防犯カメラの映像は警察に押収されてしまいました」トーマスは絶望的な口調で言った。

マルゲリータが続けた。「あの子はそんなことをするような人間じゃありません。お人好しなんで、小さいころからみんなにいいように利用されていたんです。あの子に会って、ビデオテープを確認してみてください。それがわたしたちの求める奉仕《サービス》です」

四百ドルの報酬のうちの手付金八十ドルのために、わたしはイースト・ヴィレッジの警察署へ行き、ジェイコブ・ストーレルに会いたいと告げた。

「ゲスなことをしてパクられた野郎だな、あんた」と、受付の男は言った。

「いいや、濡れ衣を着せられただけさ」と、わたしは答えた。

男は五十がらみ、太っちょで、顔は青白い。顎の肉から剃り残しの髭が何本か飛びでている。目の色はないといっていいくらい薄い。距離は三フィートほど離れていたが、いやな臭いがするような気がして、わたしは半歩あとずさった。

「九番の面会室だ」

それだけで、名乗ることはなかった。赤いカードが入った透明なプラスティックのネームプレートをさしだす。それによると、わたしは〝V9〟ということになる。

　面会室のほうへ向かって廊下を歩いていたとき、とつぜん閉所恐怖症に襲われた。両側の壁が迫ってくる。床はうねっているように見える。まだ受付の男のいやな臭いがする。

　よろめき、迫ってくる壁に左手を当てて身体を支える。

「どうしたんだい、ブラザー」男が言って、わたしの左腕の下に手をあてがった。「だいじょうぶかい」

東洋人——おそらく中国人だろう。巡査の制服を着ていて、黒ぶちの丸眼鏡をかけている。人懐っこい目をしていて、臭いはまったくしない。

「すまない。昔のことを思いだしてね」

「忘れたほうがいい。あんた、ジョー・オリヴァーだね」

「そうだよ」

「えらい目にあったな。おれがあの事件の担当なら、ビデオテープは誰の目にも触れさせなかったけどね。少なくとも、あんたは殴りも蹴りもしていない」

　当時はそれが不満の種だった。仲間なら、そんなふうに証拠を〝紛失〟することができる。現場に最初に駆けつけるのは、いつだって警察官なのだ。

「ありがとう」わたしは言って、背中をのばした。

「あんたの名前は？」

「アーチー。アーチー・チョウ」

「九番の面会室はこの先だね、アーチー」

「角を曲がったところだ」

　この署の面会室はどれも掃除道具入れより狭い。オートロック式のドアをあけると、そこの椅子にすわっていた男は身をすくめ、拘束具の長さいっぱいまで両手をあげた。

背の低い、太った若者で、格子縞の長袖のシャツを着て、ジーンズをはいている。その顔を見れば、ここでどんな扱いを受けたかはすぐにわかる。左目は完全に閉じていて、下唇は腫れあがっている。右の頬に、ゴルフボール大のこぶができている。

「話せって言うなら、なんだって話すよ」

そう言うしかないのだ。少しまえには、わたしもそうだった。次に起こることの恐怖から逃れるためなら、なんだって話しただろう。

「きみのお母さんに言われて来たんだ、ジェイコブ」

「ママに？」開いているほうの目が大きくなり、もうひとつの目がひきつった。

「だいじょうぶかい」

「殴られた。ボコボコにされた」

「きみは本当に金を盗んだのか」

「ぼくをうちに連れてかえってくれるの？」

外見からすると二十代なかばだが、しゃべり方や態度は幼い子供のようだ。

「いますぐは無理だ。でも、きみが正直に質問に答えてくれたら、きみが無実だってことを証明するためにがんばるつもりでいる」

すると、若者は泣きだした。手錠をはめられた両手で顔を覆ってしゃくりあげている。わたしはテーブルの向かいに腰をおろして待った。泣き声は恐怖に満ち、大きくなり、金切り声に変わった。手錠から手を引き抜こうとして身悶えしている。手錠にはチェーンがついていて、テーブルの穴をくぐらせ、コンクリートの床に埋めこまれた鉄のフックにとめられている。

わたしは黙って見守った。気持ちはよくわかる。

しばらくしてようやく落ち着きを取り戻し、身体を起こした。

「ごめんなさい」

「謝ることはない。きみは不当に逮捕され、本当のことを言って殴られたんだ」

ジェイコブはノートルダムのカジモドのような目でわたしを見つめた。

「どうしてレジの金をとったんだい」

「持っていっていいってシーラが言ったから」

「シーラって？」

「ぼくの友だち、出会ったばかりの」

「どこで出会ったんだい」

「バワリーの公園。その店はお父さんのもので、お金をもらえることになってるって言うんだ。食べ物を買うための。シーラはお腹ペコペコだった」

　用は三時間ほどで足りた。犯行現場の防犯カメラの映像は、チャオ巡査に頼んで見せてもらうことができた。カメラには映っていないが、シーラとおぼしき娘がジェイコブに向かって何か言っている。店員を奥の通路に連れていって話をしているのは、その連れだろう。

　逮捕した警官の報告書によると、ジェイコブは盗んだ金を持っていなかった。店の三軒先までしか行っていないのに、金はすでに別人の手に渡っていた。取調べにあたったバディ・マケナリーは、わたしと同期で、手抜きの名人として知られた刑事だった。

　わたしにも評判はあった。女好きとか、細かいことにこだわるとか、わたしが逮捕した者はほとんど全員が有罪になるとか。

　わたしはバディに言った。その地区の防犯カメラをチェックすれば、ジェイコブが店を出たあとの映像が見つかるかもしれない。

「ジェイコブをそそのかした女と男、あるいは女ふたりの姿が映っているはずだ」

「だとしても、やつが金を奪ったのは間違いない」

「本人と話をしたのか」

「もちろん。こいつでもってな」日に焼けて浅黒い肌のアイルランド人は言って、左の拳を上にあげた。

わたしはぶっ飛ばしてやりたい衝動を抑えて言った。

「ジェイコブの高校時代の記録には、特別の配慮が必要な生徒だと書かれているはずだ」

「知恵遅れってことか」

「家に帰らせてやってくれ、バディ。あんたと署が訴えられるまえに」

バディのグレーのスーツは長年の着用でテカリが出ている。苦々しげに唇をなめながら、ひとしきりわたしを見つめ、それから言った。「おまえさんはもうおれたちの仲間じゃない。そうだな」

「ジェイコブはいいやつだ」わたしはウィラに言った。「でも、信頼に足る保証人ってわけじゃない」

「あの子はわたしの父の工具店で商品の補充係として働いていたの。わたしの友人でもある。それで、あなたのことを教えられ、お母さんから話を聞いたんです。あなたなら誰でも数時間で監獄から出してくれる、あなたは奉仕《サービス》と真実にこだわるひとだと言っていました」

わたしは超常現象を信じていない。だが、わたしの知人のなかには、わたしのなかに隠されているものを見抜く力を持っていると思われる者が何人かいる。それは知性かもしれないし、わたしの理解の範囲を超える認知力かもしれない。いずれにせよ、わたしは理屈抜きでそういった者たちを信頼している。一度きりしか会っていないが、マルゲリータ・ストーレルもそのひとりだ。

「どうでしょう。今夜書類に目を通していただけるでしょうか」新米弁護士は訊いた。

「現金で二百五十ドル払ってくれたらね。もしかしたら、何か助言できるかもしれない」

「それで納得がいったら、引き受けてもらえるでしょうか」

わたしは心臓の鼓動を四つ数えてから答えた。「たぶん」

ウィラが出ていったあと、しばらくひとりで静かな時間を過ごした。その静かさは第一次世界大戦中に塹壕にいる兵士が感じたのと同じもののような気がする。彼らを待ち受けているのは、敵の次の攻撃かもしれないし、悪質な感染症かもしれない。あるいは、塹壕に広がり、そこを墓場に変えるマスタードガスかもしれない。

考えなければならないことは多い。エーカーズのこと、サマーズのこと、さらにはマンのこと。

厄介ごとから気をそらすために、ｉＰａｄでメールをチェックすることにした。いい知らせが入っているかもしれない。少なくとも、役に立ちそうな広告くらいはあるだろう。

十七番目のメールは、bacres1119@repbacres.comからだった。メッセージは電話番号だけだった。

8

仕事がすむと、娘をモンタギュー通りに新しくできたル・ソバージュというフランス料理店に連れていった。わたしはブフ・ブルギニョン、エイジアはコック・オ・バンを注文した。赤ワインは美味で、エイジアにも一口飲ませた。二口目の味見はさせなかった。

そのあと、エイジアは訊いた。「ウィラに頼まれた仕事、引き受けるつもり？」

「おまえはどこまでの話を聞いてる？」

「A・フリー・マンってひとは無実で、パパならそれを証明できると思ってるって」

「その話は誰にもするんじゃないぞ」

「うん。パパとしかしない」

ふたつの先のテーブルから、男がときどきこちらを横目でちらちらと見ている。

「もうひとつ言っておくことがある」

「なに？」

「パパが買ってやったパソコンを使ってるな」

「うん。なんで？」

「家に持ってかえったことは」

「ラップトップといっても、十二ポンドはあるんだよ。どこにも持ってけないよ」

「これからも家に持ってかえっちゃいけない。わかったね」

「わかった」と、エイジアは言ったが、その目にはとまどいの色があった。

「どうしたんだい」

「ファイルはクラウドに置いてるの。週に一回、家でそれをダウンロードして、やり残した作業をしてるんだけど。それって、まずいかな」

わたしは娘を愛している。もし自分が残りの人生を厚さ十フィートのコンクリートの下に埋められた黴《かび》臭い棺のなかで過ごさねばならず、聴ける音楽はポルカだけだったとしても、娘のためならそれを受けいれただろう。

「何かあったの、パパ」

「いいや、ハニー。もう遅いから、家まで車で送っていくよ」

「ありがとう」エイジアは言って、立ちあがった。

「マンの件、引き受けるの？」

「いいか、その名前は二度と口にしちゃいけない。ママの前でも、誰の前でも」

「オーケー」エイジアはわたしをじっと見つめて目で誓いを立てた。

車はすぐ近くにとめてあったが、そこへ行くまえに誰かに呼びとめられた。

「あの、ちょっと」と、男は言って、ル・ソバージュから出てきた。

忘れ物をしたのかもしれない。

それは店内でわれわれを横目でちらちらと見ていた男だった。白人。身長五フィート九インチ。緑と黄色のスポーツジャケット、黒のシャツ、ズボン。

すぐにわれわれに追いついた。「ちょっと待ってくれ」

藁で編んだような靴をはいている。

男はわたしの娘に言った。「きみはこの男についていかないほうがいいと思うよ」

「はあ？」というのが、娘の答えだった。

アッパーカットを見舞うべきなのか、唇にキスをすべきなのか。

「勘違いしないでくれ。これはわたしの娘だ」

男は目をぱちくりさせて、わたしと娘を見比べた。天衣無縫か満身創痍かの違いを別にすれば、よく似ているはずだ。

「なるほど。これは失礼した。申しわけない。わたしはてっきり……」

「いや、若い女性のためだ。よく言ってくれた。でも、今回は勘ちがいだ」

「わたしのボーイフレンドだと思ったってこと？」

エイジアは信じられないといった顔をしている。

「末娘を通りで亡くしたものでね」男はわたしに言った。

「この次は、ケータイで写真を撮って、警察に通報したほうがいい。そのほうが安全だ」

プラム・ビーチまでのドライブは楽しかった。エイジアはシドニー・ベシェの音楽が気にいったみたいだった。〝彼のクラリネットはひとが話しているように聞こえるから〟らしい。

わたしはベシェがパリで別のミュージシャンと決闘した話をして聞かせた。理由はキーを間違えていると言われたから。ただそれだけのことだ。

「ほんとに？　それでどうなったの」

「ふたりともジャズマンであって、ガンマンじゃない。弾丸《たま》は見物人に当たった。たしか女性だ」

「パパの仕事の話をしたら、わたしもそうなるのかな」

「たぶんならない。でも、可能性はあるぞ」

　モニカの夫が三階建ての白い石造りの建物の玄関に姿を現わした。エイジアがひとりで帰ってくると思っていたようだ。

「ジョー」

「コールマン」

「ここに何をしにきたんだ」

「パパはママに話があるの」エイジアが言った。威厳のようなものを感じさせる口調だった。

　コールマン・テセラットはわたしに訊いた。「話というと？」

「ジョーなの？」モニカだ。二階の踊り場にいる。

「やあ、モニカ。話したいことがあるんだ」

「明日電話してちょうだい」

「駄目だ。ＬＡＤなんだ」

　コールマンがしかめ面で唇を歪めるのを見て、わたしは思わず笑いそうになった。彼はエイジアにパパと呼んでもらいたがっている。そして、モニカがわたしと秘密の略語を使って話をするのを苦々しく思っている。

　モニカは咳払いをし、それから言った。「この格好じゃなんだから、何か着てくるわ。キッチンで待っててちょうだい」

「それまでわたしがお相手をしてあげるよ」エイジアが言った。

「もう寝る時間だ」コールマンが言った。

　コールマンは肌の色の薄い黒人で、整った顔立ちをしている。わたしと同じくらいの背丈で、年はモニカより十歳下だ。投資銀行家で、何不自由なく暮らしている。なんでも手に入れなければ、少なくとも支配下に置かなければ気がすまないといったタイプの男だ。わたしにとって、それは悪いことではない。エイジアがなつかないのはそのせいだから。

いまはまだ十七歳で、温室育ちだから、義父を見る反抗的な目は可愛いものだ。だが、いつの日か、コールマンとモニカは娘の心のなかで逆巻いている憎悪と向きあわなければならなくなるだろう。

「わかったよ」エイジアは言った。それからわたしの頬にキスをして、小さな声で言った。「おやすみ」

わたしは一階の居間を抜け、そこより少し狭いダイニングルームに入った。Ｌ字型のキッチンには、家族三人で朝食や時々は夕食をとる小ぶりのテーブルが置かれている。

これから切りださなければならないのは、わたしにとってもモニカにとっても避けて通ることのできない大事な話だ。ＬＡＤとは、ふたりのあいだの暗号で、ライフ・アンド・デスを意味する。その言葉を聞けば、ただごとではないということがわかる。

十五分ほどして、モニカは青緑のスウェットスーツ姿でやってきた。その後ろにコールマンが続いている。こちらはジーンズに黒いＴシャツという格好だ。

「それで？　なんの話なんだ」コールマンが言った。

「席をはずすよう言ってくれないか」わたしはモニカに言った。

コールマンが応じた。「自分の家できみの命令に従うつもりはない」

「お願い、ＣＣ」モニカはささやくような声で言った。

コールマンは戦いたがっていた。わたしは受けて立つつもりだった。だが、結局そうはならなかった。コールマンは踵をかえし、ふたつの部屋を通り抜けて、階段のほうへ歩いていった。グリム童話の世界からウォール街にワープし、糸車でせっせと金を紡ぎだしたルンペルシュティルツヒェンのように、大きな足音を床に響かせながら。

コールマンが自分の部屋に入ったことを確認してから、モニカは言った。「話って何？」

「きみはおれを目の仇にしている、M。脅迫状を自分で送りつけたり、弁護士に送らせたり。ときにはエイジアにおれの悪口を言って聞かせたり。上等だ。でも、そんなものは痛くも痒くもない。おれが今日ここに来たのは、きみの娘の父親が監獄で朽ち果てようとしてたとき、救いの手をさしのべようとしなかった理由を問いただすためじゃない」

「そんなことは自分でもわかってるはずよ」モーゼのお告げのような口調だ。

わたしは自分の右頬に深く刻まれた傷跡を指でなぞりながら言った。「これもそうだと言うのか」

「わたしがやったんじゃない」

「でも、こうなるのをとめることはできたはずだ。金を掻き集めて保釈金をつくることは不可能じゃなかったはずだ」

「娘の将来のことを考えなきゃならなかったのよ」

「それはそうかもしれん」そう言われたら、反論のしようがない。「エイジアのことを考えるなら、おれに養育費を払わせるのが何より大事ってわけだな」

「いまあの子を養ってるのはコールマンよ」

「金はいくらあっても邪魔にはならない。コロンビア大学に通わせるためには、六桁の年収があっても、やりくりは楽じゃない」

「いったい何が言いたいの、ジョー」

「誰かにおれを撃ち殺させないでもらいたい」

モニカの顔に浮かんでいたのは、薄ら馬鹿の戯言《たわごと》を聞かされた童女の表情だった。

「きみはあと先の考えもなくボブ・エーカーズに電話をかけた」

その目から拒絶の色が薄まった。

かつてのモニカは若く美しい女性だった。焦げ茶色の肌と西アフリカ系の目鼻立ち。情が深く、セクシーで、聡明、そして誠実だった。わたしはそんな彼女を裏切った。そのことに弁解の余地はない。だからといって、わたしを監獄で朽ち果てさせていいということにはならない。

「調べられてるとわかったら、殺してしまえってことになるかもしれないんだ。きみがそういうつもりなら、こっちにも考えがある。なんなら、コールマンの行状を調べてもいい。叩いたら、どれくらいの埃が出てくると思う？」

この問いに対する答えは、おおよそ見当がついている。モニカも同様だろう。

「知らないわ、ボブ・エーカーズなんてひと」弱々しい口調だった。「下院議員のボブ・エーカーズのこと？」

「彼の秘書に電話してきた者の番号を教えてくれた。きみの携帯電話の番号だった」

「このことにコールマンは無関係よ」

「養育費の支払いが六日遅れたら、訴訟を起こしてもいいし、当局に通報してもいい。おれがどんなことをしたから頭にきているか、エイジアに話してもいい。でも、今度おれの仕事の邪魔をしたら、後悔することになる。きみが手に入れた完璧な生活を徹底的に破壊し、ぐうの音《ね》も出ないようにしてやる。わかったな」

わたしは返事を待たなかった。立ちあがって、玄関のドアの前へ歩いていき、外に出た。

外はひんやりとしていて、気持ちがよかった。

9

オフィスの上の三階の部屋で、わたしは寝起きしている。下の階と同様、天井の高さは十八フィートあり、ふたつの大きな窓から再開発が進みつつある大通りを見渡すことができる。窓には、竹の繊維でつくった、床から天井まである深紅の薄いカーテンがかかっている。夜はそのカーテンをあける。部屋の通り側に明かりをつけておけば、外からなかを見ることはできない。

部屋は広いワンルームで、そこにバスとトイレがついている。百年以上前に作られたマホガニーの机、三フィートの高さの台の上に置かれたキングサイズのマットレス、猫脚に支えられた鉄製の深いバスタブ。

部屋は暗いままにしてデスクランプだけをつけ、ウィラ・ポートマンが持ってきた書類が詰まったキャリーバッグをあける。

ウィラか、でなかったらそのボスのスチュアート・ブラウンは、ずいぶん几帳面な性格のようだ。大部の書類の上には、A・フリー・マンことレナード・コンプトンの弁護資料のインデックスが綴じこまれた青いフォルダーがある。項目は個人履歴、政治的背景、職歴および軍歴、そして事件当夜ヴァレンスとプラットが殺害されるに至った経緯。

インデックスの目次ページには、カードサイズの写真が添えられていた。中年の黒人女性で、口もとには笑みが浮かび、金冠をかぶせた前歯が覗いている。その目には知性と強い意志が宿っているように見える。写真の下のほうに、名前が赤字で記されている――ジョアンナ・マッド。この写真がここにあるのは、ミズ・マッドの失踪が今回の調査依頼の理由であるからだろう。

A・フリー・マンは、レナード・コンプトンだったころ、レンジャー部隊の曹長だった。優秀な狙撃手で、いくつものメダルを授与されている。そのことから判断すると、勇敢さと愛国心の持ち主であるのはたしかなようだ。除隊後は、ニューヨーク市立大学を出て、アッパー・マンハッタンの高校の教師になり、受け持ちの生徒たちを種々のトラブルから守るために身を砕いていたという。

　同時期に、ピープルズ・クラリオンという小さなタウン紙に記事を寄せていた。最初のうちは自分の軍隊経験について書きつづっていただけだが、しばらくして、ニューヨークの黒人居住区やその周辺の若者が巻きこまれた犯罪について踏みこんだ意見を述べるようになった。

　そのどこかの時点で、ブラッド・ブラザーズ・オブ・ブロードウェイと呼ばれるグループの一員になった。もしかしたら、自分で立ちあげたのかもしれない。メンバーは男五人と女ふたり。

　ターニャ・ラーク――マンの取り組みの成功例のひとつ。ギャング団の殺し屋で、みんなから恐れられていたが、マンと出会うことによって、その怒りと暴力のエネルギーを地域社会への貢献に向けるようになる。

　グレグ・ローマン――玩具会社トリックスター・エンタープライズ（弁護資料によると、各種のテクノロジー事業に手を広げつつある）の警備員。全米ライフル協会の黒人メンバーで、すべてのアメリカ人は自分で自分を守る権利があるという信念を持っている。

　クリストファー・〝キット〟・カーソン――押しこみ強盗の常習犯で、六回服役。そのうちの一回は、プラットによって逮捕されている。

　サン・マリ――アフリカ民族主義者。いつの日か合衆国は革命によって分裂すると信じている。職業は配管工。

　ラモント・チャールズ――メンバーのなかでいちば

んの切れ者。詐欺師だが、罪に問われたことは一度もない。神話的レベルの女たらし。カジノ泣かせのポーカー・プレーヤーで、アトランティック・シティからラスベガスまで、プロを対象とする一部のゲームにしか参加を認められていない。

ラナ・ルイーズ——ドミニカ人。ヒモが寝ているときに喉を掻き切ったが、その件ではなぜか正当防衛の判決が下った。添付された写真を見ると、褐色の肌をした美人で、カメラに向かって不敵な笑みを浮かべている。

ブラッド・ブラザーズ・オブ・ブロードウェイは運を持っていなかった。マンがヴァレンスとプラットとのあいだに銃撃戦を繰りひろげるまえの十八カ月のあいだに、ローマンとカーソンとマリは殺害された。ラモント・チャールズは撃たれたが、一命はなんとか取りとめた。三肢麻痺のまま、いまもコニーアイランドの養護施設で暮らしている。

ラナ・ルイーズは武装攻撃と殺人未遂の罪で有罪判決を受けた。ターニャ・ラークは行方不明。

それが戦闘的な政治集団であり、そこがニューヨークのブラウンズヴィルで、そのときが夏の土曜日の夜だったとしても、あまりに惨《むご》すぎる結果だった。

殺された刑事が犯罪行為にかかわっていたと言う者は大勢いる。刑事が先にマンに向かって発砲するのを見たと言う者もふたりいたが（両者の話はほぼ一致していた）、どちらもほとんど同時に（三日と間を置かず）供述を撤回している。

弁護資料のなかでは言及されていなかったが、マンはなぜ警官との一対二の銃撃戦を挑んだのか。マンは狙撃手で、相手は銃撃戦の訓練を受けたプロだ。どうして屋根の上に陣取って、ふたりを狙い撃ちにしなかったのか。

それに、依頼人が有罪かもしれないからといって、どうしてブラウンは弁護活動を中止しなければならないのか。弁護士の仕事は法律の運用であり、善悪の判断ではない。

四百ページほど読み進んだところで、朝の五時近くなっていることに気がついた。本当なら一眠りしたいところだが、ここでふとあることを思いついた。アダモ・コルテスというのがニューヨーク市警の警官の名前でないとしたら、偽名か、でなければ秘密の情報提供者名ということになる。

その瞬間、わたしの腹は決まった。ふたつの事案をかけもとう――わたしをひっかけた罠と、A・フリー・マンが受けた殺人罪。

わたしは生まれついての探偵だ。わたしにとって、探偵の仕事は三次元のジグソーパズルのピースを組みあわせていくようなもので、できあがると、そこにはいつのまにか現実の世界が立ち現われている。

年代物の机のいちばん下の引出しから、用紙の束をふたつ取りだした。どちらもパステルカラーで、ひとつはブルー、もうひとつはピンク。こうすれば異なる二本の糸をたどっていても、混乱することはない。お払い箱になったかつての職場では、混乱を避けるために五色の用紙を使うことも珍しくなかった。

一日八時間の労働で二百五十ドル。それで、ふたつの調査が意味のあるものになるかどうか見極めることができる。横槍を入れられる心配はない。わたしがこれからやろうとしていることを知っている者はひとりもいない。

とりあえず、いちばん上の引出しから白い用紙を取りだして、上段に〝共通の課題〟と書きこんだ。

ふたつの案件に共通する第一の課題は、調べを進めるうえでパートナーが必要かどうかということだ。

真っ先にグラッドストーン・パーマーのことを考えた。彼はわたしの友人だ。それは間違いない。ライカーズに収監されたときには、わたしの身の安全を確保するため隔離棟に入れるよう手配してくれた。わたしがふたつの警備会社で週七十時間働いていたときには、探偵業の開業資金を用立ててくれ、さらには最初の依頼人を何人か連れてきてくれた。警察の内部事情によく通じているという利点もある。ニューヨーク市警のすべての分署、すべての警部、そしてほとんどすべての捜査員に顔がきく。ほかでは得がたい情報をもたらしてくれるはずだ。今回これを機にわたしの汚名をそそぐことができたら、彼自身の出世のためにもなる。

だが、利点は同時に難点でもある。グラッドは警察内外の多くの有力者とつながりを持っている。わたしが反撃を受けることになるかもしれない者と誼《よし》みを通じている可能性も否定できない。そこにもうひとつ付け加えるなら、わたしがこれからやろうとしているのは、拳銃を撃ったことを認めている男にかけられた警官殺しの容疑を晴らすことなのだ。それは決して友人のためになることではない。

第二の選択肢は若いハイチ人で、一級巡査のアンリ・トゥルノー。わたしは彼の父親と懇意にしていて、一人前の警察官になるために必要なことを息子に教えてやってくれと頼まれていた。それで、手取り足取り教えた。そのなかには、コンピューターの活用法まで入っていた。その結果、どんな優秀な新人にも負けることのないスキルを身につけることができた。そして、アンリが警察入りすると、警部から平の巡査まで、どの階級の者にはどのような接し方をすればいいかを教えた。どれが曲げてもいいルールで、どれが神聖にして侵すべからざるルールかも教えた。

アンリにとって、わたしはあくまで父の友人なのだ。

いまはアンリ名義で警察のデータベースを使わせてもらっている。だが、今回のこのような仕事を手伝わせるのは、最近結婚したばかりの若い警察官には酷というものだろう。

ほかの警察官は条件にあわない。それで、範囲を少し広げることにした。この十年ほどの仕事を通じて知りあった私立探偵は五、六人いる。だが、親しくしている者はひとりもいない。仕事の内容が内容だけに、今回はよほど信頼できる者でないかぎり使えない。

通りの向かいの銀行のビルごしに朝日が見えたとき、気乗りはしなかったが、メルカルト・フロストのことを考えはじめた。メルカルト——通称メル。凶悪犯だ。これまで数々の悪事に手を染めてきた。銀行を襲撃したり、敵対する者を拷問にかけ、場合によっては殺害したり、爆弾を仕掛けたり。二十一世紀でもっとも大胆な強盗事件を起こしたグループの一員だったこともある。

わたしがこの生まれついての犯罪者に出会ったのは、FBIがバイロン・ギャング団を罠にかけるために市警に応援を求めてきたときのことだ。テッドとフランシス・バイロンは犯罪の設計者とでも言うべき男だった。少なくとも八件の銀行強盗を計画し、実行した。いずれの場合も、現金の保管庫に通じる内壁を吹き飛ばしていた。

そういった仕事をするときには、なんらかの手違いで銃撃戦になった場合にそなえて、つねにメルのような男を同行させていた。

ある水曜日の午前三時を少し過ぎたころ、ミッドタウンの西五十六丁目にある銀行が襲撃された。そのとき、わたしは六十三丁目の地下鉄駅の通気口を見張っていた。犯人がそこから逃走をはかる可能性があるとのことだったが、実際のところ、配置についていたのはわたしひとりだった。それはあくまで念のためであり、犯人がそんなところまでやってくる可能性はゼロに近い。しかも、市警は派遣する警官一人あたり二千五百ドルの経費の支払いをFBIに求めていた。

わたしは支給された盗聴防止装置つきの無線機ごしに現場の様子をうかがっていた。銀行が爆破されたのは、午前三時九分。そのすぐあとに、七人の強盗犯のうち六人が一発の銃弾も発射することなく捕まった。

七人目の強盗犯については、さまざまな情報が飛び交っていた。わたしは自分の持ち場を離れなかった。それが自分の仕事であり、わたしはつねに自分の仕事をまっとうしていた――そこに美しい女性が絡んでいないかぎり。

一斉逮捕から三十二分後、地下鉄の通気口の鉄格子がわずかに持ちあがった。わたしは物陰に身を潜めて、飛びかかるタイミングをはかった。

応援を呼んでもよかったが、仲間が来るのを待っているあいだに犯人は逃げてしまうだろう。脚を撃ってもよかったし、場合によっては撃ち殺してもよかったが、それはわたしの流儀に反する。片方の手が地上にあがってくるのを待って、そこに手錠をかけ、それをすばやく鉄格子につないだ。そうしておいて、リボルバーの銃口を男の頭に突きつけた。

「もう一方の手を見せろ。何も持っていなければ撃たない」

このときの功績を認められ、わたしは署長から勲功賞を直接手渡された。ＦＢＩには本部に呼ばれ、地方長官から握手を求められた。

そんな晴れがましさはメルの審理がはじまると同時に消えた。ほかの六人の強盗犯は全員いっしょに裁判を受けた。だが、メルについては現場から離れた場所で単独で逮捕されたため、弁護士のユージニア・ポトクは分離公判を要求し、それを認めさせた。

わたしが証人として出廷するまえに、検事が〝面談〟を求め、被告人が犯行への関与を認めたと証言するように持ちかけてきた。ほかの被告人は仲間を売るような証言をすることを拒んでおり、それはメルも同様だった。

知らないことを証言することは、おのれの良心にかけてできなかった。わたしは警察官として法律の条文と精神に忠実であることを早い段階から心に誓っていた。わたしにとって、法律は聖書に等しい。

メルは無罪判決を勝ちとり、わたしはスタテン島に飛ばされ、三年のあいだそこで夜勤をすることになった。

時は流れた。わたしは濡れ衣を着せられて投獄された。そして、警察を馘《くび》になった。だから、メルカルトのことをすっかり忘れていたのも無理はない。あれは二年前、オフィスにすわって、窓の外を見ながら、独房のことを思いだしていたときのことだった。

「ミスター・オリヴァー」エイジアの前任のタラ・グランドアイルがインターホンごしに言った。

「なんだい、タラ」

「ミスター・ジョンソンという方が見えています」

「誰だろう」

「お話ししたいことがあると言ってます」

わたしの知っているかぎり、ジョンソンという知人はいないので、仕事の依頼に来た者だろうと決めてかかっていた。まさか、わたしが三年間スタテン島通いをする原因をつくった男だとは思わなかった。

「通してくれ」わたしは念のために短銃身の三二口径をポケットに入れた。

メルカルト・フロストが部屋に入ってきたとき、わたしはもう少しで拳銃を抜きかけた。

メルは笑って、両手を上にあげ、何も持っていないことを示した。

わたしはインターホンのボタンを押して言った。

「パストラミ用のライ麦パンがほしいんだが」

「わかりました」タラは答えた。これはわれわれの暗号で、〝外へ出ていてくれ〟を意味している。

「ミスター・オリヴァー」

「メルカルト・フロスト」

「メルと呼んでくれ。おれの友だちはみなそう呼ぶ」

「おれは友だちじゃない」

「かもな。でも、おれはあんたの友だちだ。すわってもいいかい」

いささか礼儀を欠くのではないかと思えるくらい考えてから、わたしは答えた。「どうぞ」

メルはミディアム・グレーのスーツを着ていた。動きやすいようにゆったりしているが、一応はビジネスマンらしく見える。

「なんの用だ」

「おれは五年のうち三年をジョリエット刑務所で過ごした」それが質問の答えであるかのように言った。「おれの二度目で、最後の有罪判決だ」

本人の姿かたちはスーツとは似ても似つかない。痩せた身体、凶暴そうな顔つき。オリーブ色の肌、短い褐色の髪、女を惑わせるにちがいない黒い瞳。手にはたっぷりと筋肉がついている。

「自殺用の薬でも買ったのか」わたしは訊いた。

メルは苦々しげに首を振った。「銀行で一仕事終えたとき、仲間に背中を撃たれたんだ。十六パーセントちょっとの取り分を五人で分けるために。それで、銀行のなかで撃ってきやがった」

「そいつはどうしてるんだ。いまも通りを闊歩《かっぽ》しているのか」

「いいや」メルは唇を歪め、わたしは背筋に冷たいものを感じた。「そのあと、おれの女《スケ》をこましやがってな」

「それなら、十六パーセントの五分の一以上になるな」

メルは口もとを歪めて、にやりと笑った。「ある晩、その女と会うことになっていたノース・シカゴのカーヴィング・テーブルって店で、やつは何者かに目ん玉をぶち抜かれた」

「それは誰でも知っていることなのか」

メルは答えるかわりに元の話に戻った。「サツはおれの傷の手当てをし、それからおれをはめようとした。

銀行の金をおれのポケットに忍びこませやがったんだよ。でも、弁護士はそれはおれがやったことじゃないということを証明してくれた。そのとき、おれはハジキを持っていた。不法所持だ。本当なら、刑期は十二年かそこらだったはずだ。でも、やつらは見て見ぬふりをしなけりゃならなかった。証拠をでっちあげようとしたことが明るみに出るのを恐れたからだ」

この訪問客について気がついたことがもうひとつある。すわり方だ。脚を大きく広げている。もうひとつの椅子を手前に引き寄せ、その背もたれに左の手首をのせている。右手は膝の上にある。すっかりくつろいで、人生をエンジョイしているように見える。

いまはわたしの頭の上の空間を見つめている。もしかしたら、これまでの荒くれた、気まぐれな人生のことを考えているのかもしれない。

わたしは先に口を開いた。「それで？」

「おれは五年の実刑判決を受け、初日から隔離棟にぶちこまれた」

わたしは顔をしかめたにちがいない。メルは口もとにかすかな笑みを浮かべた。そして、小さくうなずいた。

「まいったよ。本当にまいった。何日も大声で叫んでいたことを覚えてる。泣きもした。それがある朝――目が覚めたときだったから、朝だと思うんだが、急に穏やかな気持ちになり、これまでの人生のことを考えはじめた。小学校の昔からムショにいる現在に至るまで。それで何がわかったと思う？」

「まったくわからない」

「これまでおれをまともに扱ってくれたのはおまえさんだけだってことだ」

「馬鹿言っちゃいけない。おれはあんたを銀行強盗の犯人として逮捕したんだぞ」

「撃つこともできたはずだ。鉄パイプで頭をかち割ることもできたはずだ。おれが全部白状《ゲロ》したって言うことももちろんできたはずだ。そうしなかったから、上司が怒りまくってたって話を聞いたぜ」

　メルは身を乗りだし、このときは両手を太腿の上に置いていた。

「感謝の言葉を伝えるためにわざわざイリノイからやってきたのか」

「さっき言っただろ。もう刑務所には戻らないって。おれがニューヨークに来たのは、新しい仕事を始めるためだ。それと、必要なときにはいつでも借りをかえす用意があるってことをあんたに伝えたかったからだ」

　わたしにとって、それは重要な意味を持つものだった。わたしが鏡のなかに見るものを、他人がわたしのなかに見ることはめったにない。たしかにメルは悪党だ。ただし、恩義というものを決して忘れない悪党だ。

　けれども、そんなふうに思っていることをここで伝えるつもりはなかった。

「新しい仕事というと？」と、わたしは訊いた。

「時計の修理屋だよ」

「本当に？」

「十四歳のとき、脅迫と暴行罪で少年院送りになりかけたことがある。そのとき判事から、それがいやなら、職業訓練を受けろと言われたんだ。それで、チェリー・レインの時計職人のところに弟子入りすることになった。ハリー・スラットキンという小柄なユダヤ人だ。いろんなことを教えてくれたよ。その後、爆弾作りに励むようになってからも、頭の片隅にはずっと時計のことがあった」

「いいか。おれはもう警官じゃないが、それでもまだラインの内側にはいるつもりだ」

　メルは机の上に白い名刺を置いた。「あんたはチェスをやるって聞いたが」

「ああ、やるよ」

「チェス盤は中立地帯だ。おれは月、水、土の三日間たいていグリニッジ・ヴィレッジのワシントン広場に行って、そこでチェスをしている。名刺に電話番号が書いてある。ラインごしに知恵比べをしたくなったら、連絡してくれ。チェス盤の用意をしておくよ」

メルは軽い身のこなしで椅子から立ちあがり、手をさしだすかわりに会釈をした。そして、わたしが会釈をかえすと、黙って部屋から出ていった。

そのあとすぐに、インターネットで検索してみると、メルカルトというのはヨーロッパに攻めいったカルタゴの将軍ハンニバルの守護神であり、西洋宗教からはサタンの生まれ変わりと考えられているバアル神と同一視されることもあるという。

それから二年にわたって、われわれは十数回チェスの対戦をした。三回目にメルが勝ったとき、いっしょに飲みにいった。五回目にまたメルが勝ったとき、ふたりで食事をした。

10

まだ朝の七時前だったが、わたしはブルックリン橋の歩道部分へ通じるコンクリートの階段をのぼっていた。

朝の空気は冷たく、セーターの上にウインドブレーカーを重ねていたが、その時間の歩行者はまだ少なく、風は少し強く感じられた。孤独と寒さの組みあわせは、なぜかわたしに自由の感覚を与えてくれる。つい笑いそうになるくらいだ。こういった感情は精神の不安定さを示すものだろうが、気にすることはない。ひとは偶然の積み重ねによってできあがった習慣に従い、金と保身という餌のついた道徳規範に縛られて一生を安楽に過ごすこともできる。だが、それでは、人生の終わりまで誇りにできることは何ひとつ持てないだろう。

モンタギュー通りからマンハッタンまで、歩いて四十九分かかった。金融街に入ると、市庁舎の前を通ってウェストサイドまで行き、そこでハドソン通りを左に曲がった。

そこから三ブロック下ると、ストーンメゾン療養所の向かいにダイナズという安レストランがある。

カウンター席にすわると、ダイナ・ホーキンズは挨拶がわりに言った。「ミスター・オリヴァー、三カ月ぶりね」

「いつもまっすぐ家に帰っていたんだ。でも、今日は散歩がてら考えたいことがあってね」

「まさかブルックリンからここまで歩いてきたんじゃないでしょうね」

「そのまさかだよ」

「なんだって、やりすぎるのはよくないわ、ミスター・オリヴァー」

ダイナは大柄な女性で、週に七日、日に十二時間働いている。六十の坂をとうに越えているが、上腕二頭筋はわたしより大きい。港湾労働者にまじって働いても、決して引けはとらないだろう。

「それ以外にはなんの運動もしていないからね」

「しなくったっていいわよ、その体型なら」明るい緑色の目がきらっと光る。若いころには、父親から〝おてんば娘〟と言われていたにちがいない。「面白そうな仕事が入ったの？」

ダイナはわたしの前にブラックコーヒーのマグカップを置いた。

警察関係者以外の者と仕事の話をすることはめったにない。だが、今回の一件については、黙っていられなかった。

「Tガールと3Pするのが好きな政治家がいてね」

「どういう意味？　タイガー・ガール？」

「チンポコのある女のことだ」

後ろでドアのベルが鳴った。鏡に、若い男の姿が映しだされた。年配の羽振りのいい銀行員向きのスーツを着ている。年は二十代なかばぐらいで、ひとしきりこちらを見つめ、それからカウンターのレジの前にやってきた。

「なーるほど」ダイナは言った。バラ色の頬、完全な円形になる唇。「じつはね、わたしとダンの部屋の向かいに、そんなひとが住んでたの。ミス・フィゲロアといってね。いままで見たことがないくらいきれいなひとなんだけど、ダンは絶対に男だって言うの。わたしにはよくわからないんだけど」

「ダンは元気にしてるかい」

ダイナは大きな笑みを浮かべた。「訊いてくれてありがとう、ミスター・オリヴァー。わたしたち、いつも夜いっしょにハドソン川ぞいを散歩してるの。ダンは同じ話を何回も何回も繰りかえすんだけど、そのたびに愛しさが募るばかりでね」

「あの、すみません」銀行員風の若い白人の男が言った。

ダイナは無視して話を続けた。「ダンはあなたのことをよく覚えてるわ。いつも言ってる。〝アーノルドを助けた、あの黒いやつ、元気にしてるかい〟って。そんな言い方よくないと思うけど、あの子は教えられたことを覚えられないの」

「あの、すみません」

「何かご用？」

「ミルクと砂糖入りのコーヒーを二杯。テイクアウトで」

「だったら、テイクアウトのコーナーへ行ってちょうだい。いったん外へ出て、左に曲がり、それからもう一度左に曲がったところにあるから」

ダイナはわたしのほうを向いて、眉を吊りあげてみせた。

「時間がないんだ。ここでもらえないかな。次からはそうするから」

「いまからそうしてちょうだい。大きな看板が出てるわ。わたしはテイクアウトの係じゃないの」

「客を大切にするのが商売の基本だと思うんだけど」

「客の頭をどやしつけないのも商売の基本だけど、わたしはそんなことにかまっちゃいない。さあ、行った、行った」

　若い男の顔に怒気が満ちた。それから、わたしをちらっと見たので、わたしはごく小さく首を振った。わたしは充分に大きいし、ダイナと同じくらい強い。それで、自分が悪いと悟ったらしく、口のなかでぶつぶつ文句を言いながら出ていった。

　男が立ち去ると、ダイナは言った。「心配しなくていいのよ、ミスター・オリヴァー。自分の身は自分で守れるから」

「心配はしていないよ。きみがあいつの鼻をへし折って、警察がやってきたとき、目撃者にならなきゃならなくなるのがいやだっただけさ」それは事実だ。

　ダイナは笑った。それから一呼吸おいて、わたしは話の穂を継いだ。

「最近うちの婆さんと会ったかい」

「雨の日とか寒い日とか以外は、たいていお昼すぎに煙草を喫《す》いにくるわ。そのときは、いつもふたりで奥の部屋に引っこんじゃうの。お店のことはモイラにまかせて」

「相変わらずのようだね」

「そう。預言者のように利口で、狐のように狡猾。あなたの叔父さんが訪ねてきてくれるのを待ってるわ」

「叔父は多忙をきわめていてね」

　叔父のルドルフはアッティカ刑務所で服役している。保険金詐欺の罪だ。その手口は巧妙すぎて、検事は横領した正確な金額をいまだに突きとめることができずにいる。

「でも、まあいいじゃない」ダイナは言った。「少なくとも、ブレンダにはあなたがいるわ」

「ご用件は？」容姿端麗なブロンドの女が訊いた。高級養護施設の受付のカウンターの後ろに立っている。悪い感じはしない。

四十代。つんとすましている。緑とピンクの斑点が入ったシルクのブラウスを着ていて、それが黒のタイトスカートのいいアクセントになっている。

一部の女は年をとらない。

「わたしの名前はジョー・オリヴァー。祖母に会いにきた」

「お会いになりたいのは、入居者の付き添いの方？」天気のことを話しているような素っ気ない口調だ。

「いいや」わたしは徐々に魅力を失いつつあるにちがいない。

「じゃ、ここの従業員？」本当に困惑しているようだ。

「いいや、ここの入居者だ。ブレンダ・ネイプルズ。二七〇九号室」

名札にはサリアという名前が入っている。訝しげな顔をしながらも、ｉＰａｄで入居者名簿をチェックした。

「たしかにいらっしゃいます」

「きみがここに来るまえからいるよ。きみがニュージャージーに帰ったあともまだここにいるだろう」

「失礼しました、ミスター・オリヴァー」

「こちらこそ失礼した。たぶん同じ理由じゃないと思うが」

開いているドアをノックして、部屋に入ると、祖母は言った。「ベイビー」

そして、バーのスツールに近い高さの椅子から立ちあがった。服はまぶしいくらい明るい黄色。肌は夜空のように黒い。

唇にキスをする。いつもそうしている。

「ベッドに腰かけてちょうだい」祖母は言って、部屋のなかでいちばん役に立っている調度であるシングル・ベッドのほうに手を振った。

それから、布張りの木の椅子に戻り、いかにも嬉しそうに肩をあげてみせた。

「元気かい、おばあちゃん」

「とっても」祖母はにこりと笑った。「例のロジャー・フェリスって白人の男がリンカーン・センターに音楽を聴きにいこうと言ってきかないの。白人の男とはデートしないと口をすっぱくして言ってるのに。それがダブルデートで、向こうが白人のガールフレンドを連れてきて、こっちが黒人のボーイフレンドを連れていくんだったら、かまわないけど」

「それじゃ、駄目なのかい」

「それじゃ、おやすみのキスができないって言うのよ」しかめっ面にごく小さな笑みが浮かぶ。

「どういうことだろう」

「キスがないのは本物のデートじゃないからだって。行くまえからキスがないとわかっていれば、それはデートにならないらしい」

「一理あると思うけど」

「おまえの意見など誰も聞いてないよ」

「ロジャー・フェリスというのは、世界中に銀山を持っている男じゃなかったっけ」

「知らないよ。ここにいるひとが必要な土地は墓地だけさ。埋めるものは骨以外には何もない」

「ほかの友だちは元気にしてるかい」

「やめなさい。おまえがこんなおしゃべりをするために朝の八時半にここに来たんじゃないことはわかってるんだから」

わたしは本当に祖母が好きだ。とうに九十歳を超えているが、毎朝デイリー・ニュース紙に目を通し、繕いものは全部自分でする。身長は五フィート弱で、何年もまえから体重は百ポンドを切っているが、まだまだ矍鑠《かくしゃく》としている。

　ストーンメイソンズは富裕層向けの有料老人ホームだが、夫の消防士としてのキャリアのおかげで、祖母はわたしがこれまで一度も見たことがない額の給付金を手にしていた。

　ブレンダ・ネイプルズはいまも元気に歩きまわり、煙草をスパスパ喫い、議論を闘わせる。わたしより長生きする可能性は五分五分だろう。

「それで何なの、キング」

　わたしはベアトリス・サマーズからの手紙と、その裏にひそむ陰謀を追うことの危険性について話した。

　祖母は目と耳を集中させ、おそらく臭いまで嗅ぎ分けようとしている。

　話が終わると、こう言った。「無理をしてでもやりなさい、ベイビー。大事なのは、何が正しくて、何が正しくないか、わかってるかどうかってことよ。過去に間違ったことをしても、どうすればそれを正しい方向に戻せるかを知ったら、あとはもうやるっきゃない」話に熱が入ると、ときおりミシシッピ訛りが出る。

「わかってる。そのくらいのことはまえからわかっていたよ」

「だけど、これまでは誰もなんの希望も与えてくれなかったのよ。名乗りでてくれるひともいなかった。それに、これまではもっと大事なことがあった」

「探偵の仕事？」

「ちがうよ、お馬鹿さん。エイジア＝デニスのことよ。これまでは自分のことより、あの子の成長を見守ってやることを優先させなきゃならなかった。当たりまえのことでしょ」

　全部言われたので、わたしは何も言えなかった。

「朝食はどうするつもり？　ここで食べていく？」

「もちろん」

11

朝食の席には、ロジャー・フェリスが加わっていた。祖母より一歳か二歳若いだけだが、六フィートの背丈があり、スリムで、髪は白いが、ふさふさしている。無尽蔵の富の持ち主でもある。

祖母はロジャーの同席を楽しんでいた。朝食はデートの範疇に入らないのだろう。

ロジャーは銃の信奉者であり、同時に平和主義者だ。

チキンソーセージと卵白のハーブ・オムレツを食べながら言った。「ボクサーにしても、射撃手にしても、武力を行使する者は、より高い道徳規範を持たなきゃならない。セミオートマティックを持っていれば、十数人の人間を、それぞれの名前を呼ぶより早く殺すことができる。それは神にそむく犯罪だ」

「だから、警官は大変なんだよ」わたしはうなずきながら言い、カフェイン抜きのコーヒーを一口飲んだ。

「どういう意味だね」八千七百九十億ドルの資産家が訊いた。

「通りに警官と地元住民がいるとしよう。警官は拳銃を持っている。住民のなかにもなんらかのかたちで武装している者がいるはずだ。彼らは警官を恐れ、警官を憎み、つねに復讐の機会をうかがっている。でも、警官は拳銃をホルスターに入れたままにしておかないといけない。警察はそれだけの力を持ち、責任を負っている」

ロジャーは微笑み、うなずいた。この男にとって銃は富と同様の力のシンボルであり、われわれを見る目にも、それと同じではないにせよ、似たような感情を抱いているにちがいない。

エレベーターのドアの前で、ロジャーは言った。

「きみのおばあさんは素晴らしい女性だ」

ロジャーはわたしをそこまで送っていくと言い、祖母はそうしてくれと言っていた。

「昔からずっとそうだよ」

「彼女から聞いた話だと、きみは何かのトラブルに巻きこまれて、警察を辞めなきゃならなくなったそうだね」

「ああ。ズボンをおろして、鼻息を荒らげていたとき、トラブルに見舞われた」どうして話をはぐらかさないのか自分でも不思議だった。このときふと思ったのだが、この男からは自信と同時に信頼感のようなものが伝わってくるような気がする。

ロジャーはうなずいた。「おおよその話は聞いている。とにかく、ブレンダには驚かされるよ。勘が鋭くて、ずるさや強欲さはかけらもない」

「コンサートに誘われていると言っていた」

「わたしの肌の色がもっと黒かったらよかったのに、と言われている」

「本当は行きたいみたいだよ、ミスター・フェリス。押しつづけたら、いつかかならずオーケーが出る」

ロジャーは微笑み、淡いブルーの目でわたしをじっと見つめた。どことなく悲しい目だった。けれども、ロジャーが祖母といっしょにコンサート会場にすわっている日はそんなに遠くないだろう。

「きみが拘置所にいたとき、ブレンダはきみのことをえらく心配していた」

「祖母というのは、だいたいにおいて過保護なものだよ。わかってるだろ」

「まあね」ロジャーは言って、わたしの肩に手を置いた。「でも、何かあったら、いつでも電話してくれ。わたしには怖いものは何もないってことがわかるはずだ」

ロジャーは名刺をさしだし、そしてわたしにうなずきかけた。

　今年の十一月の末には、暖かさがまだ残っていた。わたしは通りで立ちどまり、スマートフォンを取りだして、五通のメールを作成した。傍目《はため》には、何かに取りつかれているように見えただろう。五通とも少なくとも三回読みかえし、スペルチェックをした。送信しおえると、C系統の地下鉄駅に行き、ブルックリン・ハイツに戻った。

　しばらくのあいだ、インターネットで、アダモ・コルテス、逮捕、警察官、宣誓証言といったキーワードをチェックした。

　やっとのことで電話をかけたのは十時七分だった。

「もしもし」男が答えた。

「ミスター・サマーズ？」

「ええ」

「ジョー・オリヴァーだ。わたしが誰かは知っていると思う」

「ちょっと待ってください」

　受話器を置く音のあと、子供たちがはしゃいだり、ぶつくさ言ったりする声が聞こえた。それから、受話器に近づいてくる女の声。わたしに髪の毛を引っぱってくれと頼んだ女の声のようには思えなかった。

「もしもし」

「ミセス・サマーズ？　ジョー・オリヴァーだ」

「ええ。電話を待ってたわ」

　電話の向こうでドアが閉まり、中西部の朝の生活音が遮断された。

「まず最初に言っておきたいんだが、きみが手紙をくれたことに感謝している。きみの気持ちもありがたいと思っている。ずっと知らんぷりを決めこむこともできたはずだ」

「それはどうも。でも、ちがうの、ミスター・オリヴァー。教会に通うようになってから、わたしは自分がどんなひどいことをしてきたかをずっと考えていたの。その多くはもう取りかえしがつかない……でも、この一件はちがう。少なくとも、わたしは本当のことを話すことができる。都合のいい日にちを言ってくれたら、いつでもニューヨークへ行くわ」

「そのことについてはあとで話そう。先にいくつか質問してもいいかな」

「どうぞ」

「手紙には、こう書かれていた。きみは逮捕され、アダモ・コルテスという男におれを訴えるよう仕向けられた」

「ええ」

「その男は警官だと言ったのかい」

「ええ……刑事よ」

「その男がきみを逮捕したのか」

「いいえ。わたしは当時付きあっていたチェスター・マリーという男といっしょに逮捕され、百三十五丁目の警察署に連れていかれたの」

「三二分署だね」

「さあ。でも、百三十五丁目というのはたしかよ。消毒剤の臭いがしてたのを覚えてる」

「昔はどこでもそんな臭いがしていた」

「かもしれないわね」ベアトリスはわたしの他愛もないジョークを軽くいなした。「逮捕した警官の名前は覚えていない。車はチェスターが運転していた。でも、車を借りたのはわたし。トランクのなかには、二十ポンドのコカインが入っていた。それで、わたしは警察署に連行された。チェスターと話もさせてくれなかったし、弁護士を呼んでもくれなかった。なんにもさせてくれなかった。トイレにさえ……」

ここで少し間があった。ベアトリスが何を頭に思い描いているかは容易に察しがつく。警官が逮捕した者を意のままに操るには、相手に恐怖を植えつけるのがいちばんだ。飢えとか、屈辱とか、苦痛とか。効果のほどは一律ではない。相手にあわせて調整する必要がある。ベアトリスの場合は、孤独、薬物の禁断症状、そして、その場で漏らしそうになるくらいの尿意。

「丸一日おいて、コルテス刑事がやってきたの……」

ベアトリスはまた警察による違法行為のことを考えている。わたしもライカーズのことを思いださずにはいられなかった。大きなトマト缶のぎざぎざの蓋で頬を切られたときの焼けるような痛みはいまでも忘れることができない。

長い沈黙のあと、ベアトリスは話に戻った。「そして、こう言ったの。起訴手続きなしで、あと二日間わたしを留めおくことができる。そのあいだに、チェスターはわたしが何をしたか洗いざらい話すって」

「きみは話すと思ったのかい」わたしは訊いた。なぜ訊いたのかはわからない。

「ええ。チェスターは従兄弟《いとこ》のジェリーを売ったこともある。自分の罪を帳消しにしてもらうために。だから、刑務所に入れられもしなかった。いつもそんなふうにして仲間を売っていたのよ」

「アダモという刑事の容貌は？」

「男のひとにしては小柄だった。黒い髪で、濃い口ひげを生やしていた。肌の色はニスを塗った茶色い卵のような感じ」

「言葉に訛りは？」

「ううーん、覚えてないわ」

「どんなことを言われたんだい」

「コカイン一ポンドにつき一年の刑だって」こらえてはいるが、すでに涙声になっている。「それじゃ、子供も持てないし、更生する機会も得られない」

「そうならずにすむようにするには、どうすればいいか言われたんだね」

「そう」

「何をどうすればいいか具体的な指示があったんだね」

「そう」

「居間で何をしろとか、どんなことを言えとか」

「そう」わたしの言葉は心にグサグサ突き刺さっているにちがいない。

どうして自分は怒っていないんだろうと思いながら、わたしは言った。「そして、きみは被害届けを出した」

「別の警察署に連れていかれ、そこで書類にサインさせられたの」

「それから？」

「クイーンズの家に連れていかれて、そこに監禁された。一週間。そのあいだ、ほとんどずっと縛られていた。そして、あいつは――あいつはわたしをレイプした」

「そのあと、家からおっぽりだされたんだね」

うなずくのがなんとなくわかった。「ええ」

わたしはベアトリスと長い沈黙を共有した。千マイル以上の距離を置いて、息づかいの音が聞こえてくる。

「ほかに覚えてることは？」

「ないと思う」

「コルテス刑事を訴えるつもりは？」

「そんなこと考えもしなかったわ。ちょっと遅すぎない？」

「かもしれない。でも、あのクソッたれ野郎に一泡吹かせることぐらいはできる」

「心穏やかじゃないことはわかるわ、ミスター・オリヴァー。でも、お願いだから、そんな言葉を使わないで」

「すまない」

「どうしてわたしに訴えるつもりがあるかどうか知りたいの？」

答えるかわりにわたしは訊いた。「きみといっしょに逮捕された男の名前はチェスター・マリーだったね」

「そうよ」

「そのあとも会ってたのかい」

「いいえ、一度も」

「彼はきみのヒモだったんだね」

「昔の話よ、ミスター・オリヴァー。わたしはいつニューヨークに行けばいいのかしら」

「どうしてそんなことを訊くんだい」

「証言するためよ。濡れ衣をはらすためよ」

「そんなことをしてもらおうとは思っていない、ミセス・サマーズ。きみは名前と手がかりをくれた。それで充分だよ」

「本当に?」

「ああ」

「じゃ、これで終わりってこと?」

「ほかに覚えていることがなければね」

「コルテス刑事についてあなたが尋ねたことなんだけど……」

「なんだい」

「話し方に特徴があったわ。いかにもニューヨーカーって感じだった。どういう意味かわかるわね」

「もちろん。ご主人にもよろしく言っておいてくれ、ベアトリス」わたしは言って、電話を切った。

12

いろいろあったが、まだ一日もたっていない。

三階の自分の部屋で、机の上を片づけて、ピンクの用紙に書き記す——〝わたしに無実の罪を着せた張本人は警察内にいる。三二分署の刑事と自称するアダモ・コルテスは、ナタリ・マルコムを脅して、わたしをレイプ容疑で訴えさせた。正確な文言と証拠物は以下のとおり〟

ベアトリスの手紙をページの下部に貼りつけると、ピンクの用紙を緑のデスクマットの真ん中に置く。これだけの単純作業で、戦慄《せんりつ》が頭皮と肩に走る。とうとう始まったのだ。

興奮は三階の部屋に残し、床の落とし戸をあけ、そこの縄ばしごを使って下のオフィスへ降りる。通常は廊下の階段を使っているが、この日の朝は人目を忍ぶアウトローの気分だった。

縄ばしごは滑車で巻きあげ、落とし戸は部屋の隅に立てかけられている長い棒で閉められるようになっている。わたしはオフィスの窓ぎわの椅子に腰かけて、通りの華やかさにそぐわない勤め人の群れを見やった。

何も言わず、何もせず、二時間ほど物思いにふけっていた。ゆうべは気持ちが高ぶっていたせいで、あまり眠れなかった。睡眠不足と気疲れのせいで、だんだん意識が遠ざかっていく。そこに自分はいない。ピンクとブルーの用紙には、これから起きる出来事がこと細かに書きつづられている。口ひげを生やした卵の殻があり、手に拳銃を持ったレンジャーがいる。知性を持っているように見える暗い穴があり、成長した女の子がいる。

電話の音で忘我状態から覚めた。

「もしもし」わたしは夢見心地のまま答えた。

「ジョー？」

わたしはまだ遠いところにいた。声には聞き覚えがあるが、その声の主の名前は出てこない。咳ばらいをすると、その振動で思いだした。

「やあ、アンリ。ああ、おれだ。居眠りしていたにちがいない。いま何時だい」

「三時半。しっかりしろよ」

「親父さんは元気かい」わたしは今朝送ったメールの内容を思いだそうとしながら言った。

「アダモ・コルテスのことだけど」

「えっ？　ああ、そうだったな」

「そう。署に電話して、アダモ・コルテス刑事の情報提供者だという者がいると言って探りをいれてみたんだがね。そんな名前の刑事はいないとのことだった。ファイルに載っていないって。でも、その数時間後、本部庁舎勤務のふたりの私服刑事がぼくに会いにきた。向こうからわざわざお出ましになったんだ」

「なんのために？」頭にぽっかりあいた穴は急速に埋まりつつある。

「根掘り葉掘り訊くためだよ。どこで会ったのかとか、どんなことを話したのかとか、近くに防犯カメラはあったかとか」

「それで、なんと答えたんだ」これでほぼ完全に正常に戻った。

「嘘を並べたてた。こんなふうに。セントラル・パークを巡回していたとき、その男が近づいてきて、こう言った。バト・エルナンデスが耳寄りな情報を握っていると上司に伝えろ。アダモ・コルテスと話す必要がある、コルテスは連絡方法を知っている」

「それで？」

「ふたりはその男の特徴を教えろと言った。服装とか、年格好とか、何もかも。ぼくがその男といっしょにいるところを見た者がいないかどうかってことまで訊いた」

「目撃者がいなかったことをたしかめたんだな」

「そうだろうね」

「答えを用意していたのか」

「嘘をつくには準備が必要だといつも言ってただろ、ジョー。どんなことがあるかわからないから、つねにどう答えるか考えておけって」

「おれは百人の新米警官にそうしろと言った。でも、実際にそうしたのは、きみを含めてふたりしかいない。手間をかけたな、アンリ。きみがそこまでのことをしてくれるとは思わなかったよ」

「データベースも調べてみた。その名前はどこにも出ていなかった。警察官の項にも、情報提供者の項にも、容疑者の項にも。どこにも。もしかしたら、その種の電話がかかってきたときには、制服巡査には知らされていない秘密のデータベースをチェックするようになっているのかもしれない」

「唇には疑問、ポケットには嘘。いいか、きみには教えなかったことがひとつある」

「というと？」

「やりすぎはよくないときもある」

「あんたはいったい何を調べているんだい」

「この電話は安全か」もう遅すぎるが、わたしは訊いた。

「グランド・セントラル駅の下の階の公衆電話からかけている。こんなものが使いものになるとは思わなかったよ」

「きみは何も知らなくていい、アンリ。知っても、どちらのためにもならない。それより、ふたりの私服刑事の名前を教えてくれ」

「デニス・ナチェズ警視とオマール・ローレル警部」

「警視？　やれやれ。何か気になることを言ってなかったか」

「これといったことは何も。今回の件でポイントは稼げないとのことだった。本当なら、怪しい者ということで身柄を確保すべきだったってわけだ。それで、ぼくはこう答えた。べつに怪しい者じゃありません。頼みたいことがあると言っただけです。はい。ぼくとしちゃ、おかしなやつだくらいにしか思っていませんでした」いかにもお偉方の質問に答えていますといった口調だった。アンリは優秀な警察官であり、優秀な嘘つきだ。

「ほかには?」

「同じようにローレルも訊いた。それで、ぼくはこう訊きかえした。〝たとえば?〟。すると、ほかの名前は出なかったかと訊いてきた。それにはこう答えた。自分の母国語はフランス語で、英語はまだちょっととういうところがあり、名前とかはよく覚えられないんです、とかなんとか。すると、ローレルはこんなんじゃなかったかと言って、〝なんたら〟とか〝かんたら〟とかわけのわからない名前をいくつかあげた」

わたしは机に向かってにやりと笑った。この若者は間違いなくいい刑事になる。

「それで、わけのわかる名前は出てきたのかい」

「〝カンバーランドか?〟と言った」

「利口すぎるのも考えものだ。いいか、いまここで話したことは全部忘れろ。何もなかったことにするんだ」

「結局ぼくは蚊帳《かや》の外なんだね」

「きみの親父さんは、きみが生まれたあと拳銃を買ったそうだ。そのときまで拳銃が必要だと思ったことは一度もなかったが、きみを見たとき、息子のために死ねる用意をしておかないといけないと思ったらしい」

「親父には勝てない。幸運を祈ってるよ、ジョー。何かあったら電話してね」

一通のメールには返事があった。残りは四通。

　二通目のメールは、送信者を特定することができないようリモート・ルーターを通して送っていた。送信者名はトム・ボウル。ジョアンナ・マッドの失踪に関心を持つ者のために働いている私立探偵というふれこみだ。内容は以下のとおり——貴殿（ブラウン）はミズ・マッドと会う予定になっていたが、途中でとりやめたという話を聞いている。その直後にミズ・マッドは失踪した。わたしの情報源（詳細はあきらかにできないが）によると、貴殿はA・フリー・マンが警官殺しの罪に問われた事件を調べていた。マンに敵対している者がミズ・マッドをどう見ているかどうかを知るために、その件についての情報を共有させてもらいたい。

　多くは期待はできない。だが、メールのやりとりを通じて、いくつかの断片的な情報を得ることくらいはできるはずだ。

　午後四時十四分、受付の机の後ろにすわって、左手の指先を見つめていたとき、エイジア＝デニスがやってきた。裾が太腿の上のほうまでしかない赤いワンピースを着て、父親とほぼ同じ背の高さになる白いビニールのプラットホームシューズをはいている。リュックの緑のストラップがむきだしの肩に食いこんでいる。

「どうかしたの」

「その服の下に何か着ているんだろうな」

「パパったら！」

　わたしは人差し指を立てて言った。「ここはサンセット・ビーチじゃないんだ。おまえがここに入ってきたとき、パパがTシャツにサテンのぴちぴちのトランクス姿だったら、どうする。それでも、おまえがいま着ているものと比べたら、厚着になるはずだ」

　われわれ親子のいいところは、おたがいに忌憚《きたん》なく言いあえることだ。エイジアは困ったなといった顔をして、自分の腕で肌を少し隠した。

「みんなこんな格好してるよ」

「さっきの質問の答えは？」

「ちょっと引くかも。でも、家に帰ったら、今日はここで働けなくなる」

「そのリュックのなかには何が入ってる？」

「トレンチコート」

「それを着たらよしとしよう」

エイジアは口をあけて抗議しかけたが、わたしが目を大きく見開いたので、服とは不釣りあいなくすんだ緑のリュックを肩からはずした。

トレンチコートは薄茶色で、ショート丈。それを着て、ボタンを全部とめ、腰にサッシュを結ぶ。コートの裾はワンピースとほぼ同じで、ドレススーツのように身体にフィットしている。が、少なくとも、想像にまかせなければならない部分はゼロではない。

「近いうちにきちんと話をしないといけないようだな」

エイジアは母親ゆずりのしかめ面をした。「かもね」

わたしはエイジアを愛している。わたしがもっともつらい思いをしていたとき、わたしを見捨てなかったのはエイジアとグラッドストーンだけだ。

ドアのブザーが鳴り、エイジアが応対に出た。

そこにいたのは、送信した三通目のメールの受信者だった。

エイジアは作りものではない愛想のよさを満面にたたえて出迎えた。「ハーイ」

エイジアが戻ってきて、ウィラ・ポートマンがそのあとに続いた。飾り気のないゆったりとした黒とオレンジのワンピースにピンクのセーターという格好で、昨日と同じブリーフケースを持っている。

全員に向かって言う。「こんにちは」

「ミス・ポートマン」

「ミスター・オリヴァー、お取りこみ中でなければいいんだけど」

「いいや。いまはオフィスでのドレス・コードについて議論していただけだよ。職場ではタンクトップを着るなと言われてね」

ウィラは微笑み、わたしは手ぶりでオフィスに招きいれた。

「メモをとろうか」と、エイジアが言った。

「いいや」と、わたしは答えて、ドアを閉めた。

椅子にすわると、わたしは金にまったく縁がなさそうな顧客に向かって言った。「持ってきたんだね」

「ええ。一万九千二百五十ドル。それと、このバッチシ洒落たブリーフケース」

「バッチシ？　きみはどこの出身なんだい」

「マーティンズ・フェリー。オハイオ州の小さな町です」

「詩人のジェームズ・ライトの出身地だね」

「えっ？」

「なんでもない。きみが置いていった書類を読んだ。たしかにおかしい。ブラウンのような剛腕弁護士が、どうして急に腰砕けになってしまったのか、さっぱり訳がわからない。だから、この金は安全な場所に保管し、マンを救うことができるか、死刑が執行されてしまうか、あるいは、それが不当なものではないとわかるかするまでの調査の費用にあてることにする」

「ありがとう」

「きみはまだブラウンのところで働いているのかい」

「明日辞めるつもりです」

「それはあまりいい考えとは思えない」

「どうして？」

答えるまえに、ドビュッシーの《月の光》の電子音が鳴った。わたしはすぐにインターホンのミュートのボタンを押し、エイジアの机のインターホンに赤いランプを点灯させた。それから、机のいちばん上の引出しをあけて、プリペイド携帯を取りだすと、ウィラのほうを向いて、自分の唇に人差し指をあてた。

そして、二通目のメールの返事に応えるため、携帯電話の側面のボタンを押す。

「ミスター・ブラウン？」

「ミスター・ボウル」

「電話を待っていたよ。この一件にはほとほと手を焼いていてね」

「きみは誰なんだ」

「失踪したミズ・マッドのことを調べている私立探偵だよ。一週間以上、音信不通になっていて、誰も姿を見ていない。健康状態も気になる。糖尿病を患っているんだ。孫たちのこともある。これまで彼女が面倒をみていたらしい」

「心配には及ばないよ」白を黒と言いくるめる舌先三寸の弁護士の口上だ。「誰もミズ・マッドの居場所を知らないのは、誰も知る必要がないからだよ」

「どういうことかわからないが……」

「わからなくてもいい。わたしの言葉を信じてくれ。ミズ・マッドには身の危険が迫っていた。でも、いまは安全なところにいる」

「息子や娘でさえ連絡をとれないでいるというのに？」

「そのほうがいいということだ」

「そんなふうに依頼人に伝えることはできない」

「依頼人というのはミズ・マッドの息子と娘かね」

「いいや。この一件に関心を持っている者だ。家族じゃない」

「事態は予断を許さない、ミスター・ボウル。依頼人の名前を教えてくれたら、わたしのほうから説得する。そうすれば、秘密を守ることの大事さをわかってもらえるはずだ」

申し出を考えているふりをして、脈拍六つ分の時間をとる。

　そして答えた。「名前を教えることはできない。依頼人には、この一件は思っていた以上にこみいっていると伝えておく。あんたが会いたいと言っていることも伝えておくよ」

「きみとも会う必要がある、ミスター・ボウル。会って話をしないといけない」

「何について？」

　ウィラは厳しい表情でわたしを見つめている。

「電話で立ちいった話はできない。ハドソン通りのリベルテ・カフェを知っているか」

「ああ」

「今夜七時半にそこで会おう。この一件を秘密にしなきゃならない理由をわかってもらえると思う」

「九時半にしてくれないか。大事なメールが何通か入っていてね。早急に対処しないといけないんだ」

「いいだろう」返事は即座にかえってきた。少し早すぎる。「じゃ、九時半に。きみを見分ける方法は？」

「襟に赤いパンジーをさしていくよ」わたしは言って、電話を切った。

　携帯電話を引出しに戻すと、ウィラが訊いた。「ミスター・ブラウンから？」

「そうだ」

「わたしが言ったことを彼に話したの？」

「メールを送って、自分は私立探偵のトム・ボウルで、ある者からジョアンナ・マッドを見つけてほしいと頼まれていると伝えただけだよ。マンの一件を知っているという話もしたけど、それくらいのことは新聞にも出ている」

「ブラウンが弁護活動を中断したってことは？」

「そんな話はしていない」

　ウィラはため息をついた。

「でも、職場内に情報を流している者がいるかもしれないと、ブラウンが思っている可能性はある。だから、きみは普通に仕事を続けたほうがいい。何かあったときの連絡用に別の電話番号を教えておく」

若い弁護士はわたしを見つめた。自分がどれだけむずかしい立場に置かれているか、ここではじめてわかったみたいだった。

それからうなずいて、笑みをつくってみせた。

「あなたはわたしの希望どおりのことをしてくれました」

「調査をここで打ち切るべきだと思ってないってことかい」

ウィラはわたしの目を答えを探すように見つめた。そして、長い間のあと答えた。「ええ。マニーに会うまでは、ひとが法の犠牲になる場合があるということを本当にはわかっていませんでした。彼は殺人者だけど、犯罪者じゃない。背中を向けるつもりはありません」

わたしはウィラに別のプリペイド携帯の番号を教えて、玄関まで見送った。

ウィラがいなくなると、わたしはそこでしばらく虚空を見つめていた。

後ろからエイジアが訊いた。「ママと何かあったの？」

「ああ」わたしはドアのほうを向いたまま答えた。

「わたしに関係あること？」

わたしは娘のほうを向いた。「オフィスのファイルを見たようだ」

「どうしてわかるの？」

「一部のファイルは誰かに見られたらわかるようになっている」わたしは嘘をついた。「一度も開いたことのないファイルが開かれていた」

「そんなにまずいことになったわけじゃないよね」

「ああ。でも、これからは家で仕事をしないように。いいね」

エイジアはうなずいた。それで充分だ。

13

エイジアは六時半に帰っていった。わたしは七時までに着替えをして、外出の準備をすませた。

さっきエイジアに釘を刺しておいたので、モニカとの揉めごとにはとりあえず決着がついたと思っていたが、ひとというのは浅はかなもので、自分の身に起きることはかならずしも自分のせいであるとはかぎらないということをすっかり忘れていた。

玄関からモンタギュー通りに出たとき、男の呼び声が聞こえた。「オリヴァー！」

通りは賑わっている。食事客やクリスマスの買い物客に加えて、冬ごもりのまえに羽をのばすために外に出ている者も大勢いる。

若い男女の一群が道ばたで騒いでいる。人数は二十人ほどで、ほとんどが黒人だ。その後ろからモニカの若い夫のコールマン・テセラットが姿を現わした。黒か紺のパイピング入りの黄色いスウェットの上下。ジョギングの格好だ。フードはかぶっていない。

わたしのウインドブレーカーのポケットには、短銃身の四五口径が入っているが、ここでは必要なさそうだ。今夜のもっとあとなら、必要になるかもしれないが。

「コールマン」

スカイブルーの髪の黒人の娘がこっちを見ている。コールマンの声に威嚇的な響きを感じとったのだろう。わたしも同じだ。

「昨日はモニカに何を言ったんだ」

「どうして訊くんだ。知ってるくせに」

距離が二十四インチまで縮まる。コールマンは東洋の武術のブラックベルトで、自分では護身のすべを心得ていると思っている。

「質問に答えろ」やけに自信たっぷりの口調だ。

「答えを知ってるのに？」

スカイブルーの髪の娘が隣にいた若者の肩に手をかける。

「あんたを恐れているわけじゃない」と、コールマン。

「それが本当なら、ここにはいないはずだ」わたしは娘のほうに目をやったまま答えた。

「いまここでぶっ飛ばしてやってもいいんだぞ」

「目撃者がいるところで？」わたしは何食わぬ顔でさらりと言った。「しかも、おれは両手を下におろしている」

「頼むからわたしのビジネスの邪魔をしないでくれ」

どうやらコールマンは啖呵《たんか》の切り方を間違えたことに気づいたようだ。

「モニカから聞いてないのか。おれがなぜあんたの過去を調べると言ったか」

「そんなことはどうだっていい」

「モニカはおれが素行調査をしていた男にこっそり電話をかけた。相手が相手なら、おれは殺されていたかもしれない。モニカは理由もなくおれに痛手を負わせようとしている。だとしたら、こっちだって黙っているわけにはいかない。今度来るときは、おれを殺すつもりで来い。こっちもそのつもりで応じる」

その場から歩き去ったとき、わたしの身体と心には理不尽さが渦を巻いていた。

十代のころのようにホルモンが心臓と腱を刺激しつづけている。できることなら、モニカの新しい夫をこてんぱんに叩きのめしたかった。そういった感情が芽生えたことの裏には、女性への執着がよみがえったという思いがある。それがわかったのは、スカイブルーの髪の娘がわたしを見ているのに気がついたときのことだ。


心の準備はできた。


ヒューストン通りに近いDアベニューに、もぐりの会員制クラブがある。それは大きな公営住宅の地下三層分のフロアを占有している。

１Ａ号室のボタンを押すと、ブザーが鳴って、建物のなかに入ることができる。１Ａ号室の前で名前を告げ、承認されたら、部屋のドアが開く。その奥の階段を降りて、もうひとつのドアまで進む。そのドアの向こうに、広い部屋がある。なかは静かで、席は秘密結社なみのプライバシーを必要とする男女で半分ほど埋まっている。すわり心地のよさそうな椅子とテーブル。壁際には書棚が並んでいる。接客係の服装はタキシードもしくはミニスカート。

上階の住人から苦情が出ないのは、クラブのオーナーが最低でも三人の警備員を雇い、常時エントランスを見張らせているからだ。おかげで、その建物内で強盗とかドラッグの売買とか売春とかの騒ぎが起きたことはいままで一度もない。

　来るのははじめてだが、このクラブのことは前々から知っていた。

　階段を降りたところに鋳鉄製の受付台があり、その向こうに髪をブロンドに染めた若い黒人の女が立っていた。丈の短い黒いドレスに、黒いストッキング。赤い宝石がついた極細の銀のネックレス。

「メルをお探しですね」

「そうだ」

　彼女の案内で、受付台の後ろの戸口を抜け、細長い廊下を進み、さらに階段をおりると、別の広い部屋に出た。最初の部屋より客の数は少ない。

「奥の壁際です」

　指さした方向に目をやると、メルカルト・フロストが手を振っていた。いよいよ悪魔と取引きするときが来た。

　わたしがテーブルに近づくと、メルは立ちあがった。それだけリスペクトしてくれているということだろう。握手をしたときには、なんという力の強さだろうと思った。まるでコンクリートが詰まった手袋に握られているようだ。

「ミスター・フロスト」

「やあ、キング。メールを見たよ。言ったとおりに通してもらえたかい」

「ああ、すんなり入れたよ」

　椅子に腰かけると、われわれはひとしきりおたがいを値踏みしあった。メルの格好は、ゆったりめの洒落たレモン・カラーのスーツに、金糸銀糸が織りこまれた青紫色のシャツ。一方のわたしは、フェルトの裏地がついた茶色のトレンチコートに黒いズボン、ラバーソールの黒い革靴。

　わたしは警察に十三年間在籍し、そのうち六年を刑事として過ごしたが、メルカルト・フロストはその間に遭遇したもっとも危険な犯罪者だった。まだ数えるほどしか会っていないが、わたしに恩義を感じているのはたしかだと思う。とはいえ、わたしのオフィスをはじめて訪れた日以来、そのことについてあらたまって話をしたことは一度もない。

　話を始めようとしたとき、ひとりの男がわれわれの小さな丸テーブルに近づいてきた。白いジャケットに黒いズボン姿。中背で、猫背。

「メル」よく通る鋭い声。

「オーク」

「こちらの友人は？」

「おまえが気にする必要はない」

「カウンター席にいる男が、以前会ったことのある刑事に似てるって言うもんでな」

「そいつに大きなお世話だと言っておけ」

　ふたりは十五秒ほど睨《にら》みあっていた。それからオークは鼻の穴を膨らませて立ち去った。

「じつに居心地のいい場所だ」わたしは言った。

「悪党ほど臆病なのさ」

「腐れ縁は断ったと思ってたが」

「ここの雰囲気が好きでね。ときには黙っていても通じあえる連中と話がしたくなるんだよ」

　わたしはうなずいた。

「それで、なんの用なんだい、キング」

「このまえオフィスに来たわけを教えてくれないか」

「もう話しただろ」

「もう少し詳しく聞かせてほしいんだ」

「どうして」

「ひとつ頼みたいことがある。あんたの名前はサタンを意味してるんだってな」

　メルカルト・フロストはにやっと笑った。

「あんたにとっつかまる二日前に、プロスペクト公園で赤い鳥を見たんだ」

「赤い鳥？」

メルは大きくうなずいた。「そう。鮮やかな深い赤だ。最初は木の葉に光が反射してるんだろうと思っていた。それがとつぜん羽ばたいて、四十フィートほど先の木の枝にとまったんだ。そりゃ、きれいだったよ。こんなきれいなものが世のなかにあるのかと思ったくらいだ。それで、おれは心のなかで叫んだ。もっとよく見えるよう、もっと近づいてくれって。そのときは、公園のベンチにすわって次の仕事《ヤマ》のことを考えていたんだがね。そこへその鳥がおりてきた。目の前の芝生の上に。カラスくらいの大きさで、頭のてっぺんには黒い一本の羽根が生えていた」

元強盗の顔には、恍惚の表情が宿っている。

「それで？」

「その鳥はおれの顔をじっと見ていた。それって、すげえことだと思わないか。野生の動物が近づいてきて、人間さまの目を覗きこんだんだ。何か大きな意味があるにちがいない」

わたしは話に引きこまれていた。

「意味というと？」

「はっきりしたことはわからねえが、鳥は自由の象徴で、赤い色は注目しろってことのような気がした。闇のなかの炎みたいな赤い鳥。それはおれ自身のことじゃないか。そう思ったんだ。あのとき、あんたは検事に言われたとおりのことを言って、おれをムショにぶちこむこともできた。でも、そうはしなかった。そのときだけじゃなく、おれが逃げようとしていたときにも、あんたは筋を通した。でも、誤解しないでくれ。ムショに入ること自体はなんでもない。おれはそんな臆病者じゃない。あんただって同じだと思う。だから、あの赤い鳥のように、おれの前におりてきてくれた。あれはお告げだったんだ。間違いない。オークの鼻が醜いのと同じくらい間違いない。このまえも話したとおり、おれはその直後のヤマの最中に仲間に背中を撃たれ、それを潮にきれいさっぱり足を洗ったってわけだ」

たしかにこの男はまともじゃない。まともではないが、その世界観はそれなりに筋が通っている。信頼も置ける。

一呼吸おいて、わたしは切りだした。「いまふたつの仕事をかかえているんだが、助っ人が必要でね。あんたに頼めないかと思っているんだ。多少だが予算はある。ひとりぐらいなら雇える。もちろん銀行強盗じゃない。あんたはもう足を洗っている」

「やるよ」

「何をするのか訊かないのか」

「もちろん話は聞く。でも、いいかい、ミスター・オリヴァー。もしあの赤い鳥がついてこいと言ったら、おれはどこへでもついていったはずだ」

「いくらでやってくれる？」

「最初に一ドル、終わったときに一ドル」

わたしは財布から一ドル札を取りだして渡した。

「少し歩かないか」

メルは一ドル札を胸ポケットにしまって立ちあがった。

メルのあとについて、わたしは階段をあがり、新しい運命に向けて一歩を踏みだした。その先にいるのは、狂人、赤い鳥、正体不明の警察官、そして罪深い女たち。

14

イースト・ヴィレッジからウェスト・ヴィレッジへの道のりは、わたしにとってきわめて重要な、人生の節目とさえ言えるものになった。

父は犯罪者であり、そのせいでわたしは警官になった。十数年前、罠を仕掛けられ、脅され、職を失い、いまは私立探偵を生業《なりわい》としている。これまではどんなときでも父親と真逆のことをするというのが基本で、自分の自由意志は二の次だった。

だが、いまは底冷えのする秋の街路を、どんな犯罪でもおじけづくことのない悪党といっしょに歩いている。これまでとはちがい、みずからの意志で踏みだした最初の一歩だ。

「過去の埋めあわせができるとは思わない」ハドソン通りを北に向かって歩きながら、メルは言った。古い建物の黒ずんだ煉瓦が、その口調にも、われわれの運命にも暗い影を落としているように思える。「おれはこれまでいろんなことをやった。そのどれもなんの意味もないことだった。でなきゃ、償いをする気になったかもしれんが……」

メルは話しつづけたが、わたしはほとんど聞いていなかった。こんなによくしゃべるとは思わなかった。どうしても必要なことか嘘しか言わない男なのだ。考えていることをそのまま口にしたことなど、いままで一度もないにちがいない。ふと気がつくと、わたしは独房にぶちこまれ、心も身体もぼろぼろになり、恐怖に縮こまっている自分の姿を思いだしていた。

六ブロックほど行ったところで、わたしは言った。

「ここだ」

リベルテ・カフェはハドソン通りの東側にある。大きな窓がついたフランス風のカフェで、店の前にもテーブルが並べられ、そこにも数人の客がすわっている。こだわりのコーヒーにも、小さめの各種サンドイッチにも法外な値段がついている。

「いらっしゃいませ」カラメル色の肌の娘が言った。ひしゃげた鼻のまわりにそばかすが散らばっていて、前歯のあいだに大きな隙間がある。

「あそこの席でもいいかな」わたしは訊いた。

「もちろんです。いまホアンがメニューをお持ちします」

メルはカウンターの陰に隠れたテーブル席を希望したかもしれないが、今回はそういう席だと逆に怪しまれる。

ホアンというのはブロンズ色の肌の小柄な男で、威風堂々のカイゼルひげを生やしているが、目つきは情けないほどおどおどとしていて落ち着かない。

注文を取りにくると、わたしは言った。「生ハムのバゲットサンドと抹茶ラテ」

メルは言った。「ブラックコーヒーとパン」

そして、ホアンが立ち去ると、わたしに訊いた。

「それで、その男をどうしようってんだい」

〝その男〟というのはスチュアート・ブラウンのことだ。

「知ってるのか」

「いいや。そいつの世話になった男を知ってるだけだ。サン・クエンティン刑務所にぶちこまれていた野郎でな。おかげで一級殺人の罪を免れた」

「ブラウンはカリフォルニアにいたのか」

「いいや。最初の殺しはここだったんだ。そのあと、サクラメントでまたひとり殺した。だから、身柄をカリフォルニアに移され、そこで有罪判決を受けたんだが、ブラウンが魔法をかけたのはここニューヨークだ」

「今回なんのために何をしようとしているのかは訊かないでくれないか」

「あんたが大将だ」

わたしはこの悪魔的な相棒がだんだん好きになってきた。

「さしつかえなければ、話を聞かせてもらえないか、メル。何をどんなふうに考えて生きているのか」

メルはわたしを見つめた。冷たい目だが、それでも恩を忘れていないという思いは充分に伝わってくる。

「ムショ付きの精神科医の話だと、おれは境界性パーソナリティ障害ってやつを患ってるらしい。ときどき頭がイカレ、無意識のうちに感じている罪の意識から解き放たれてヤバいことになる」

「馬鹿馬鹿しい」

「たしかに。それで、訊いたんだ。そんなオツムの状態なら、刑務所じゃなくて、どうして精神病院に入れてくれないんだって」

「その答えは？」

そのとき、三人の男がガラスのドアをあけて入ってくるのが見えた。三人とも大柄で、ジーンズにコットンのスポーツ・ジャケット、それぞれデザインちがいの柄もののシャツといういでたち。客として来ているようには見えない。

「なんでも、この国の近代法というのは、金のあるなしに加えて、世間さまが何を悪と見なすかってことが基礎になってるらしい。つまり、てめえの頭を壁に叩きつけるとクレージーで、他人の頭を打ちつけるとクリミナルってわけだ」

「三人連れの男が入ってきた」わたしは言った。

「ああ。鏡に映ってる」

男たちはそばかす娘と話をしている。

メルは言った。「薄手のジャケットを着た太っちょは、ポーカーって通り名で知られている野郎だ。向こうはおれのことを知らない。本当ならおれに殺されることになっていたんだが、やつの女が奥さんに申しわけないと言って、殺しの報酬の半分をくれてな」

　男たちはひとしきり店内を見まわしていたが、しばらくしてカウンターの陰に隠れたテーブル席に着いた。そこへホアンがおどおどした目で注文を取りにいく。

「要するに、その精神科医は教科書どおりの診断をしたってことだな」と、わたしは言って、いまは様子を見るだけでいいということを伝えた。

「ああ。それは表向きの答えだ。たいていの人間はそんなふうにして他人を理解する。新聞広告にも、家族からの手紙にもおんなじようなことが書かれている」

「じゃ、本当の答えは？」

「おふくろは熱心なカトリックだった。三歳のときから自分の母親に連れられて、毎週水曜と日曜に欠かさず教会に通っていたらしい。九歳のときには、イエス・キリストと聖書に命を捧げる誓いを立てた。そして、ある晩のことだ。ひとりで教会にいたとき、そこに潜んでいた男に懺悔室に引きずりこまれてレイプされた。十代の娘が、教会で。それで頭がどうにかなっちまったにちがいない。妊娠したことがわかると、両親から中絶するよう言われたが、神の教えにそむくと言ってきかなかった。それで、家を追いだされ、教会の寮に寝泊まりするようになり、そこで出産した。生まれた子供には悪魔の名前をつけ、ひとかけらの愛情も示そうとはしなかった。おふくろにとって、おれという存在はヨブの試練のようなものでな。住むところと食うものだけは与えてくれたが、おまえは悪魔の子だと毎日のように言っていた」

　メルの冷たい目を見ながら、わたしは思った。自分の人生は思っていたほどひどいものではないのかもしれない。

「ポーカーの本名を知ってるか」わたしは訊いた。

「覚えてないが、調べたらわかる」

それからしばらくのあいだ、食べたり飲んだりして時間をつぶした。そのときの話で、メルの知識は犯罪とは関係のない領域にまで広く及んでいることがわかった。特に生物の進化については驚くほど詳しかった。子供のころの夢は、別の生き物に変わることだったらしい。狼が犬になり、恐竜が鳥になったように。

腕時計の針が十時三十七分を示したとき、三人の男は支払いをすませて店を出ていった。結局、襟に赤い花をさした男も、スチュアート・ブラウンも現われなかった。

ポーカーたちが去って三十分ほどたったころ、わたしは言った。「おれたちもそろそろ引きあげよう」

店から出ると、メルが言った。「おれはあのろくでなしを殺した」

以前なら身構えていたかもしれないが、いまのわたしはイースト・ヴィレッジですでに一線を越えていた。

「誰のことだい」

「おれの親父さ。あちこち尋ねまわって、やっとのことでおふくろの昔なじみから、強姦罪で何度かパクられた男のことを聞きだし、会いにいったんだ。地元のバーで、そいつはライ・ウィスキーをしこたま飲んだあと、懺悔室でレイプした十三歳の娘の話を始めた。いままでで最高の味だったとぬかしやがったよ。それからしばらくして外に出ると、おれは無理くりに因縁をつけて口もとにパンチを一発お見舞いした。そして、その身体が道ばたにぶっ倒れると、ハンカチで血を拭いとった。もちろんDNA鑑定のためだ。それで、血がつながってることがはっきりすると、また会いにいった。先日はへべれけに酔っぱらってたから、おれにぶん殴られたことすら覚えちゃいなかったよ。ブロンクスの空き家に連れていって、こってりと痛めつけ、息がとまると、死体を古い大きなバスタブに入れ、そこに十七ガロンの硫酸を注いだ。それで、あの糞野郎はこの世から消えた。最初から存在しなかったように」

「理由は？　母親をレイプされたからか」訊かずにはいられなかった。

「おれをつくったからだ。いまのおれをつくったからだ。そのことを知りもしなかったからだ。たとえ教えてやっても、なんとも思わなかっただろうがな」

15

わたしはタクシーを拾って帰宅した。

モンタギュー通りは閑散としていた。コールマン・テセラットが銃を持って、どこかの家の戸口に身を潜めているかもしれない。ウォール街の犯罪が明るみに出れば、やつは何年の刑を食らうことになるのか。二十年？　それはわからない。わかっているのは、いまのわたしは死を怖れていないということだ。わたしの人生を奪った者たちに立ち向かう決意をしてから、恐いものはもう何もない。

「キング・ベイビー」

頭を左に向けると、エフィー・ストーラーがいた。身長五フィート三インチ。体重は医者が言う理想値を十五ポンドほどオーバーしている。唇は分厚く、肌の色はわたしより黒い。とんでもなく高いハイヒールを、素足同然に履きこなしている。髪を巻き貝のかたちに結いあげている。それでふと思ったのだが、いつか人類が地質学上の記憶となってしまったあとも、この種の生物はきっと生き残っているにちがいない。

近づいてくるエフィーに、わたしは声をかけた。

「予定よりちょっと遅くなってしまった。帰ったんじゃないかと思っていたよ」

エフィーはわたしの唇にキスをした。「待ってたらきっと来ると思ってたわ。あんたがメールをくれるのは、よほどのことがあったからでしょ」

かつてエフィーは売春婦だった。わたしが警邏任務についていたころのことだ。中西部出身のトゥーフという男にいいように利用され、こき使われ、しばしば暴力を振るわれていた。それでもエフィーは文句を言うことも、警察に訴えでることもしなかった。

ある水曜日の夜遅く、ミッドタウンの通りを巡回していたとき、中年の女が近づいてきて、わたしがよく知っている建物のなかから銃声が聞こえたと言った。

そこの最上階へ行くと、廊下の突きあたりのドアが少し開いているのが見えた。壁を這うゴキブリと同じぐらいの数の住人が廊下に顔を出していたが、そこで何があったのかを話してくれる者はひとりもいなかった。そういう建物だ。

部屋に入ると、トゥーフが床に倒れていた。アイボリーのギャバジン生地で仕立てたヒモ仕様のスーツ姿で、頭の左半分はその中身といっしょに壁にへばりついていた。そこから九フィート離れた小さなキッチンのテーブルで、エフィーは上物のコニャックを瓶からラッパ飲みしていた。トゥーフが生きていたら、絶対に許されなかったことだ。

テーブルの上には、拳銃が置かれていた。四一口径の大きな六連発銃だ。わたしはその拳銃を手に取って、エフィーの向かいに腰をおろした。

エフィーはテーブルを見つめながら言った。「今朝、目を覚ましたとき思ったの。あいつを生かしといちゃいけないって」

「どうして？」

「新しい娘が入ったの。とてもきれいな娘よ」

「嫉妬したのか」

「その娘が殴られるのを見たとき、何かが吹っ切れた。そのとき一度死んで、天国の門番から説教されたような気がした。もう一度チャンスをやるから、現世に戻って、しなきゃならないことをしてこいって。それで、一晩ぐっすり寝て、どうやってそれを実行に移すか考えた」

トゥーフは悪の権化のような男であり、エフィーはただ単に利用されていたにすぎない。逮捕されるのは覚悟の上だろうが、それでは割りがあわない。トゥーフは当然の報いを受けただけだ。

その部屋には裏口があった。わたしはエフィーを立ちあがらせ、しばらくのあいだ身を隠すことができる場所を教えた。それから拳銃を自分のズボンの後ろに押しこみ、職務規定どおり殺人課の刑事を呼んだ。

今朝の五通目のメールの相手がエフィーだった。ひとり寝の身には、少しばかりの慰めが必要だった。エフィーは服を脱ぐと、わたしを風呂に入れて、オイル・マッサージをしてくれた。背骨にそって尻まで来ると、今度は仰向けにされた。エフィーの胸も腹もオイルで光っている。

「気が乗らないみたいね、キング・ベイビー。わたしじゃもう満足できなくなったの？」

「きみと少し話をしたいと思っていたんだ」

「どんな話？」

「あのとき言ってただろ。朝、目を覚ました瞬間、何をしなきゃならないかわかったって」

いままでその日のことを話したことは一度もなかった。

「ええ」エフィーは小さくうなずいて、わたしに視線を固定した。

「おれも何日かまえに目を覚ました」

エフィーは隣に横になり、わたしの胸に手を置いた。ふたりともそのまましばらくじっとしていた。

「わたしは身体を売るのを六年前にやめた」

「だったら、どうしてここにいるんだい」

「あんたは誰かに裏切られた。そのときの気持ちはよくわかる。痛いほどよくわかる。わたしがいままでここに来てたのは、あんたに救ってもらったから。女ならみなそうする。愛とか好意とかは関係ない。命の恩人に報いるのは当然のことよ。わたしは正規のマッサージ師で、後ろ暗いところはもう何もない。あんたに呼ばれたら、いつでもすぐに駆けつける」

「きみを呼ぶのはこれが最後になるかもしれない」

「でも、いっしょにお酒を飲んだりするくらいはできるでしょ。さあ、またうつぶせになって」

そのあとのマッサージはいままで以上に優しく、そして広範囲にわたっていた。耳たぶから手の指のあいだ、脚の腱、そして足の指のあいだまで。その間ずっと何かをささやいていたが、何を言っているかはわからなかった。

「パパ？」

こんなに深い眠りは本当に久しぶりだった。独房暮らしの日々以来、まともに眠れたことは一度もなかった。いつもは途切れ途切れに数時間だけだが、この日は、エイジアに肩を揺すられてやっと目が覚めた。うつらうつらしていたら、いつのまにかすっかり寝入ってしまっていたのだ。

「来てたのか？」

「一日じゅう寝てたの？」

「いま何時だい」

「四時ちょっと過ぎ」

わたしは毛布を身体に巻きつけたまま起きあがった。

このときのエイジアの服装は薄茶色のワンピースで、丈は膝近くまであり、身体の線が隠れるところまではいっていないが、ゆったり感はある。

このような大人びた格好だと、余計に魅力的に見え、隅には置けない年頃になったとあらためて思わされる。わたしはくすっと笑った。ヒナをいつまでも卵の殻に閉じこめておくわけにはいかない。

「何を見てるの、パパ」

「神の摂理を」

「頭だいじょうぶ？」

わたしはその質問について考え、それから言った。

「すわらないか」

エイジアはベッドの端に腰かけ、子供のころのように首をかしげた。

「どうかしたの？」

「おまえが一人前の女性に成長したのを見られて何よりだと言いたかったんだよ」

「ママと話したよ」

「ほう？」

「何をしたか話してくれた。たいしたことじゃないとかなんとか言いわけをしてたけどね。でも、もう心配ない。ちゃんと釘を刺しておいたから。またあんなことをしたら、とんでもないしっぺ返しを食うことになると言って」

「下に行っててくれないか。着替えなきゃならない」

16

ずいぶん寝坊したが、午後の業務はほぼ平常どおりに片がついた。エイジアはあちこちに電話をかけ、小切手に必要事項を記載し、あとでわたしがサインをすればすむようにしておいてくれた。わたしはモンタギュー通りを見おろしながら、エフィーとメルのことを考えていた。エフィーは娼婦のふりをしてわたしの求めに応じてくれた。メルは赤い鳥の姿を借りて地獄から脱けだし、わたしの守護天使になってくれた。

　もちろん、スチュアート・ブラウンが請けおったA・フリー・マン事件のことを忘れたわけではない。ウィラから金を預かってもいる。だが、さしあたっては、ニューヨーク市警の誰かが仕掛けた罠のことをもう少し調べておきたい。

「はい、アングルズ・アンド・ダングルズです」四度目の呼びだし音のあと、女のしわがれた低い声が答えた。時間は六時半で、エイジアは帰り支度をしている。

「マーティ・モアランドと話をしたいんだが」

「誰ですって？」

「マーティ。おれの友人だ。そこに行っているので、六時ちょうどに電話するよう言われて……」

「もう六時半よ」いらだたしげな口調だ。「誰のことか知らないけど、お客さんの呼びだしは受けつけてません」

　電話が切れ、わたしはにやりと笑った。

「何がおかしいの？」

　エイジアが戸口に立って、こっちを見ていた。

「私立探偵というのは面白い仕事だとつくづく思ってね」

「ミス・ポートマンの一件を調べてるの？」

「もちろん」

「昨夜コールマンを脅したでしょ、パパ」

「そうだったかな」

「夜遅く、わたしが寝たと思ってママと話してたのよ。探られちゃまずいことがあるのかってママは訊いてた」

「それで、コールマンはなんと答えたんだい」

「聞こえなかった。小さな声でぼそぼそしゃべってたから。ママのほうは大きな声だったけど。それでなんだけどね、パパ」

「なんだい」

「パパはあいつがやったことを突きとめて、警察に突きだすべきだと思う」

　わたしは娘の顔をまじまじと見つめ、そこに自分の人生の光のなかの闇を探した。エイジアはこの上なく真剣な顔をして部屋に入ってきて、来客用のタモ材の椅子にすわった。冗談で言ってるのではないとわかってもらいたいと訴えている。

　そのまなざしの一途さは間違いなくわたしの心を軽くしてくれる。

「そんなことはできないよ、ベイビー」

「どうして？　ママはパパの身持ちの悪さを責めたてたけど、自分だって浮気してたのよ。パパといっしょに暮らしていたときに。コールマンから来た手紙を見たの。パパが投獄される一年もまえのことよ」

「ママを責めちゃいけない」自分に非があることは百も承知している。

「コールマンはパパを監獄から出す必要はないとママに言ってたのよ」

「どうしてそんなことを知ってるんだ」

「あるとき、パパが監獄でつらい思いをしていることに対して、ママがかわいそうなことをしたかもしれないと言ったら、コールマンはこう答えたの。その話はすでにすんでいる、救いの手はさしのべないと決めたはずだ」

　思わずかっとなりかけた。そうならなかったのは、誰かにそそのかされなくても、モニカはわたしを見捨てていたということがわかっていたからだ。

「自分の母親をスパイしているのか、A・D」

「わたしだってコンピューターを見られてる。持ち物のチェックなんて毎度のことよ」

「まあいい……とにかく、これからはそんなことをするな」わたしは自分の言葉にできるだけ重みを持たせるように意識しながら言った。「パパは誰も監獄に送りこんだりしない。仕事でどうしてもそうせざるをえなくなったとき以外は」

「でも、コールマンがそれだけのことをしていたとしたら?」

「関係ない」

「どうして」

「自分が監獄に入れられていたからだ。それがどんなところかよくわかっている。パパはそんな邪悪な人間じゃない」

　エイジアは不満げな顔でわたしを見つめた。父親が何に価値を置いているのかを見極め、自分はどうであるのかを知ろうとしているのだろう。

　会話の長い中断のあと、エイジアは言った。「今夜はメラニーのうちに行くよ」

「勉強しに?」

「家に帰りたくないだけ」

「ママは知ってるのかい」

「ママの機嫌はいま最悪なの。ちょっとまえまではパパに怒りをぶつけ、いまはコールマンに当たってる。テレビに出てくるような生活をすることを望んでいるのに、実際はタブロイド紙の第一面に載るようなことしかしていないってわけ」

　それはわたしがよく口にするセリフだ。わたしは笑い、エイジアもくすっと笑った。われわれは同時に立ちあがり、別れの挨拶がわりのハグをした。

アングルズ・アンド・ダングルズは海軍造船所跡から八ブロックほど離れたところにある、うらぶれたバーだ。埃だらけの窓に、いまはないビール会社のロゴが入った小さなネオンサインが出ている。店内には、救命具とかオーク材の舵輪といった船の備品が、天井から吊るされたり、壁にかけられたり、棚に並べられたりしている。

カウンターや壁ぎわのテーブル席で飲んでいるのは、かつて船に乗っていたか、港で働いていた男たちばかりだ。カウンターの向こうには、クレス・マホーニーがいる。さっき電話を切った、しわがれ声の女だ。五十少しまえで、盛りは過ぎたとはいえ、容色はまだ衰えていない。白髪まじりの茶色い髪。青い目はきらきら輝いている。

店内にいるのは全員白人で、わたしの肌の色はいやでも人目をひく。

わたしはカウンターに歩み寄って言った。「グロッグはいまでもレモン水で割ってるのかい」

「まえにあなたと会ったことがあったかしら」クレスはサンドペーパーの声で訊いた。

「まえはポップ・ミラーが注文をとっていた」

「ポップを知ってたってこと？」疑うような声だった。

「知ってた？　亡くなったってことかい」

悲しいことを思いださせてしまったかもしれない。ポップを愛していたのだ。

ポップとはわたしも親しい仲だったが、訃報は聞いていなかった。事前に店に電話したのは、長らくご無沙汰だったので、まだ営業しているかどうかたしかめるためだった。

「心臓発作よ。海釣りをしていたときに。三日間、行方がわからなくてね。デラウェアのほうまで流されていたの」

「きみに店を遺してくれたんだね」

「わたしのことを何か聞いてた？」

「よく言ってたよ。〝クレス・マホーニーは東海岸でいちばんの上玉だ。魚をさばく腕前も、サメを仕留める技術も、そんじょそこらの漁師じゃとてもかなわねえ〟」わたしは半分しか本当でない話を信じさせるために、ポップの口調を真似て言った。

「あなたの名前は？」

「ソー。親父が当時はやりのコミックのヒーローからつけた」

聞き覚えはないみたいだったが、クレスはその場ででっちあげた名前の由来ににっこり微笑んだ。

「それで、ご用件は？」

「グロッグ」

わたしはアスウォート・〝ポップ〟・ミラーのことをよく知っていたし、連れあいのクレスの過去についても表沙汰にしにくいことまで聞いていた。

ポップは以前わたしの情報提供者だった。埠頭での定期的なマリファナの取引の現場を押さえ、見逃してやるかわりに警察に協力し、リトル・エクセター・バレットの動向を逐一報告させるようにしたのだ。ポップはエクセターを嫌っていた。ヘロインを扱う者に嫌悪感を持っていたのだ。期待は大きかった。うまくいけば、ニューヨーク史上最大の大捕り物に結びつくかもしれないのだ。

アングルズ・アンド・ダングルズにはいつも閉店後に来ていたので、クレスと顔をあわせたことは一度もなかった。彼女はわたしのことを何も知らないはずだ。

「でも、あなたの顔に見覚えはない」クレスは言った。

「ポップとは店を閉めたあとによく碁を打ってた。この客は色の黒い男が店内で中国流チェッカーをしているのを見たくないとのことだったものでね」

「碁ならわたしも教わったけど、ぜんぜん駄目だったわ」

「碁はチェスよりずっとむずかしいからね。ポップは商船で東南アジアをまわっていたときに覚えたらしい」

「わたしがこの店を引き継いだってどうしてわかったの。ポップには三人の子供と別れた奥さんがふたりいるのよ」

「でも、ポップが南太平洋の孤島にいっしょに取り残されてもいいと思っていた女性はひとりしかいなかった」

　クレスの気持ちは少しずつほぐれてきている。カウンターの後ろにある鏡を見ると、客たちもわたしへの好奇心を失いつつあるみたいだった。アメリカは変わりつつある。強風のなかを進むカタツムリの速度で。だが、その軟体動物が目的地にたどり着くまでは、ポケットに四五口径を忍ばせ、たえずあらゆる方向に目を配っていなければならない。

　クレスがつくってくれた甘いグロッグを、わたしはゆっくり味わった。

　iPadでジャンヌ・ダルクの伝記を読みながら、ときおり顔をあげると、そこには昔かたぎの男たちがいまによみがえらせた古い世界があった。

　年代物のジュークボックスのレコードは、三十年のあいだ一度も交換されていない……〝ブランディ、きみは素敵な娘。よき妻になるだろう、でも、ぼくの恋人は海〟

　それから二時間ほどたったとき、男に声をかけられた。「おい、ちょっと」

　顔をあげたときには、わたしの右隣のスツールに男が腰かけていた。

「なんだい」

「おれたち、どこかで会ったよな」海の太陽に焼かれて、かさかさになった肌。目を細めているので、瞳の色ははっきりしないが、おそらく褐色だろう。

　わたしは微笑んで、ジャンヌ・ダルクを頭から消した。

「どうしてそんなことを訊くんだい」

「ここじゃないが、どこかでおまえさんを見たような気がするんだよ」

「見たら、覚えてるだろ」

「ずいぶんつっけんどんだな」

「おれはここのグロッグを楽しんでいるだけだよ、相棒」

「相棒？　いつからおれたちは相棒なんだよ」男は背筋をのばしたが、それでもまだ小さい。

　この二時間で得られたのは、ジャンヌが百年戦争の雌雄を決し、フランスを窮地から救ったのに、そのおかげで即位できた王に裏切られたという知識だけだ。ジャンヌが処女だったという話もあるが、その点についての判断をいまここでする必要はあるまい。

　いずれにせよ、酔っぱらいの小男に因縁をつけられたときには、ここに来たのは間違いだったという結論に達していた。無駄な二時間に、ろくでもない六十秒のおまけまでついてしまった。

　勘定をすまして店を出るため、手をあげてクレスを呼んだ。ちょうどそのとき、リトル・エクセターがドアをあけて店に入ってきた。

「お呼びかしら、ミスター・ソー」クレスは言った。

　エクセターは客のあいだを縫って奥のテーブルのほうに歩いていく。

　わたしはクレスのほうを向いて言った。「隣の友人にいま飲んでる酒をトリプルで出してやってくれないか」

「ジョニーったら。またお酒をたかってるの？」

「いいや、ちがうよ」たったいま友人になったばかりの男は答えた。「でも、まあいい。ライ・ウィスキーをくれ、クレス」
「おれたちは海の話をしていたんだよ」わたしは言った。「いいやつだ。おれもグロッグのおかわりをもらおう」

深夜の二時になろうというころ、足もとのおぼつかない三人の客がアングルズ・アンド・ダングルズから出てきた。

わたしは一時間ほどまえに店を出て、通りをへだてた戸口の陰に身を潜めていた。

千鳥足の三人組のひとりはリトル・エクセターだった。半ブロック先で三人は別々になった。

わたしは通りの反対側を歩いていく標的から三ブロック分の距離をとって尾行を開始した。

通りは薄暗く、道端を走りまわるネズミと、ところどころにともる窓明かり以外に生を感じさせるものはない。髭もじゃのホームレスの男が、荷物を積めこんだショッピングカートを押しながら、人類滅亡の危機を生きのびた者たちのひとりといった感じで道の真ん中を悠々と歩いている。

エクセターはよろけながらふらふらと歩いている。ときおり立ちどまっては、奇妙なダンスのステップを踏んでいる。十数年前にあとを追っていた男とはまったく別人のようだ。

が、かまうことはない。

まわりに誰もいないことをたしかめてから、すばやく前に進みでて、エクセターに近づき、五セント玉の束を握った拳で思いきり殴りつけ、気絶させた。

路地に引きずっていき、仰向けに転がし、そこにしゃがみこむ。防犯用のセンサーライトがつき、ふたりの顔を照らしだす。

エクセターは目を覚ました。「誰だ、おまえは」

わたしは拳銃を取りだし、エクセターの額の真ん中に銃口を突きつけた。

「おれが何かしたのか」

「名前を教えてもらいたい、ミスター・バレット」

「はあ？」エクセターは言った。自分でも酔っているのか怯えているのかわからないのだろう。

「十四年前、埠頭でヘロインをさばいていたときにつるんでいた警官の名前だ」

小さな目が見開かれ、逃げ道を探している熱帯雨林の生き物のようにまばたきをした。

「え、えーっと……カンバーランド。ヒューゴ・カンバーランドだ」

わたしはライカーにいたとき以来の大きな衝動を覚えた。

路地は薄暗く、湿っぽく、ゴキブリが這いまわっている。蛆《うじ》の臭いがする。わたしはまたひとを殺そうとしている。手に拳銃を持ち、殺したい男は目の前に横たわっている。

引き金をひきたいということではない。それでも、わたしは引き金をひく。そして、エクセターは死ぬ。それがいま現実のものとなりつつあることのなかから不意に立ちあらわれた天啓だ。

エクセターはわたしの目にみずからの死を見たにちがいない。その顔から恐怖が消え、いまは無駄に費やした人生の最後の瞬間を真摯《しんし》に受けいれようとしている。

その表情を見て、なぜかエイジアのことが頭に浮かんだ。さっきはコールマンの悪事をあばき、母親といっしょに破滅させてくれと言っていた。そのことを思いださなかったら、エクセターはこの薄汚い路地で間違いなく死んでいただろう。

わたしは弾けるように立ちあがり、走りはじめた。五ブロック離れたところにとめてあった車に乗りこんだときも、わたしの手は拳銃を握っていた。

「もしもし」眠たげな声だ。「あんたなの、キング・

ベイビー？」

少し間をおいて息を整えてから、わたしは答えた。

「ああ」

「いま何してんの？」

「車のなかにいる。海軍造船所跡の近くだ」

「そこで何してんの？」

「おれはライカーズで叩きつぶされた。陶器みたいに粉々に叩きつぶされた」

エフィーは沈黙を守るべきときを知っている。

「ビリビリに引き裂かれた。自分ではタフだと思っていたが、知っていることも、信じていることも、なんの役にも立たなかった」

顔の筋肉を総動員しなければ泣きだしてしまいそうだ。

「車のなかで何をしてるの、ジョー」

「ある人物の名前を探していた。それを知ってそうなやつをここで見つけた」

「聞きだすことはできたの？」

「ああ」

「名前を聞きだしたあと殺したの？」

その質問は親密さの証しであり、そう思うと、自分は孤独ではないのだと一瞬感じることができた。が、逆にそのために、いままでずっと孤独だったことにあらためて気づかされた。誰かと話をしているときも、賑やかな通りを歩いているときも。エイジアといっしょにいるときですら。

孤独だったのは、わたしの心のなかにあるものを知る者がいなかったからだ。例外はメルだけだった。メルはある程度までわかってくれている。そして、いまはエフィーもいる。エフィーとは変態的なプレイも含めて多くのセックスをした。だが、そういったことは関係ない。誰かと本当に通じあうためには、相手の心に寄り添うことが絶対条件になる。

「どっちなの、ジョー」

「いいや、殺していない」

「そのひとに何かした？」

「ぶん殴った」

「それに値するようなことをしたひとなの？」

「百発でも足りない」

「でも、生きてるのね」

「ああ」

「あんたは立派よ、キング・ジョー。国や言葉や宗教の枠を超えて、そこがどんな荒くれた場所でも、あんたは立派なひとよ。わたしが自分のことをわかっていなかったときも、あんたはわたしをわかってくれていた」

「ありがとう」わたしは言って、電話を切った。

そして、拳銃をトランクにしまい、カタツムリの速度で家路についた。そのカタツムリのおかげで、人間は古いろくでもないものを新たに理解しなおすことができるようになる。

17

エイジアが赤ん坊だったころには、その寝顔を一時間以上じっと眺めていたことがよくあった。夢を見ているのか、それとも自分の内か外で何かが起きているのを感じているのか、その顔はころころと表情を変え、ときおり素っ頓狂な声をあげたり、腕をばたつかせたりしていた。

眠りというのは穢《けが》れなき心の行為だ。そう思ったから、エクセター・バレットを殺しそうになったあとは眠らなかった。安らかな眠りは赤ん坊のためのものであり、わたしのような者には悪夢がふさわしい。

リトル・エクセターに口を割らせることができたの

で、アンリが上席の刑事たちから聞きだした情報が正しかったことがわかった。わたしを陥れた罠にはカンバーランドという名の男がかかわっていた。その男がヘロインの密売人であり、ファーストネームはヒューゴだということもわかった。

それが偽名だとすれば、なかなかうまい。いかにも本名っぽい。だが、それが逆に作為を感じさせる。

アンリ・トゥルノーのパスワードを使って、ニューヨーク市警の警察官と情報提供者のファイルをチェックする。だが、ヒューゴ・カンバーランドという名前はどこにもなかった。

グーグルで検索すると、二十年以上前に死んだ同姓同名の男が見つかった。大工。妻と四人の子供。ニューヨーク州ナイアック在住。六十一歳で死亡。そのとき二十三歳だった末の息子の名前――アダム。

アダモ・コルテス、そしてヒューゴ・カンバーランド。夜明けまえの四時十九分、すがりつける手がかりはそれしかない。

アダム・カンバーランドという名前は、警察官や情報提供者のリストには出ていなかった。だが、古い事件簿のひとつに出ていた。十五年前、イースト・ハーレムで麻薬密売組織の抗争があり、そのときの銃撃戦で左上腕に流れ弾による創傷を負ったらしい。供述調書によると、たまたまそこにいあわせただけで、事件とはなんの関係もないという。

目撃者としての届け出はあったが、公判前に行方をくらましている。彼が警察に雇われた民間人だったとすれば、データベースに名前がないのもうなずける。

それ以上のことを知るのは、たとえ現役の刑事であったとしても無理だろう。アダムが手当てを受けた病院や、供述調書に記された偽の住所を訪ねることも考えたが、なにしろ十五年もまえの話だ。

画面を見つめ、名前をスクロールする。コルテスもカンバーランドもイニシャルは〝C〟だ。もしかしたら、本当にヒューゴ・カンバーランドの息子なのかもしれない。

　死んだ大工の息子の消息をたどって一時間ほどたったころ、携帯電話が鳴った。

「もしもし」

「ジョー？」

「やあ、エフィー。五時半だぞ。こんな時間に起きてるのか」

「あんたは？」

「ひとつ教えてくれ」

「何？」

「恋人はいないのか」わたしは厄介な名前のことを忘れるために訊いた。

「そんなことを訊かれるとは思ってなかった」

「訊くつもりはなかった。きみが客をとっていたときには」

「いまもお金を払ってもらってるわ」

「昔のレートで」

「あんた、どうかしてない？」

「べつに。どうかしてるように思えるのか」

「気になって眠れなかったの。あんな心細そうな電話、いままで一度もなかったから」

「心配をかけて悪かった。でも、もうだいじょうぶだ。あのときはちょっと混乱していてね。話を聞いてくれる相手がほしかったんだ。それだけのことだから、気にしないで寝てくれ。近いうちにまた電話する。コーヒーでも飲みにいこう」

「ねえ、ジョー」

「なんだい」

「ううん、なんにも」

　夜明けまえの数時間、わたしはエフィーからの電話のありがたさを噛みしめていた。アダムとヒューゴの線はたどれるところまでたどった。わたしの屈辱と破滅については、別の角度から検討しなおす必要がある。

スチュアート・ブラウンに番号を教えたプリペイド携帯は、それまで電源を切っていた。電話番号から端末情報を探知されないともかぎらないからだ。

その番号を知っているのはふたりだけであり、二件のメッセージが入っていた。

一件目はブラウンからだった。

〝ミスター・ボウル。リベルテ・カフェで待っていたんだが、どうやら待ちぼうけを食わされたようだ。きわめてゆゆしき状況なので、きみの依頼人も交えて話をしたい。きみの憶測がおおやけになれば、多くのひとが多大な迷惑をこうむることになる〟

そう言っている本人が特に、とわたしは思った。

〝折りかえし電話し、いつ会えるか教えてもらいたい〟ブラウンはそう言ったあと、たっぷり一分ほど間をおいてから電話を切った。わたしが横で聞いていて返事をするかもしれないと思っていたのだろう。

二件目のメッセージは悪魔からだった。

「やあ、キング」メルカルト・フロストは言った。「あんたが知りたがっていた男のことだ。本名がわかりそうだってことを伝えておこうと思ってな。わかったら連絡する」

わたしは探偵小説が好きだ。探偵はいつだって敵方より賢いか、勇敢か、でなければ運がいい。男でも女でも、決まって一匹狼であり、かならずパンチが飛んできそうなところへ自分から顎を突きだす。逮捕されても、涼しい顔をしている。いい女あるいは男に言い寄られても、なぜかいつも都合が悪いことが多い。

彼らはたいてい一度にひとつの事件だけを追い、決着をつけ、通常はそれで正義が達成される。

わたしはときどき本のなかの探偵になる。

そんなことを考えるともなしに考えながら、これまでにわかっていることをあらためて見直してみることにした。些細な事柄から思いもよらないところでドアが開くかもしれない。テカムス・フォックスなら、ウィラ・ポートマンのことをどう考えるだろう。ワトスンならシャーロックの肩ごしに何を見てとるだろう。

窓の外はまだ暗いが、通りにはすでに人影がある。支払いに追いつくことのない報酬を得るために職場へ向かう者たちの足取りは重い。

見ているうちに、チェスター・マリーの名前がふいに頭に浮かびあがった。

アンリ・トゥルノーのパスワードを使ってニューヨーク市警のデータベースにアクセスすると、チェスターには多くの前科があることがわかった。窃盗から、売春斡旋、暴行、果てはレイプまで。また、警察の情報提供者でもあったらしく、わたしの知らない数人の刑事と折りに触れて連絡を取りあっていたこともわかった。刑事たちの名前は、のちに必要になるかもしれないので、念のために書きとめておくことにした。

おやっと思ったのは、チェスターの逮捕歴が、わたしが監獄にぶちこまれる三週間ほどまえにぷっつり途絶えているということだった。それ以降はドラッグや売春がらみの事件で何度か参考人として名前があがっているだけだ。

黒人――娘の学校の先生に言わせるなら、アフリカ系アメリカ人。身長は六フィート三インチ。年はわたしと同じ。十五歳までパブリック・スクールに通っていた。取調べにあたった刑事や情報提供を受けていた刑事のほぼ全員が、ひとを食いものにする外道と評している。

二十年ほどまえに行方不明になったヘンリエッタ・ミラーという女性の一件で、一般に公開されているファイルもあった。

現住所や電話番号まで知ろうと思うと、アンリより上位のアクセス権が必要になる。

が、当てはある。

三階にあがり、そこに一時間ほどこもって、ブルーとピンクの用紙に書きこみをした。それを革のフォルダーにまとめると、ショルダーバッグに荷物を詰めこんだ。サワーマッシュ・ウィスキーを満杯にしたシルバーのスキットル、装塡ずみの四五口径、予備の弾薬の箱。

六時四十五分、A系統の北行き列車の一両目に乗った。マンハッタンへ向かう種々雑多な階層の通勤客で、車内はすでに混みあっている。わたしの隣には、黒人の若い娘がすわっていた。没後半世紀になるノーベル賞作家ヘルマン・ヘッセの『東方巡礼』を読んでいる。年は二十代のはじめで、会社勤めの格好をしているが、中間管理職っぽいきどったところはない。受付とかデータ入力とかの仕事をしている学生アルバイトだろう。いかにも気さくな感じがしたので、わたしは声をかけた。「ヘッセの小説のなかに『ガラス玉演戯』という作品があって、読もうとしたんだが、結局おっぽりだしてしまった」

娘は顔をあげ、人違いかと思っているような目でわたしを見た。

「えっ？」

「『演戯名人』という副題がついている」

「ヘッセが好きなの？」

『東方巡礼』と初期の『クヌルプ』を読んだ」わたしは言い、それから娘の目のなかの質問に答えた。「わけがあって何カ月か本が読めなくてね。それまでそんなに本好きだったわけでもないけど、また読めるようになると、それからの五年間は本の虫だった。もちろんいまも読んでるけど、以前ほどじゃない」

「どうしてヘッセを読むようになったの」

「たぶん実存主義者の著作に影響されたんだと思う」

娘は何か言いたそうな顔をしていたが、それがなんであるのかは自分でもよくわかっていないみたいだった。

「おかしい？　読書家のようには見えない？」

「ううーん。どうかしら」正直な答えだ。「服装からだと、ビルの管理人のように見える。でも、革のバッグを持ってるから、大学の先生のように見えなくもない」

「以前は警官だった」

「警官ってトム・クランシーとかを読むんじゃないの」

「きみのほうはなぜヘッセを？」

「ハンター大学で比較文学を専攻してるの。卒業前に論文を書かなきゃならなくて」

　わたしは手をさしだした。「ジョー・オリヴァー」

「ケニア。ケニア・ノーマンよ」ケニアも手をさしだした。「これって、ナンパじゃないわよね、ミスター・オリヴァー」

「いいや、ちがう」わたしは答えた。嘘ではない。おおよそのところは。

18

ポート・オーソリティ駅で地下鉄を降りるまでのあいだに、若き学究ケニア・ノーマンの電話番号を教えてもらうことができた。勤務先は、六十丁目近辺にある、先端テクノロジー関連企業を対象とする投資信託会社で、会社名はブリンクマン・スターンというらしい。

「そういった仕事に興味はないけど、自分的にはそのほうがいいと思ってるの。逆だと、本業がおろそかになるから」

「誰だってそうだけど、自分がやっていることには愛情を持たなきゃならない。でないと、いつか自分を憎むようになる」

ケニアは怪訝《けげん》そうな目でわたしを見つめた。わたしは一瞬そこにいる娘に自分を見たような気がした。

アンリ・トゥルノーにならって公衆電話を使うことにし、長距離バスが発着するターミナルビルの三階に向かう。

二回の呼びだし音で返事がかえってきた。「もしもし」

「ミスター・ブラウン、トム・ボウルだ」

「遅かったじゃないか」

「別の用があってね。悪かった」

「いまはどこに？」

「外だ。できるだけ公衆電話を使うようにしているんだよ。匿名性が高いからね。どういう意味かわかると思う」

「どうしてもきみと会わなきゃならない」

「もうその必要はない」

「えっ？　きみはジョアンナ・マッドの失踪事件を調べているんじゃなかったのか」

「依頼人にあんたのことを話したら、警察に相談しようってことになった」

「それはまずい。そんなことをしたら――」

つべこべ言っているうちに、わたしは電話を切った。ブラウンにはもう少しやきもきさせてやろう。

「はい、こちらエクスタシー」若い女が言った。

「ミミにかわってくれ」

「どちらさまでしょう」

「ジョーだ」

「ジョー？　それだけ？」

「それで充分だ。おれの母親がそんな質問をすると思うか。いいからミミに言ってくれ。ジョーが東の魔女の赤い靴をほしがってると」

「まだ八時にもなっていないのよ」可愛い声だ。

「合い言葉をチェックしてみてくれ。何時でもいいとわかるはずだ」

不満の声が漏れたが、それさえ可愛らしかった。どんな顔かたちをしているのかと思わずにはいられない。

少し間があった。それから、「ジョー？」

「やあ、ミミ」

「何か困ったことでも？」

「困ってるのはいつものことさ」

「だったら、わたしを叩き起こした理由は？」

「おれの紹介だと言って電話をしてきた者がいるだろ」

「議員さんね。そのことなの？」

「いや。別の男のことでちょっと。あんたなら付きあいがあるんじゃないかと思ってね。名前はチェスター・マリー」

「あのゲス野郎？　殺してくれるんなら、教えてあげるわ」

「まかせてくれ。それ以上の目にあわせてやる」

「プロバイダーはまだAOLなの？」

「ああ」

「化石ね。誰かに頼んであなたが必要としていることをメールさせるわ」


一階のワゴン販売で、メープルシロップ・ドーナツ三個と、発泡スチロールのカップに入ったブラックコーヒーを買う。それから、また別の電話をかける。

「見張られている者を見張っている見張りを見張っている」という返事がかえってきた。

わたしはにやりとした。「やあ、メル」

「ずいぶん早いじゃないか」

「虫の音が聞こえたので、外に出てみたんだ。何かわかったか」

「いや。でも、あともう少しだ」


監獄にぶちこまれて以来、煙草は喫っていない。ターミナルビルの外にある売店で両切りのキャメルを買う。最初は少し咳きこんだが、すぐに甘い味を思いだした。

半分ほど喫って、右足の先で揉み消す。

携帯電話が鳴ったので、見ると、ミミ・ロードが約束したメールが入っていた。

そのとき、女の声がした。「あの、すみません」

年は三十前後だろうが、六十前のように見える。白人でも黒人でもないが、それ以上に正確なことは言えない。手はひどく汚れていて、紫と黒のワンピースは縫い目がほどけて、いまにも身体から剝がれ落ちそうになっている。

「なんだい」

「煙草を一本めぐんでもらえないかしら」

わたしは買ったばかりの煙草を箱ごと渡した。

ミミが教えてくれた住所に、やつはいた。フラットブッシュのなかでまだ再開発の波が及んでいない地区にある小さなオフィスだ。通りに面していて、広さは十平方メートルもない。大きな窓ごしに、机と四脚の椅子が置かれているのが見える。

チェスターは椅子にすわり、サイズ14の大きな靴を机の上にあげている。その両脇を、白人と白人ではない男がかためている。みなそれぞれ紙コップを手に持って、煙草を喫っている。

げらげら笑っている。

わたしの車はそこから六ブロックほど離れた駐車場にとめてある。ショルダーバッグはトランクのスペア・タイヤの下だが、四五口径はポケットにおさまっている。ポケットナイフも持参している。

後ろから男の声が聞こえた。「どうかしたのかね」

そのとき、わたしは通りをはさんでチェスターのオフィスから四軒離れたところに立っていた。

振り向くと、顔色の悪い小柄な老人が半フィートほど下から見あげていた。セーターかと思うくらい型崩れしたスポーツ・ジャケットを着て、ズボンを臍《へそ》より少し高い位置ではいている。おそらく七十代。ふさふさの白い髪。あきらかに一時代前のものと思える眼鏡の奥には鳶《とび》色の瞳がある。

その背後の店のショーウィンドウには〝ナイル・アクアリウム&フィッシュ〟という看板がかかっている。ナイルというのが人名なのか、太古から魚の宝庫であった大河の名前なのかはわからない。

わたしは老人の目を見て言った。「おれはトム・ボウルっていう者なんだがね。ええっと……ここで働かせてもらえないかなと思って」

いきなりの申し出に老人はびっくりしたみたいだった。

「魚が好きなんだよ。魚を見るのがね。あと、食べるのも。もちろん、ここが普通の魚屋じゃないってことはわかってるよ」

「悪いが、いまのところ人を雇う予定はないんだよ」

「だろうね。人を雇いたいのなら、外に貼り紙とかをするだろうからね。ただちょっとした手間仕事でもあれば……なんでもするよ。力仕事でも、汚れ仕事でも。手が汚れるくらいなんてことはない。どうしても日銭が必要なんだ」

老人はわたしを値踏みした。わたしがここで話をしているのは、チェスターとその仲間たちが談笑しているのをさりげなく観察するためだ。しばらくしてわたしがここを立ち去ったあと、老人が連中に訊かれても、ホームレス風の間抜け野郎が仕事を探しにきたことを思いだすだけだろう。

「奥に納戸がある」老人は言った。「三十七年分のがらくたが山積みになってるんだ」

願ったり叶ったりだった。


店の広さはチェスターのオフィスといくらも変わらない。そこには通路ぞいに棚が並んでいて、五十以上の水槽が置かれていた。海水魚はいない。珍しい魚も大きな魚も高価な魚もいない。水槽のなかにいるのは、小型のキャットフィッシュ、ゼブラフィッシュ、鮮やかなオレンジ模様のテトラ、胸が張りだしたハチェットフィッシュ、小さな池を埋めつくせるくらいの数の金魚……

売り場の奥に小さな部屋があり、老店主のアーサー・ボノの机が置かれている。その後ろにコルクボードがかけられていて、洒落た格好をした美形の若者の写真が何十枚もピンどめされている。おそらくＧＱやエスクワイアなどのファッション誌から切り抜いたものだろう。

オフィスの奥にあるドアの向こうに納戸があり、がらくたが天井近くまで積みあげられている。つぶして平たくした段ボール箱、壊れた水槽、魚の餌が入っていた袋、宅配ピザの箱が詰まった大きなゴミ袋、ワインの空き瓶、テイクアウトの料理の容器。いやな臭いがするが、それくらいはなんでもない。

「軍手があれば、借りたいんだが」と、わたしは言った。

アーサー・ボノは小柄だが、わたしより大きな手をしていた。

さっそく仕事にかかり、ガラクタをまとめて裏口から運びだし、店の横の路地を通って歩道に積みあげていく。

それから四時間、運びだしたガラクタの量は二トンは下らないだろう。

歩道からは簡単にチェスターたちの様子をうかがうことができた。やはり煙草をふかしたり、酒を飲んだりしている。わたしが納戸でガラクタをまとめていたとき、宅配のピザが届けられた。そのすぐあとに、別の届け物があった。

ユーホールのレンタル・トラックが歩道わきにとまり、ヒスパニック系のふたりの若者がチェスターの仲間の手を借りて小さな箱を次々におろしはじめた。

歩道には、ガラクタの山ができている。無造作に積みあげられていて、ひどく見苦しい。これを利用しない手はない。わたしはガラクタをひとつひとつ丁寧に積みなおしはじめた。

結局、三十箱ほどがチェスターのオフィスに運びこまれた。作業は大急ぎでてきぱきと行なわれ、時間はいくらもかからなかった。トラックが走り去ると、チェスターたちはふたたび酒と煙草と談笑に戻った。

ゴミの積みなおしを始めてから四十五分ほどたったとき、チェスターの仲間の白人のほうの男が、通りを横切ってこっちへ向かってきた。

わたしは拳銃を抜こうかと思った。

リトル・エクセターなら、殺したいという衝動に駆られるのは仕方がない。わたしの人生を破滅させたたくらみの一翼を担っていたかもしれない男なのだ。けれども、この男はただフラットブッシュの通りを歩いているだけであり、どちらの手にも何も持っていない。あきらかに脅威ではないし、敵視しなければならない理由もない。

　わたしのなかには、監獄暮らしによって生みだされた魔物が棲んでいる。恥ずべき粗暴さを覆い隠す理性のかけらも持たない狂犬の血が流れている。

　男は愛想よく会釈をしてわたしの前を通りすぎ、数軒先の歩道わきにとまっていた黒いフォードに乗りこんだ。そして、その車をオフィスの前につけると、チェスターともうひとりの男といっしょに先ほどの箱をトランクと後部座席に積みこみはじめた。

「ミスター・ボウル」後ろからアーサー・ボノの声が聞こえた。

　わたしは振り向いた。「なんだい」

「これを」アーサー・ボノは手が切れそうな二十ドル札を三枚さしだした。

「まいったな。その半分で充分だよ」

「あんたのおかげで納戸に大きなスペースができた。帳簿に記載しなくていいので懐は痛まない。わしはこれで家に帰る。暗くなると物騒なんでね」

「わかった」わたしの後ろでチェスターたちが何をしているか気になったが、ここで芝居を中断するわけにはいかない。

「服を買ったらどうかね。服は人をつくるって言うだろ。明日またここに来て一働きすれば、シャツぐらいは買えるはずだ。もしかするとジャケットだって買えるかもしれん」

　オフィスのコルクボードにピンどめされた若者たちの姿が頭に浮かんだ。どうやら、わたしはこの老人に気にいられたようだ。

「じゃ、九時に来るよ」わたしは嘘をついた。

老人は微笑み、わたしと握手をして、歩き去った。

チェスターは歩道に立って、ふたりの男が乗ったフォードが発進するのを見ていた。そして、車が視界から消えると、オフィスへ戻っていった。

わたしはそのすぐ後ろにいた。

19

チェスターの左足と同時に、わたしの左足も敷居をまたいだ。チェスターがそれに気づいて反応するまえに、四五口径で後頭部を殴る。それで片膝をついたところをもう一発――強く。

緑と黒のリノリウムの床に倒れると、すばやくボディーチェックをして、小口径の拳銃を取りあげる。それから一枚ガラスの大きな窓にかかった天井から床までのカーテンを閉め、壁のスイッチで天井の蛍光灯をつける。

チェスターは片手で後頭部を押さえ、もう一方の手を支えにして身体を起こそうとしている。顎にパンチをもらったかのように、しきりに下顎を動かしている。

「じっとしていろ」

　チェスターは動きをとめて、顔をあげた。そのとき、わたしはパイプ椅子にまたがってすわり、四五口径の狙いを額に定めていた。

　チェスターは片肘をついたまま困惑の表情を浮かべ、肩をすくめた。立ちあがろうとしているのかもしれない。わたしは撃鉄を起こした。

　撃鉄の音が与える恐怖は、リボルバーが持つ大きな強みのひとつだ。

　チェスターは身をこわばらせたが、目はきょろきょろと動いている。

　長身で、屈強。うつぶせになったままテーブルを引っくりかえす可能性もある。

「おかしな真似をしたら、膝を撃ち抜き、それから質問に答えさせ、裏口から消える。おまえは一生脚を引きずって歩くことになる」

「何が知りたいんだ」

「以前ナタリ・マルコムという女を食いものにしていたな」

　チェスターは顔をしかめた。空とぼけて、だんまりを決めこむつもりのようだ。

「なるほど。言い忘れたかもしれんが、満足のいく答えが得られなかったら、別の脚の膝も撃つ」

「〝食いものにしていた〟って、どういう意味なんだ」

「誰かがここに来るまで時間稼ぎをするつもりなら、おまえの頭を吹っ飛ばして、図体の部分から話を聞いてみることにする」

「もうずっとまえの話だ」

「おれはいま訊いているんだ。二度は訊かない」

「そのときパクられて以来、一度も会ってねえよ」

「ふたりとも逮捕されたのに、おまえはすぐに釈放された。車のトランクから二十ポンドのコカインが出てきたのに、留置されもしなかった」

「あんたはいったい何者なんだ」

「逮捕されたあと最後に言葉を交わした刑事の名前を言え」

「十年以上前の話なんだぜ、ブラザー。最後でも最初でも、覚えちゃいねえよ」

わたしは立ちあがった。加虐の予感にわたしの唇は歪んでいたにちがいない。

カーテンが閉めきられた部屋で、わたしは精神のバランスを崩していた。本当なら、熱帯魚の店の主人に言われたように明日またここに来て、チェスターたちの動きを見張り、じっくりと作戦を練るべきだった。だが、実際は短兵急にことを起こしてしまった。わたしがこんなふうに嗅ぎまわっていることを、わたしをはめた者たちに知られるのは時間の問題だと思ったからだ。

チェスターはただならぬ気配を感じとったらしく頭を後ろに引いた。

「コルテスだ。コルテス刑事。ファーストネームは知らない」

「どんな容貌の男だ」

「覚えちゃいねえよ。なにせ昔のことだから。あのころは昼も夜もヤクでぶっ飛んでたし。プエルトリコ人だったと思う。背は低かったような。でも、たしかじゃねえ」

わたしの目のなかにあるものにチェスターは怯えている。わたしも同じように怯えている。

「そいつにどんな取引を持ちかけられたんだ」

「余計なことは何も言うなって。ナタリは警察が必要な情報を握ってるので、弁護士だのなんだのに口をはさまれたくなかったらしい。なるほど。あいつはあんたの情婦《イロ》なんだな。あのときは、選択の余地も何もなかったんだ。さからったら、どんなことになるかわからねえ。あいつか、おれか、どっちかが割りを食わなきゃならなかった。それに、やつらは情報がほしかっただけだ。おれが口にチャックをしときさえすりゃ、どっちも損はしない」

ひとしきり沈黙があった。われわれはおたがいを見つめあっていたが、どちらの気持ちも外に向いていることはおたがいによくわかっていた。

「さっき車で運ばれていった箱には、何が入っているんだ」わたしは訊いた。

「知らねえのか」

「おまえは馬鹿か。二度は訊かないと言ったはずだ」

「ハジキだ。ハジキが入ってるんだよ」

駐車場まで六ブロック歩き、モンタギュー通りに戻った。帰路、この数日間のことを何度も思いかえした。女子大生からA・フリー・マンまで。熱帯魚の店の主人からチェスターまで。

わたしはいまいつか越えなければならない一線の際に立っている。

チェスターはまだ生きている。わたしも生きている。


オフィスに戻ると、エイジアが言った。「おかえり、パパ」

「ただいま。調子はどうだい」

「まずまず。ねえ、このワンピース、メチャいいでしょ」

立ちあがって、身体を半回転させる。鈍いオレンジ色で、丈はふくらはぎまである。身体の線はきれいに出ているが、強調してはいない。値段は八十七ドル九十九セントだ。

「ママに借りたのか」

「覚えてるの？」駄々っ子のような顔に驚きの表情が浮かんだ。

「いっしょに買いにいったんだよ。まだ持ってるとは思わなかった」

「ママはなんにも捨てないひとだもん。クローゼットの奥にあったのを引っぱりだしてきたの」

ある意味で、モニカとの結婚は死ぬまで続く。少なくとも、この点に関しては世間なみだ。

「電話とか来客は？」

「男のひとが来たよ。ワインバーで待ってるって」

「どんな男だ」

「目つきの悪い白人。メルって言ってた」

　ラニヤーズ・ワインバーへ向かうまえに、奥の部屋へ行って、ウィスキー三ショット分を喉に流しこんだ。煙草も喫いたかった。箱ごとくれてやるんじゃなかったと思った。

　深紅色のジャケットにウォルナット色のズボンといういでたちで、メルは窓辺の椅子に腰かけ、モンタギュー通りを眺めていた。わたしを見ると、手を振り、かすかに口もとをほころばせた。悪魔はご機嫌麗しく見える。ウィスキーを飲んできてよかった。

　わたしはなかに入っていき、黒のスーツとネクタイ姿の長身のボーイ長に呼びとめられると、メルを指さした。メルは手をあげて応じた。

　その隣の椅子に腰かける。

「どこかで一働きしてきたように見えるが」

「ああ。六十ドル稼いだ」

「小銭でも積もれば大金になる」

「わざわざおれを呼びだしたわけは？」

「オフィスでお嬢ちゃんと待っててもよかったんだが、あんたがいやがると思ってね」

　それは否定できない。

「何をお持ちしましょう」若い女が訊いた。

　珊瑚色のミニのワンピースを着たアジア系の娘だった。それを見たとき、わたしの鼻孔は膨らんでいたにちがいない。ここ十数年間、わたしは性的な欲求をずっと抑えつづけてきた。だが、もう終わりだ。犬は野に放たれた。

「いいや、何もいらない」

メルは言った。「おれはバローロをもう一杯」

「かしこまりました」

ウェイトレスが立ち去ると、わたしは訊いた。「それで？」

「まずは酒を飲みほす。それから車でヴェラザーノ橋まで行く。目的地はスタテン島だ」

〝冥界への河《ステュクス》を渡る〟と付け加えたとしても、おかしくなかっただろう。

メルの年代物のフォード・ギャラクシー五〇〇でスタテン島のプレザント・プレインズに入ったときには、もう日が暮れていた。道中はほぼ無言で、ラジオもつけず、CDも聴かなかった。どこに向かっているにせよ、これが物見遊山でないのはたしかだ。

この小さな町の南側に、打ち捨てられた教会があった。いや、正確に言えば、打ち捨てられてはいない。本来の用途で使われていないだけだ。四方を高さ十八フィートの石壁に囲まれていて、なかに入るにはリモコンの遠隔操作で鉄扉《てっぴ》をあけるしかない。教会堂は煉瓦造りの長方形の建物で、高さは普通の家屋の二階半ぐらいある。急勾配の屋根は暗緑色のスレートで覆われ、壁には地面から軒びさしまでの高さがある細長い十二枚のステンドグラスが並んでいる。建物の片端にサイロのような円筒形をした、やはり煉瓦造りの尖塔が聳《そび》えたっているのが見える。屋根からの高さは約十フィート。建物の屋根の中央には、パラボラアンテナが設置されている。

フォードは環状の車まわしに入り、かつての聖なる館の前にとまった。

メルが両開きのドアの錠をあけるのを見ながら、わたしは尋ねた。「ここに住んでるのか」

建物のなかに一歩足を踏みいれると、室内のあちこちでいっせいに明かりがついた。教会としてはさほど大きくないが、天井は高く、かつて会衆席が並んでいた空間は何もないがらんどうになっている。高いところにしつらえた祭壇のせいで、自分が小さく感じられる。

「ときどき来ている」明かりに気をとられて一瞬忘れていた質問にメルは答えた。

「どこで寝ているんだい」

「駅舎で」

「えっ？」

「こっちだ」

祭壇の裏に小さな扉があり、狭い螺旋階段が下へ続いていた。

建物のなかに入ったときと同様、階段をおりかけた瞬間、明かりがついた。その階段を三十七段おりたところに、棺桶の蓋よりわずかに大きいドアがあった。そこを抜けると、薄ぼんやりとした明かりに包まれた殺風景な部屋に出た。壁のひとつはガラス張りになっていて、その向こうに、Tシャツとトランクス姿で血まみれになった男がすわっている。チェーンで手首を白い石の壁につながれ、足首を床に固定されている。

哀れで痛々しい姿だが、目がそこに釘付けになったのは別の理由からだった。知っている男だ。メルがポーカーと呼んだ男――スチュアート・ブラウンがわたしを襲わせるためにウェスト・ヴィレッジのカフェに送りこんだ男たちのひとりだ。

「向こうからも見えてるのか」

「いいや」

「締めあげたのか」

「多少は効いたみたいだ。あとはあんたにまかせる。いろいろと訊きたいことがあるはずだ」

メルは部屋の左側の奥まったところへ行って、そこから二脚のパイプ椅子を取りだし、それをガラスの壁の前に並べた。まるでこれから大きなプラズマテレビを観ようとしているかのようだ。

われわれがいるところは薄暗くて、空気が淀んでいる感じがするが、ポーカーがいる部屋は光に満ち、白い石の壁にまぶしく反射している。

メルは自分用に改装した空間を見まわしながら言った。「そう。ここが地下鉄道の駅舎だ」

「どういう意味だい」

「昔スタテン島には奴隷を逃がしている組織があってな。そのためにエリオットヴィルとこの建物が使われていた」

十秒ほどのあいだ、わたしは囚人のことを忘れていた。

メルは続けた。「隠れ家やら何やらいろんなことに使えると思って買ったんだけど、南北戦争のまえにそんなことのために使われていたとは思わなかったよ。いい話じゃないか。法律が間尺にあわないのなら、破りゃいいのさ」

「こっちの話し声は向こうに届いていないんだな」わたしはポーカーを指さして訊いた。

「完全防音になっている」

「本名は？」

「サイモン・クレイトン。ジャージー・シティ生まれのごろつきだ。女を平気で殴るが、それでも女の心をつかんで離さないらしい」

「何か聞きだせたか」

「ちょこっと可愛がってやっただけだよ。あんたが来るまでに言葉を教えといてやろうと思ってな」

「ちょこっと？」わたしは言って、かすかに緑がかったガラスごしに、腫れあがり血まみれになった顔を見やった。

「ひとりが何かをして、もうひとりがその意味を理解する。それが言葉ってもんだ。言語学《フィロロジー》の説明を読んでいたら、そんなふうに書かれていた。Ｐの項目で毒薬《ポイズン》のことを調べていたときに、たまたま見つけたんだ」

　メルはさっきのところへまた行って、今度はロング丈の黒いトレンチコートと分厚い黒い手袋、そして真っ白な仮面を持って戻ってきた。その仮面はギリシア神の大理石像のようで、俗世の人間にはない猛々しさと美しさと冷たさを宿している。

「この格好で出ていくと、死ぬほどびびるんだ」

「おれの分は？」

「あんたはいらねえよ」

「どうして」

「仮面のなかにイヤホンと無指向性のマイクが仕込まれている。あんたはただやつの話を聞いて、知りたいことを言うだけでいい」

　メルは靴まで隠れるトレンチコートを身にまとった。それから仮面をつけ、最後に手袋をはめた。美しいが動かない白い顔をわたしに向けて、うなずきかけると、ガラスの右側にあるドアのほうへ歩いていった。その向こうにはもうひとつドアがある。最初のドアが閉まり、そのあと、白い石の部屋にメルが入っていくのが見えた。

　メルはそこに立ちどまり、三分以上サイモン・クレイトンをじっと見据えていた。

　サイモンのほうも最初は睨みかえしていた。怯えているのは間違いないが、それでも気丈なところを見せようとしている。

　だが、三十秒後には震えだした。「何がほしいんだ」

　メルは微動だにしない。

「何がほしいか言ってくれ……頼む」

　鼻を鳴らす音が聞こえた。どちらが発したのかはわからない。

「何が狙いなんだ。おれはあんたのことを知ってるのか。おれが何かしたのか」

　メルがかすかに頭を動かし、サイモンはあわてて飛びのこうとした。手と足のチェーンが音を立てる。

見ているだけで、こっちまで肌が粟立つ思いがする。

数分が過ぎる。メルが一歩前へ進みでる。足が隠れているので、宙に浮いているように見える。

「や、やめてくれ！」サイモンは大声で叫んだ。ここは煉瓦造りの建物の地下であり、しかも完全防音とのことだったが、それでも誰かに聞かれているような気がしてならない。

と、メルがサイモンに襲いかかった。ののしりながら殴ったり蹴ったりしはじめる。

九十秒ほどたったところで、わたしは言った。「メル」

それでもやめないので、もう一度言う。「メル、やめろ。気を失って、話せなくなるとまずい。殺しちゃいかん」

メルはさらに三発殴ってから、身体を起こした。サイモンは血まみれになり、おいおい泣いている。メルがガラスのほうを向く。そっちからはガラスではなく鏡のように見えているにちがいない。白い仮面には赤い三つの斑点がついている。

「昨夜リベルテ・カフェにいた理由を訊いてくれ」

「おまえはリベルテ・カフェへ何をしにいったんだ」

音声は変わっていて、メルの口からではなく、ふたつの部屋の壁に埋めこまれたスピーカーから聞こえてくる。

サイモンはぶるぶる震えはじめた。「襟に赤い花をさした男を捕まえにいったんだ。おれとファイドーとヴィンスの三人で。でも、その男は来なかった」

「誰に命令されたんだ」

「マーモット。ウィリアム・ジェームズ・マーモット」

「その男を捕まえて、どうするつもりだったんだ」

「さあね」

メルはサイモンの左の頬骨を蹴った。頭が後ろの白い石の壁に叩きつけられる。壁にあばたのような血のあとがこびりつく。

　サイモンは文字どおり金切り声をあげている。

「捕まえたら、誰に雇われてるのか聞きだせと言われていた」これ以上蹴られたくないので、自分からさらに続けた。「マーモットっていうのは個人でセキュリティ関連の仕事をしていて、今回はアントロバス――オーガスティン・アントロバスって男が一枚嚙んでいる。マーモットは知られていると思ってないが、ヴィンスは知っている」

「アントロバスというのは何者なんだ」

「セキュリティ会社を経営している。でも、それは個人企業で、オフィスには数人の女がいるだけだ。仕事は全部下請けに出している。ヴィンスはまえに一度その仕事をしたことがある」

「誰に雇われてるのか聞きだしたあと、どうしろと言われていたんだ」

「どうしろって？」サイモンはすっとぼけた。

「そうだ。襟に赤い花をさした男をどうするつもりだったんだ」

　サイモンは泣きだした。男でも女でもなく、子供の泣き方だ。いたずらをして叱られた子供の泣き方だ。

「もういい、メル」わたしは言った。「こっちに戻ってきてくれ」

　サイモン・クレイトンはすすり泣いている。われわれはパイプ椅子に腰をおろしていた。メルは仮面を取り、膝の上に置いている。その仮面は少し後ろに傾き、わたしを見あげている。まるでこれから裁きを下そうとしているみたいに。

「やつが口にした名前に心当たりは？」メルが訊いた。

「ない。でも、すぐに見つけだせるはずだ」

　数秒の沈黙のあと、メルは言った。「始末するんなら始末するぞ」

　ライカーズで生まれた化け物はまだわたしの心のな

かに棲みついている。わたしがこれまでに犯した最大の罪は、メルの提案を検討するのに四秒を要したことだ。

「拉致したとき、顔を見られたか」わたしは訊いたが、それは言葉遊びのようなものだ。

「いいや。車内に麻酔ガスを仕掛けたんだ。ドアをあけた途端、ガスが噴きだし、イグニッションにキーをさしこむまえに、やつは気を失ってたよ」

「つまり、われわれのことは何も知らないってことだな」

「でも、何を訊かれたかは覚えてる。誰かにそのことを話すかもしれん」

「たぶん、そんなことはしない」どれほどの根拠もなく、わたしは言った。「誰かに話したとしても、おれたちが何者なのかはわからない。もしかしたら、尻尾をつかまれたと思って、泡を食い、ボロを出さないともかぎらない」

「そうかもしれん。あいつを殺しかけたのはこれが二度目だ。じらすのは好きじゃない」

メルは大きく息を吸いこむと、また壁の奥まったところへ行き、白い革の薄いブリーフケースを持って戻ってきた。床に膝をつき、そのブリーフケースを椅子の上に置き、そこからあらかじめ準備をしてきた皮下注射器を取りだす。

わたしを見あげて微笑み、そして言う。「いつだって抜かりはないさ」

メルはふたたび仮面をつけてサイモンに近づいた。サイモンは注射から逃れるために叫び、許しを請い、身体をねじり、蹴り、嚙みつこうとさえした。

わたしはメルが乗ってきたダークブラウンの一九七三年式ＧＴＯを運転していた。メルのほうはサイモンの九〇年代製キャデラック・ブロアムに乗っている。

サイモンはその後部座席に意識を失って横たわっている。

川を渡ってニュージャージーに入る。コリアン退役軍人通りを抜け、ニュー・ブランズウィックを過ぎ、国道一号線を南下する。トレントンに向かって三マイルほど行ったところで、脇道に入る。

そのすぐ先に、故障車をとめたり、トラック運転手が休憩をとったりするための退避所があった。ひっそり閑としていて、ほかの車は一台もとまってない。わたしがそこに着いたとき、メルはすでにキャデラックの横に立っていた。

「明日の朝、目を覚ましたときには、頭がどうにかなっちまってるはずだ」ブルックリンに戻る途中、メルは言った。「命が助かったのはいいが、何がどうなっているのやらさっぱりわけがわからねえんだからな。そりゃもう生きた心地もしないだろうよ。としたら、殺さなくて正解だったかもしれんな」

「あんたは狂ってる。そう思わないか、メル」

「ああ、たぶんそうだろう。でも、そうなりたいわけじゃない。まだそこまでの気持ちにはなれない。どういう意味かわかるな。おれは人生を愛している。人生を楽しんでいる。だから……いや、そんなことはどうだっていい」

20

午前三時すぎに自宅に着くと、ベッドに横たわって、部屋の暗闇を見つめた。気持ちが高ぶっていて、今夜は眠れそうにない。ベッドに横たわっていれば、少なくとも身体を休めることはできる。仕事のことやこの日したことについては何も考えないようにしよう。

ふと気がつくと、商船の船員あがりのアスウォート・〝ポップ〟・ミラーと閉店後のバーで碁を打っていたときのことを偲《しの》んでいた。必要な情報を得るだけなら数分もあれば充分だったが、そこに行けば、いつもカウンターのはずれにグロッグと碁盤が用意されていた。

勝負にはまったくならなかった。腕前に差がありすぎた。それでも、ポップの碁の相手をするのはわたしだけだった。

あるとき、どうして自分みたいな下手っぴと対戦するのか、時間の無駄でしかないのではないかと訊いたことがある。

ポップはこう答えた。「それはあんたがここにいるからで、毎回あんたが少しずつうまくなっていくからだ。最良の対戦相手は、伸びしろのある者だ。あんたと碁を打つと、目をつむって鏡を見ているような気がするんだよ」

目が覚めて、眠っていたことに驚いた。一日が終わるまえに、わたしは亡くなった男の贈り物に心のなかで礼を言った。

ウィラ・ポートマンが持ってきた何千ページもの弁

護資料によると、ラモント・チャールズはギャンブラーで、詐欺師で、服役もしていなければ行方不明にもなっていないブラッド・ブラザーズ・オブ・ブロードウェイの唯一のメンバーだ。

写真には、銅《あかがね》色の肌に、直毛のハンサムな男が写っていた。その微笑と視線に女殺しの能力があることは、写真からでもよくわかる。

いまはコニーアイランドの中心地のネプチューン大通りにあるアラマヤ介護ホームに入居している。それは煉瓦造りの三階建ての施設で、海から二ブロックも離れていないところにあった。

受付のまわりの壁際には、椅子とソファーが置かれ、二十人あまりの高齢者がすわっている。もう世のため人のためにできることは何もなく、過去の思い出と余命にしがみついているだけの者たちだ。

全員というわけではないが、ほとんどが白人で、宙を見つめたり、新聞を読んだり、話をしたり、独りごとを言ったりしている。ソファーに寝そべっている者もいれば、杖をついている者も、車椅子にすわっている者もいる。うたた寝をしたり、眠りこけたり、泣いたり、不平不満を鳴らしたりしている。そこには、尿や壊死《えし》した皮膚やアルコールや消毒剤などがまじった臭いがする。

わたしは苦悩する人々のあいだを歩いていった。彼らは地獄の物憂げなビーチリゾートを徘徊《はいかい》する現代のダンテだ。わたしに近づき、声をかけてくる者もいる。わたしがつかつかと歩いていくのを見て、それぞれの憂き思いから脱けだす力がほしいと思うようになるのかもしれない。

「ご用件は?」受付の女性が訊いた。看護服のような白衣姿。青く染めた髪。年は六十がらみ。まわりにいる者のなかでは二番目に若い。

「ラモント・チャールズ」わたしは言った。

白人で、背が低く、年より若く見える。その顔が明るくなり、普段は孫や故人の懐かしい思い出のためにとってあるにちがいない笑みが浮かぶ。

「ミスター・チャールズですね」天国の門をあけるためのマントラを唱えるような口調だった。

「そう。面会は許可されているんだろうか」

「もちろんです。でも、面会に来る者はそんなに多くありません。ああいうひとがあと十人もいれば、世のなか少しは変わると思うんですがね」

どういう意味かはわからなかったが、わたしは念を押した。「とにかく会えるんだね」

小さなエレベーターはずっと誰かが使っていたので、階段を使って三階にあがり、受付係に指示されたとおりレクリエーション・ルームへ向かった。

レクリエーション・ルームは広く、海を見渡せるベランダに通じるガラス戸が並んでいる。あちこちにソファーや椅子や車椅子やゲーム用のテーブルがあり、迷路のように見える。下の階にいた者と同じような悲しげな顔をした高齢の男や女が、少なくとも四十人はいる。わたしは平均より少し若い、三肢が不随の男を探した。

「どなたをお探しでしょう」

訊いたのは、二十代の黒人の男だった。筋骨たくましい身体、用務係の制服。身体のどこにも不具合はなさそうに見える。

「ラモント・チャールズ」わたしは答えた。

ベランダに出ているのはひとりだけだった。穏やかな陽気で、気温は十二、三度くらいだろう。そよ吹く風は鋭利な牙を持っていない。ラモントは電動の車椅子にすわり、動くほうの手で顔の前に鏡をかざしている。その鏡を置いたあとは、櫛を取って髪をとかし、それからふたたび鏡を顔の前にかざして、髪型のチェックをするにちがいない。

「ミスター・チャールズ？」

ラモントは鏡から目を離さずに答えた。「ああ、そうだ」

「わたしの名前はオリヴァー。ジョー・オリヴァー」

わたしはラモントと海のあいだに割ってはいった。

一瞬の間をおいて、ラモントは顔をあげた。「デカか」

「かつてはそうだった。昔の話だ。いまは私立探偵をしている」

ラモントは鏡を置いて、撃たれるまえには絶えなかったにちがいない笑みを浮かべた。

そして、ノースカロライナ訛りで訊いた。「外のほうがいいと思わないか」

「ちょっと寒いかな」

「だから、毛布を二枚持ってきている。なかの臭いは身体にさわる。それで、毎日ベランダに出ているんだ。肺をきれいにするために。どんなに寒い日でも。健康でいるには新鮮な空気が欠かせない」

一羽のカモメが急降下して、十フィートほど先の手すりにとまった。カモメは横目でこちらの様子をうかがっている。パン屑か魚の切れ端を期待しているのだろう。

「それで、なんの用なんだい、ミスター・オリヴァー」

「A・フリー・マンの一件を調べてくれという依頼を受けている。警察によって殺されかけ、無実の罪を着せられたと信じている者がいるんだ」

「身分証明書を持っているか」

わたしは革のフォルダーに入った私立探偵のライセンス証を見せた。

「手に持たせてくれ」

ラモントはライセンス証を受けとると、先ほどの鏡のように掲げもった。それをわたしにかえすときには、ひとを小馬鹿にするように鼻を鳴らした。

「マニーは死刑囚だ、ブラザー。いまさら何ができるっていうんだ」

「ヴァレンスとプラットがとんでもない悪党で、マンを殺そうとしただけでなく、ブラッド・ブラザーズ・オブ・ブロードウェイのほかのメンバーの大半を殺し、あんたに重傷を負わせた。そのことを証明しようと思っている」

ラモントの右目がひくひく動きはじめた。笑みが一瞬こわばる。

「強烈に痛むんだ」

「どこが？」

「背中だ。オキシコドンを処方されていて、週末だけ服《の》むようにしている。誰にだってたまには小さな安らぎを得る権利くらいあるからな」

なんと言えばいいかわからなかった。ラモントやこの介護施設のほかの入居者たちが経験していることと比べると、数カ月の独房暮らしくらい嘆くまでもないことかもしれない。

「誰に雇われているんだ」ラモントは訊いた。

「それは言えない」

「マニーはあんたがそういう仕事をしているってことを知ってるのかい」

「まだだ」

口もとに微笑が戻ってきた。

「州が死刑判決を下したからには、DNA鑑定で動かぬ証拠を突きつけるか、キリストに降臨してもらうしかない」

「今回DNA鑑定という手は使えない」

「J・Cは忙しい」

ラモントは海に目をやり、わたしは風雨にさらされて傷んだ木の手すりにもたれかかった。

「あんたの身に何が起きたのか教えてくれないか、ミスター・チャールズ」

悪くない質問のはずだ。ラモントが何より気にかけていのは、鏡のなかの自分にちがいない。

「背中を撃たれたんだよ。五発も。でも、おれは逃げた。やつらはおれがどんな強運の持ち主か知らなかったんだ。カードではいかさまをしていると思っていたんだろう」

「ギャンブル仲間に撃たれたってことは考えられないのか」

「まさか。ギャンブラーなら、頭を狙うはずだ。連中はみなおれの運の強さを知っている。そう。負けたいときでも勝っちまうくらいなんだ」

「やったのはヴァレンスとプラットということか」

「でなきゃ、あのふたりの仲間だ。やつらはおれの仲間を片っぱしから殺していった。ラナは監獄。ターニャは行方不明。たぶん生きちゃいないだろう。毎晩おれはマニーのために正義が勝つことを祈っている。あいつらは悪党だ。ヤクから売春まで、なんにでも手を出していた。嘘じゃない。金になることなら、本当になんでもおかまいなしだ」

「たとえば？」

「子供たちにヤクを売ったり、小児性愛者《ペド》の相手をさせたり。逆にその変態男をゆすったり。ギャンブラーの稼ぎ場所を奪いとり、そのことに疑問を持つ者を闇に葬ったり。マニーは戦争の英雄で、学校の教師だった。そのような人間がそんな悪事を黙って見ていられるわけがない」

「そのような人間がヴァレンスやプラットのような男とつるんでいるのは珍しいことじゃない」

　相手を怒らせて、ペースを乱すのがわたしの狙いだった。だが、ラモントはにやっと笑っただけだった。

「マニーが落ちこぼれの子供たちのための施設をつくって、小さなビリヤード台で遊ばせたり、宿題を手伝ってやったりしていたのは、悪の道に引きずりこむためだったと言うのか。それは白人の考えることだ。おれたち七人のブラザーとシスターは、みんなで貧しい子供たちを助けていた。ただそれだけのことだ。嘘じゃない。あんたも警察にいたのなら、それくらいのことはわかるはずだ」

疑問はいくつかあったが、困ったことに、ラモントの言っていることに嘘いつわりはないように思えた。

「あんたが本当に清く正しいことをしていたとしたら、どうしてこんな介護施設の入居料が払えるんだ。週千ドルからするはずだ」

「千三百六十五ドルだ」

「宝くじでも当たったのか」

「おれはギャンブラーだが、馬鹿じゃない。終身医療保険に入っていたんだよ。きっかけになったのは、兄のアンドリューの死だ。肺がんを患っていて、闘病生活は十七カ月に及んだ。その間、おれはワンルームのアパートで兄貴とその女房のイヴェットの三人で暮らしていた。それを思うと、ここはディズニーランドだよ」

「じゃ、どうして連中はあんたたちを皆殺しにしようとしたんだ。あんたたちは悪徳警官とひとつ穴のむじなで、商売がたきだったんじゃないのか」

「じゃ、どうしてアメリカ人は戦争に行くんだ。わかりきったことじゃないか。おれたちはやつらの悪事をあばこうとしていたんだ。やつらが食いものにしていた子供たちから話を聞いたり、やつらの息がかかった店の前でデモ行進をしたり、弁護士を雇って市を訴えたりして。マニーはそれで身の安全が脅かされるとは思っていなかった」ラモントはうめくように笑った。

「楽天家……というより、理想主義者だったんだ。自分は正しいことをしていると信じていて、まわりの者にもそう信じさせた」

「雇った弁護士というのは誰なんだい」

「ローズ・フーパー」

「マンハッタンで開業しているのか」

「開業していた。いまは地獄の法廷で弁護をしている」

「殺されたということか」

「路上強盗の仕業だと警察は言っている」ラモントは顔をあげてわたしを見つめた。「あんたはどう思う」

　元警察官としては、そう思いたかった。ラモントは警察がガサを入れ、逮捕し、尋問し、必要とあらば締めあげた男のひとりなのだ。だが、わたしは嘘の常習者を大勢知っている。ラモントはそういう人間のようには見えない。

　そのとき、女の声が聞こえた。「ミスター・チャールズ」

　三十代だが、年よりずっと若い格好をしている。緑のワンピースに、フリルのついた白いセーター。程よい高さの黒いパンプス。メイクは入念にほどこされており、目もとには金粉がキラキラ輝いている。

　ニューヨークの白人の女のひとりとして、ベランダでふたりの黒人の男に囲まれて立っていることを意に介していない。

「ミス・ゴーマン」ラモントが言った。「こちらはミスター・ジョー・オリヴァー。以前は警察官だったそうだ」

　ニューヨークの白人のひとりとして、警察官という職にあった者をかならずしも好ましく思っていない。

「ミスター・チャールズになんの用なの」

「ええっと……」

「ミスター・オリヴァーはおれたちが警察にはめられたんじゃないかと思ってるらしい、ロレッタ」

　ロレッタはわたしのほうを向いた。「このひとが巻きこまれた事件を調べてるってこと?」

「いいや、直接的には。A・フリー・マンの有罪判決が不当なものでないかどうかたしかめようとしているんだ」

　ロレッタの目には、わたしが慣れ親しんだ不信の念が宿っている。

「おれたちはこれからホットドッグを食べにいくこと

になっていてね、ミスター・オリヴァー。毎週一回はそうしているんだ」

「あんたたちは旧知の間柄なのかい」

「わたしはここでボランティアをしていたの。いまはマーシー病院で働いている。ホットドッグ・ランチはそのときに始めたのよ」

若い女がラモントのような男に惹かれるのは不思議ではない。女が身を焦がすのは、かならずしも善良な男である必要はない。女たちが必要としているのは、そしてほとんどの男たちが必要としているのは、自分たちの望みや不安を理解してくれる者なのだ。

わたしはもたれかかっていた手すりから離れた。

「じゃ、これ以上はあんたたちの邪魔をしないでおこう」

ドアの前まで行ったとき、声をかけられた。「オリヴァー」

振りかえると、ラモントは車椅子に付いている小さなトレーの上で何やら走り書きをしていた。

わたしがふたりのいるところへ戻ると、ラモントは言った。「あんたを信用するよ」

「えっ？」

「いままでここには何人ものデカや弁護士やろくでなしどもがやってきた。マニーが糾弾に値することをしていないかどうかを聞きだすために。過去に一度でもトマト・シチューの缶を盗んだことがあったら、それが殺人犯であるという証明になるかのように。そんなやつらには何も言わなかった。でも、あんたの質問はちがっていた。あんたがおれに好意を持っているとは思えない。でも、あんたはおれにしかるべき敬意を払ってくれた」

この褒め言葉を聞いて、わたしはメルのことを思いだした。

「これを」ラモントは言って、一枚の紙切れをさしだした。そこには住所と電話番号が記されていた。「ミランダ・ゴヤ。おれたちが助けだし、いまどこにいるかわかっている娘のひとりだ。アポをとる必要はない。こちらから電話しておく。明日の午後以降なら、いつでも訪ねていけばいい。マニーが命がけで助けた娘だ。マニーのためなら喜んで力を貸してくれるはずだ」

わたしは自分の眉間に皺が寄るのを感じながら、数秒間その住所について思案をめぐらせた。ラモントはわたしの腹づもりを本当に理解してくれたのだろうか。わたしをはめようとしているのではないか。

「いいか」ラモントは言った。「おれがあんたを疑っているとしたら、何も知らないと言うだけのことだ。見ず知らずの元警官のせいで、無事に残っている一本の手に手錠をかけられるつもりはない」

「あんたは人の心が読めるのかい、ミスター・チャールズ」

「いいや、それ以上だ。おれは人そのものが読めるんだ」

21

帰宅すると、テナント用の小さな地下駐車場に車をとめて、ふたたびブルックリン橋を今度は歩いて渡った。

真昼なので、けっこうな数の歩行者がいた。通路は二レーンに分割されていて、片側は歩行者用、もう一方は自転車用になっている。どちらも充分なスペースがあるわけではないが、たとえあったとしても観光客はルールに無頓着だ。自転車用のレーンに立って、写真を撮ったり、橋からの眺望を楽しんだりしている。自分には自転車用のレーンにいる当然の権利があると思っている不届き者も多い。

わたしは〝歩行者用〟の標示がある側を歩き、ルールを知らなかったり無視したりしているカップルやグループには道を譲らないようにしている。わたしはルールを尊重する。ルールを守ることは文明人であることの証しだと思っている。

ブロードウェイを左に曲がり、金融地区の中心部に入る。ウォール街だ。その一角に、東欧市民銀行なる得体の知れない法人が所有する、スティールとガラスと青い大理石でできた巨大なビルがある。

ロビーはざわついていて、ツンツンのドレッドヘアからピンストライプのブルーシルクまでの多様な文化が妍《けん》を競っている。エレベーターは十一基あり、九番のエレベーターは四十四階から五十八階までスリマン・インベストメント社専用になっている。

「ご用件は？」背の高い若い黒人の警備員が訊いた。黄銅色の制服姿で、その後ろには、さらにふたりの警備員が立っている。ひとりは白人で、もうひとりはアジア系だ。入館を拒否する可能性がある場合は、訪問者と同じ肌の色の警備員が対応することになっているのかもしれない。

「ジョー・オリヴァーという者だ。ジョスリン・ブライヤーに会いたい」

「面会の約束はおとりですか」

どうやらすぐに結論に飛びつくタイプの若者のようだ。入館を拒否すべき者と決めてかかり、はじめに結論ありきで訊いてきている。

「ジョー・オリヴァーという者だ」わたしは繰りかえした。「ジョスリン・ブライヤーに会いたい」

「質問にお答えいただけるでしょうか」警備員は言った。名札には〝フォースマン〟とある。

「わたしはきみの質問に答えるために来たわけじゃない。ミズ・ブライヤーに会いにきたんだ。きみの仕事は、彼女のアシスタントに電話して、わたしの来訪を伝えることだ。そのくらいのことがわからないのか、小僧」

「小僧？」

「ひよっ子と言いかえてもいい」わたしはすでに喧嘩腰だった。アラマヤ介護ホームの入居者たちのせいで、神と神の創造物すべてに対して敵愾心《てきがいしん》を抱くようになっていたのかもしれない。

「なんだと」フォースマンは凄《すご》んだ。

アジア系の年長の男がフォースマンの肩を見て、急ぎ足でやってきた。

そして、言った。「何か問題でも？」意外なくらい訛りのない英語だ。

フォースマンは言った。「いいや。ただ単に面会の約束があるのかと尋ねただけだよ」

「わたしはジョスリン・ブライヤーに会いにきたんだ」

「でも、面会の約束はとっていない」

アジア系の男はわたしのほうを向き、ひとしきり目を見つめ、それから言った。「お名前をうかがってもよろしいでしょうか」

「ジョー・オリヴァー。キングと呼ぶ者もいる」

「少々お待ちください」

「だけど、チン――」

「ここはわたしにまかせてくれ、ロバート」

チンは壁に固定されたコンソール・テーブルに歩み寄り、その後ろにある電話を取った。

フォースマンは憎々しげにわたしを睨みつけている。わたしは両手をあげて、いつでも来いというポーズをとった。

フォースマンの手が拳《こぶし》をつくる。わたしはにやっと笑った。フォースマンが一歩前に進みでる。そのとき、後ろから白人の守衛がやってきて、小声で何か言った。フォースマンがためらっていると、白人の男はさらに何か言った。すると、フォースマンは急にくるりと半回転して、エレベーター・ホールの奥にあるドアのほうへ向かって歩きはじめた。

フォースマンの姿が完全に消えるまえに、チンは言った。「ミズ・ブライヤーがお会いになるそうです」

白人の警備員が手招きをしたので、わたしはそのあとについて、エレベーターのドアの前へ歩いていった。

白人の警備員はエレベーターのボタンを押して言った。「あの坊やはライト・ヘビー級のボクサーなんですよ」

「それだけ？　拳銃を持ってるんじゃないかと思っていたよ」

エレベーターのドアが開き、わたしは乗った。

白人の警備員は後ろから身を乗りだして、センサーにカードをかざし、それから五十七階のボタンを押した。

エレベーターは快速であがっていく。そのなかで、わたしは自分がどんなふうに迎えいれられるのかと考えていた。ジョスリン・ブライヤーが警察を辞めて民間のセキュリティ関連企業に移ったという話は、グラッドストーンから聞いて知っていた。わたしには彼女を憎む理由がある。さっき警備員に喧嘩を売ろうとしたのも、裏にそういう事情があったからだ。

オニキスとゴールドのエレベーターのドアが開くと、イースト・ハンプトンの豪邸の玄関の間のような場所に出た。

そこに趣味のいい装いの美しい黒人の娘がいた。

「ミスター・オリヴァー？」

「そうだ」

長身で、スリム。何かのスポーツをしているにちがいない。深海の二枚貝の内側のようなピンクのワンピース。薄青いサファイアのネックレス。森に棲む動物の皮でつくったと思われる薄い赤褐色の靴。

「ミス・ブライヤーはすぐにお会いになると申しております」

「きみの名前は？」

質問に虚をつかれたみたいだったが、それでも笑みは消えない。

「失礼しました。わたしの名前はノリス。リディア・ノリスです」

「では、案内してもらおう、ミズ・ノリス」

クリーム色のカーペットが敷かれた廊下は長く、広く、静かだった。その両側に並ぶオフィスのドアはほとんどが閉まっていて、足音はいくらも聞こえてこない。

廊下の突きあたりに、両開きのドアがあった。高さ八フィート、幅四フィート。リディアはそのドアを押しあけると、脇に立って、なかに入るように身ぶりで示した。

部屋は広く、奥行きがあり、湾曲した窓からはエリス島と自由の女神を望むことができる。床にはダークブラウンのカーペットが敷かれ、白い粘板岩のような素材でできた楕円形のデスクが鎮座している。

部屋の左側に、背もたれのないダークブルーのソファーがあった。ジョスリンはそこにすわっていた。元々はエメラルド色のロング・ドレスかパンツスーツだったものをアンサンブルに仕立てなおしたものを着ているが、命知らずの冒険家が断崖絶壁から飛びおりるときに使う滑空用のウィングスーツのように見えなくもない。

ジョスリンは挨拶をするためにソファーから立ちあがった。多くの女性警察官がそうであるように、背は低いほうだ。角張った感じのする顔だが、イザベラ・ロッセリーニばりに美しい。

その口もとには、後ろめたさを感じさせる笑みがある。「ジョー」

「ジョスリン」

「どうぞなかへ」

わたしは前に進みでて、ジョスリンと握手をした。

ふたりとも元警察官なので、当然ながらハグはしない。

ソファーに腰をおろすと、ジョスリンは言った。

「会えて嬉しいわ」

「正直なところ、すんなり通してもらえるとは思わなかったよ」

「どうして？」

「例の一件であんたがしたことを考えたら、あんたはおれのことを監獄にぶちこまれて当然の破廉恥漢と見なしているとしか思えなかったのでね」

角張った美しい顔に苦々しげな表情が浮かんだ。視線が石のデスクに向かい、それから窓の外の空に移る。

「悪いことをしたと思ってるわ、ジョー」光沢のある茶色い目がせわしなげに動き、わたしに戻ってくる。「これまであなたに連絡をとらなかったのは、わたしには許しを求める資格などないと思っていたからよ」

「えっ……」言うべき言葉が見つからなかった。彼女の言い分とその口調の真摯さはまったく予期していないものだった。

わたしはナタリ／ベアトリスとのあいだであった秘めごとのビデオを妻に見せたジョスリンを憎んでいた。わたしが今日ここに来たのは、ジョスリンがわたしをはめる陰謀に加担したことを指弾するためだった。さっき下で警備員を殴ろうとしたのは、彼女を殴ることはできない——少なくとも殴ってはいけないと思っていたからだ。

「どうしたの？　あなたはわたしがおかしなことにかかわっていたと思ってたの？」

「あんたは——あんたはあのビデオを妻に見せた。それで、妻は保釈金を払わず、おれはライカーズに留めおかれた」

ジョスリンはわたしと同じ年格好で、その美しさは見れば見るほど際立ってくるように思える。愛する王が死んだ翌日の夜明けのような美しさだ。限りなく美しいが、それは王の死の悲しみの色に染まっている。

「そのことについても謝らなきゃいけないと思ってる。あのときはレイプだと信じて疑わなかったのよ。でも、もしかりにそうだったとしても、あなたの奥さんにあの映像を見せる理由にはならない。あの一件でわたしがしたことはすべて間違いだった」

「あんたはおれを罠にかけた。そうじゃないのか」

否定の言葉はなかった。中西部の農夫がはじめて海を見たときのようにわたしをじっと見つめただけだった。

「この十年間あなたはずっとそう考えていたの？」

「もっと長く」

「三カ月、隔離棟に収容されていたと聞いたけど」

わたしは二本の指で顔の傷あとを撫でた。

「こんな傷を増やさないようにするためだ」

「その話を聞いて、わたしはいい気味だと思った。自業自得ってわけよ。警察官が権力を笠に着て、女性をレイプしたんだから。あなたがどんな汚い手を使ったかという話も聞いていた」

「誰から？」

「あなたを告発した女性から。わたしの上司から。そしてベン・ハインズ検事から。署には、あのビデオテープと書類があった。そして、それからしばらくして、あなたが釈放されたという知らせを聞いた。訴えが取りさげられて、あなたは警察を去ったとのことだった。そのときに、わたしはファイルをチェックしたの。でも、すべて消えていた。ビデオテープも、供述調書も。逮捕時の捜査書類さえ。それで、ナタリ・マルコムを探そうとすると、その記録も消えていた。事件の関係者を訪ねても、誰も何も教えてくれない。わたしの当時の上司も、その件については忘れろとしか言わない。あなたは年金なしで解雇され、組合も救いの手をさしのべようとはしなかった。そのときに気づいたのよ。あなたははめられたんだって。身の危険を招くような何かをしてしまったんだって。わたしが捜査を担当させられたのは、わたしが警察官の性的不祥事をどう思っているかを連中が知っていたから。わたしが追及の手を決して緩めないと知っていたからよ。十カ月後、わたしは警察を辞めた。警部に理由を訊かれたときには、理不尽なことにはもうこれ以上つきあえないからだと答えた」

その言葉は信じられる。そこに嘘はない。連中はわたしの友人グラッドストーンをも利用した。ベアトリスに対しては、弱みを握ってノーと言わせなかった。

「ハインズ検事は何か知っていたはずだ。嘘にもとづいて起訴したが、のちに訴えを取りさげるように頼まれたときに、何かをつかんだはずだ」

「ハインズ検事は七年前に亡くなったわ。ノース・カロライナ州に戻ったあと、脳卒中で倒れたの」

「でも、あんたはおれに何があったのか話そうとしなかった。電話一本ですむことなのに。そうするのは気が引けたってことか」

「そうじゃないの、ジョー。わたしはあなたがすべて知ってると思っていたの。誰がやったのかも、なぜやったのかも。あなたが沈黙を守っているのは、金銭で口封じをされたか、何かしゃべると命を狙われることになるからだと思っていたの」

「命を狙われる？」

「あなたを投獄したのは、あなたの人生をそこで終わらせるためよ。あなたが獄中で死んでも、気にする者は誰もいない。なんといっても、あなたは警察のバッジをちらつかせて女性を食いものにした破廉恥漢なんだから。それで、あなたは連中と取引をして、訴えを取りさげてもらったにちがいないと考えたのよ」

その言葉を聞いて、わたしは背もたれのないソファーに深くすわりなおした。左手を革のクッションについていなければ、身体が横に倒れてしまいそうな気がする。

「連中はおれを殺すつもりだったということか。でも、途中で気が変わったということか」

「ほかに辻褄のあう説明はできない。連中はあなたを罠にはめた。でも、法廷に立たせたくはなかった。わたしが何も言わなかったのは、あなたが連中となんらかの取引をしたと思っていたからよ。わたしが下手に横槍を入れていたら、自分自身の身の安全さえ脅かされていたかもしれない」

　わたしは前かがみになり、両肘を膝についた。最初、彼らはわたしを殺そうとしたが、その後、考えを変えた。それで、わたしの身の上に起きたことは説明がつく。それなりの弁護士をつけることができたら、訴えを取りさげさせるのはそんなにむずかしいことではない。

「どうしてあなたはここに来たの、ジョー」

「あんたがおれに濡れ衣を着せたことを非難するために。そして、あんたを操っていた者たちの名前を聞きだすために」

「なぜいまになって？　もう終わったことでしょ」

「おれの娘は充分に大きくなった。もうおれを必要とする者はいない」

「つまり殺されてもいいってこと？」

　これまで言葉にしたことはなかったが、その指摘は正しい。わたしをはめた人間は、それが誰にしろ、わたしを殺すことをためらわないだろう。

「アダモ・コルテス、あるいはヒューゴ・カンバーランドという名前を聞いたことは？」

　ニュージャージーの空には、三台のジェット機の機影がある。ニューアーク空港の上を旋回しているのだろう。その横には、わたしの質問にどう答えたらいいか考えているジョスリン・ブライヤーの美しい顔がある。

「どういうことなの、ジョー」

「おれをはめたのが誰か知る必要がある」

「すでに知っているみたいだけど」

「まだ筋がつながらない」

すわっているだけの時間が一分ほどあった。

「わたしの娘はまだ八歳と十三歳なの」

「何かしてくれとか、証言をしてくれとか言ってるんじゃない。ただ誰がやったのか教えてもらいたいだけだ。どうしても知る必要があるんだ」

ジョスリンは大きく息を吸い、それから言った。

「アダモ・コルテスと名乗る男よ。彼がナタリ・マルコムをわたしのところに連れてきたの。彼女はあなたとのセックスを強要され、いまも身の危険を感じているとのことだった。そして、あのビデオをわたしに見せたのよ。それから五カ月ほどあと、仕事への情熱が失せたことを精神科医に相談するために本部へ行ったとき、たまたまコルテスの姿を見かけたの。それで、そっちのほうへ歩いていくと、逃げるようにどこかへ行ってしまった。そのとき彼と立ち話をしていた女性に訊くと、急に話を打ち切って外へ出ていったとのことだった。名前はコルテスじゃなくて、本当はヒューゴ・カンバーランドというらしい。署でときおり仕事を請けおっている民間の業者なんだって」

「どんな仕事を請けおっているんだ」

「ジョー、あなたはわたしを尋問するためにここに来たの？」

「ちがう。どんな仕事を請けおっているんだ」

「そういう話はしなかったし、わたしも訊かなかった」

わたしとジョスリンのあいだには、重く底深い空気が漂っている。

ジョスリンはわたしと話をしたいと思っていない。そこにあるのは義務感のようなものだ。わたしは自分が何を学んだかを知りたいとは思っていない。かといって、それを無視するわけにもいかない。

「そのとき、ほかに何か聞かなかったか」

「いいえ。彼女はただ立ち話をしていただけ。カンバーランドが訪ねてきたのは、ホルダーという名前の警部のオフィスよ。それで、わたしはホルダーのアシスタントにカンバーランドの電話番号を尋ねたの。すると、カンバーランドというのは通り名で、本名はポール・コンヴァートだってことを教えてくれた」

「どうしてそんなことをあんたに教えたんだろう」

「女の子はおしゃべりなのよ、ジョー。それに、たいていの場合、わたしたちは男たちの秘密をそんなに深刻なものとは考えていない」

「その男は口ひげを生やしていて、小柄で、プエルトリコ人のように見えた？」

「ええ、そのひとよ」

　ブロードウェイを半ブロック北に歩き、エクスチェンジ・プレイスで右折し、ニュー通りを横切って、ブロード通りに向かっていたとき、二台の社用車タイプのＳＵＶが、わたしの前と後ろに停車した。四つのスライド・ドアが開き、黒っぽい揃いの服を着た男たちが車から飛びだしてきた。

　わたしは拳銃に手をのばしかけたが、さらにふたりの男が車から出てきたので、自己防衛のために途中でやめた。かわりに、両手を腰から数インチ離して立ちどまった。男たちはわたしをフットボールの練習用ダミーのように倒すと、拳銃を取りあげ、手と足に拘束具をはめた。

　ぎょっとした様子の数人の歩行者の姿が見えた。だが、次の瞬間には頭に黒い袋をかぶせられていた。

　次にわかったのは、そこにとまっているＳＵＶの一台の後ろに乗せられたということだった。車は動きだしたが、わたしは動けなかった。

22

車に乗っていた時間は一時間ちょっとだった。車はバッテリー・トンネルからブルックリンに抜けた。それは間違いない。その後の走行時間を考えたら、クイーンズに入ったが、そこからそれほど先には行っていない。わたしを拉致した者は、それが誰にせよ、市外に出るつもりはないようだ。

そこから導きだせることはいくつかある。

車がとまり、ドアが開いたら、すぐに大声をあげるつもりだった。殺されるかもしれないが、それでメルかグラッドストーンが見つけてくれるかもしれない痕跡を残すことができる。

けれども、わたしを拉致した者たちは、その可能性も織りこみずみだった。誰かがクロロホルムの甘い匂いがする布切れをわたしの鼻と口に押しつけた。

息をとめることはできなかった。

おりていった地下室で、寒さに気づいた。父がよく言っていた言葉を借りるなら、骨の髄まで凍りそうな寒さだった。空気は湿っぽく、カビの胞子が充満していて、墓場や地下牢の陰湿な雰囲気を漂わせている。手には背中で手錠をかけられているが、足は自由に動かすことができる。わたしは暗所に閉じこめられることから来る不安感を抑えながらゆっくり歩きはじめた。

ワット数の低い電球が、低い天井から弱い光を放っている。長く急な階段が上階のドアに続いていて、そこに穴があいているように見える。いちばん下の段に足をのせると、どこかでくぐもったベルの音が鳴った。

そこで足をとめると、数秒後に階段の上のドアが開いた。

「階段から離れろ」逆光で影法師になった男が言った。

「これはいったいどういうことなんだ」

返事のかわりにドアが閉まった。

狭い地下室には一脚のスツールと一台の作業台があるだけだった。急な階段以外に出口はない。武器になりそうなものは何もない。さっき路上でわたしに襲いかかった男たちは、みな若くて、よく訓練されていた。両手を背中の後ろで拘束された状態では、相手がひとりでも勝てる見こみはない。

何か役に立ちそうなものがないかと思って一時間近く歩きまわったが、何も見つからなかった。

仕方がないからスツールにすわって、作業台のへりにもたれかかり、運を天にまかせることにした。

待つのは探偵の十八番《おはこ》だ。しかるべき時間を待ったり、特定の電話がかかってくるのを待ったり、状況が変わるのを待ったり。わたしの気質にかならずしもあっているとは思わないが、人間の素晴らしさは適応が可能で、実際に適応するということだ。

無為に時間を過ごすことの意義は、深い思考の扉が開くことにある。このときもそうだった。

スツールにすわって、わたしは考えた。連中がわたしを拉致したのは、わたしをはめた罠にかかわることであり、A・フリー・マンの一件のためではない。が、だからといって、そこに大きな違いがあるわけではない。どちらの場合でも、わたしは社会の最底辺の半端者であり、相手は正義と、場合によっては法を体現する者なのだ。

何かが大きな音を立て、わたしはスツールにすわって眠っていたことに気づいた。薄明かりの下に、ふたりの男が立っている。ひとりはわたしにオートマティックの銃口を向けている。トレーを大きな音を立てて置いて、わたしを起こしたのは、もうひとりの男だ。

拳銃をかまえている男は黒ずくめで、背が高く、目出し帽をかぶっている。それはスキー用のものではなく、顔を完全に隠すために特別にあつらえたものだ。もうひとりの男は地味な茶色いスーツ姿で、顔を隠してはおらず、拳銃も持っていない。背は低く、肌の色は白人より黒い。

「立ちあがって後ろを向け」顔を隠していないほうの男が言った。「手錠をはずしてやるから食事をとれ」言われたとおりに振り向くと、男が言ったことが嘘ではないことがわかった。

茶色いプラスティックのトレーの上に、フライドエッグ三個、ベーコン四切れ、グレープフルーツジュース、それにコーヒーが載っている。

クロロホルムのせいで胃にはまだ違和感があったが、わたしは出されたものを食べ、そして飲んだ。これは監獄で学んだことだ。いま食べておかないと、この次いつ食事にありつけるかわからない。

「おまえは大いなる災いの種だ」顔を隠していない男が言った。気どった物言いだが、強いブルックリン訛りがある。「なぜおとなしく消えてなくならないかとニューヨーク中の人間が疑問に思っている」

「あんたは誰なんだ」

「アダモ・コルテス。友人のハイチ人の巡査を使って、おれのことを嗅ぎまわっていたようだな」

「あんたの名前がひょっこり出てきたんだ」わたしは軽いくだけた口調で言った。「それで、あんたが何を知っているのかを調べることにしたってわけさ……刑事さん」

「おれの名前がどこで出てきたんだ」

「夢のなか」

嘘のエキスパートはわたしの嘘がお気に召さないみたいだった。

「立ちあがって、後ろを向け」先ほどより友好的な口調ではなくなっている。

「まだ皿にベーコンが残っている」

「前かがみになって、犬みたいに食え」

殴りかかりたかったが、撃たれたくはなかった。それで立ちあがり、振り向き、また背中の後ろで手錠をかけられた。

　ふたたびスツールに腰をかけると、拳銃を持った目出し帽の男は階段をあがっていって、ドアを閉めた。

その男が去ると、もうひとりの男はわたしの横の作業台にもたれかかった。

「おまえはみんなに触れまわっていた。あちこちで騒ぎを起こし、拳銃を振りまわしていた。ジョスリン・ブライヤーやリトル・エクセター・バレットに会いにいき、おれのことを訊きまくっていた。いずれも気にいらない」

「あんたのことなんて何も訊いてないよ……ミスター・ポール・コンヴァート」

尋問者の顔から気どりが消えた。眉をひそめたときには、無声映画の最盛期に出てくる悪役の顔になっていた。わたしを睨みつけ、殴ろうか、刺そうか、それとも撃とうかと考えているようだったが、そうはせずに作業台から離れ、上の階にあがっていった。

　本名を知っていることは口にすべきではなかったかもしれない。許しを乞うて、悔しさをほかのところへぶつけるべきだったかもしれない。たとえばA・フリー・マンの一件とかに。だが、男には立ちあがって声をあげるべきときがある。ときとして脅しより自由のほうが重い意味を持つことがある。

　待ちの時間は終わった。プレイヤーが誰なのかはわかった。それがどのようなゲームなのかもわかった。連中はわたしを殺す。時間の余裕はいくらもない。

　わたしの身体はけっこう柔らかい。六年間、週に一度、モンタギュー通りで若いレスビアンのカップルが運営するヨガ教室に通ってもいた。もっとも、賃貸料の急騰により、そのヨガ教室は一マイルほど離れたところに移転し、そこまで行く時間がないので、いまは中断しているが。

それでも、腰も膝もまだまだ柔軟で、気合を入れてかかると、両手首のあいだのチェーンの内側に左足をなんとか入れることができた。右足はもっと簡単で、それで両腕を背中の後ろから前にまわすと、手錠はかかったままだが、多少は自由がきくようになった。スツールを叩きこわして、脚を棍棒がわりにする。それから、地下室をもう一度見まわして、あらためて出口ともっとよい武器になりそうなものを探す。どちらも見つからなかった。

次に階段を調べる。

アラームに接続されているのは、どうやら最初の三段だけのようだ。チャンスはある。スツールの丸い座部と棍棒がわりの脚を手に持って、階段を三段飛ばしで跳び、着地したときに少しよろけたが、ヨガのインストラクターにいつも言われていたインナーバランスを働かせて、なんとか踏みとどまることができた。残りの階段をのぼると、できるかぎり壁に近づいて立ち、そこからスツールの座部を下にそっと放り投げた。狙いどおりそれが階段の下の三段に当たると、すぐにベルが鳴った。

壁に背中を押しつけたとき、ドアが勢いよく開いて、男の足が敷居を越えた。わたしはくるぶしを力のかぎり蹴りあげた。それで男が前のめりになると、棍棒を一振りして、ベーブ・ルースもびっくりするような強烈な一撃を鼻に見舞った。男は階段を転がり落ち、わたしはそのあとを追った。

その手から拳銃を奪いとり、階段の上にもうひとりの男が現われたとき、そこに狙いをつけた。

二発だけ撃った。自分を見張っているのがこのふたりだけとはかぎらない。

いま腰をかがめているところから、二番目の犠牲者の靴の底が見えた。階段の下に落ちた男は、気を失っているが、息はまだある。ほかにも武器を持っているかもしれないと思って、身体を探ったが、何も見つからなかった。三十秒ほどあとに、もう一度階段をあがる。

階段の上の男は死んでいた。右目の上に銃弾の穴があいている。所持品を調べたが、価値のありそうなものは見つからなかった。手錠の鍵、丁寧に折りたたまれた紙に記された電話番号、ビニールのパッケージから取りだしたばかりのように見える携帯電話。

そして財布。そのなかにセキュリティ・マネージャー社の身分証明書が入っていた。〝世界的規模で、拘置施設の提供や受刑者の移送や人材派遣業務を請けおっている〟らしい。名前はトム・エリオット。

そのあと、このクイーンズの郊外の家の三階で、五十ドル札がぎっしり詰まったブリーフケースが見つかった。殺しの報酬だろう。

わたしは気を失っている男を地下室の作業台に手錠でつなぐと、そこにあったキーを使ってSUVを私道から出した。

23

追われる身になるのにさして時間はかからない。警察の力をもってすれば、二、三日で調べはつくはずだ。

「もしもし」七回目の呼びだし音で、エイジアが電話に出た。「どなた？」

「わたしだ」

「ハーイ、パパ」その声には微笑みがあった。

車は五十九丁目の橋にさしかかったところだった。

「いいか、ゆっくり話している時間はない。よく聞いてくれ」

「うん」声が真剣になる。

わたしは四つのセンテンスで大まかな状況を説明した。

「それで、わたしはどうしたらいいの」

「ママとあの馬鹿男に一時間以内に街を離れるように言ってくれ。警察から指示があったということにしておけばいい」

「警察からの指示ね」

「そうだ」

「パパと連絡をとるにはどうしたらいいの」

「新しい電話番号を暗号にして、メールでコールマンに送る」

「了解」エイジアは言い、われわれは電話を切った。

いかにも一昔前の時計職人のような、ぶっきらぼうな返事がかえってきた。「なんだ」

「警察に金で雇われた糞ったれどもに拉致された。どうやらおれを殺すつもりだったらしい」

「だいじょうぶだったのか」

「逃げだせたし、怪我もしていない。車と携帯電話をちょうだいしてきた」

「そんなものは捨てて、おれのところに来い」

「とりあえずやっておかなきゃならないことがある。でも、夜までにそっちへ行くよ」

　ミッドタウンの地下駐車場に車をとめる。防犯カメラに映らないよう気をつけながら外へ出ていく。そして地下へ。

　よほどの場合でないかぎり、地下鉄には乗りたくない。十三年間の警察稼業でわかったことだが、地下鉄には武器を隠し持っている者が少なからずいる。列車内で大騒ぎをする者もいれば、スリや、頭がいかれているとしか思えない男や女もいる。すべての乗客に犠牲者になる可能性がある。それを防ぐことができる警察官はいない。

　南に向かう混みあった車内で、わたしの呼吸は荒く、胸の鼓動は激しくなるばかりだった。あの地下室での数時間、わたしは墓所にいたも同然だった。そのときの恐怖がいまになって湧きあがってきた。

　この国を出ようと六度思った。行き先はカナダでもモンゴルでもいい。リトアニア、キューバあるいはチャドでもいい。ドジャースの英雄ジャッキー・ロビンソンの息子はタンザニアで第二の人生を歩む決意をした。だが、六度わたしは冷静になれと自分に言い聞かせ、身元不明者として葬られる運命からどうすれば脱出できるか思案をめぐらせた。

　地下鉄での移動で最悪だったのは、本を持っていなかったことだった。何か読んでいたかった。なんでもいい。

　向かいの席にすわっていた女性が三十四丁目駅で降りたとき、座席に読み終えた新聞が置き去りになっていた。わたしは文字どおり跳びあがって、ほかの誰よりも早くそれをつかみとった。そして、車両の中央のドアのほうへ行き、そこのポールに寄りかかって、チャイニー・ラヴというニューエイジのシンガーの記事を読んだ。黒い肌に黄色い髪のパフォーマンス・アーティストで、鍋や釜を叩くバンドをバックに歌をうたっているらしい。

西四丁目駅で地下から出て、九ブロック先の〝ネーム・イット・ストレージ〟という貸し倉庫室へ向かった。わたしはそこをナイジェル・ビアード名義で借りている。部屋は十三階にあって、けっこう広い。

縦二十フィート横二十五フィートあり、荷箱がぎっしり詰まっている。中身は本、書類、武器、そして探偵の七つ道具。

必要なことをするまえに、とりあえず、この秘密の部屋の真ん中に置かれた一人用のソファーに腰をおろす。

電気が来ているので、明かりはつく。まわりには何百冊もの本があるので、読む必要はない。

一時間ほど過ぎると、息は整い、心臓は早鐘を打つのをやめた。わたしはなんの罪も犯していない。わたしは力ずくで拉致されたのだ。誰にでも自分を守る権利はある。

それでようやく人心地がついた。快適な椅子。肺に入ってくる空気。拘束具はない。真実を知られるのを防ぐために平気で人を殺すモンスターもいない。

気持ちが落ち着くと、ペットボトルの水と石鹸と使い捨てカミソリを使って、髪の毛を剃りあげた。

部屋の南側の壁際には、高さ八フィート幅六フィートのローズウッド製のキャビネットが置かれている。そこから、〝ハリウッド流メーキャップ術〟の講習を受けたときに買った化粧箱を取りだす。

この講習を受けたのは、顔を隠す必要があるとき、付けひげなどを不自然に見えないようにつけるためだ。これまでの経験から、口ひげがあると、鼻や両目の距離や頭のかたちの感じが微妙に変化し、顔がまったくちがって見えるようになることがわかっている。

人毛の口ひげと人目につく傷あとを隠すための頰ひげをつけ、剃った頭にワックスを塗り、それからラモント・チャールズがしていたように手鏡で顔をチェックする。

上々の出来ばえだ。

衣装だんすのポールに、くすんだ暗褐色のトレンチコートがかかっている。裏に詰め物がしてあるので、それを着ると、四十ポンドから五十ポンドくらい太って見えるようになる。

キャビネットの左側のドアの内側に取りつけられた姿見を覗きこみ、たっぷり時間をかけて変装の仕上がり具合をチェックする。

悪くない。傷あとも、体型も、顔も、頭も、これだけ変われば充分だ。いつもなら、これで満足していただろう。だが、今回は絶対に失敗できない。わたしの顔にはまだ少し刑事っぽさが残っている。

それで、キャビネットをあさって、透明で分厚い度なしレンズが入ったセルフレームの眼鏡を取りだした。これで完璧だ。クロマニョンの刑事はネアンデルタールのオタクに変わった。


高校で覚えたことのひとつは、スポーツでは相手の裏をかく動きをするのを旨とすべしということだ。卓球からボクシングまで、相手の予想がつかない動きをする者が勝つ。

警察の仕事は碁やチェスのような頭脳スポーツに似ている。ときには自分をだましたり、敵の牙城に出向くくらいのことをする必要がある。

そんなわけで、わたしはオーガスティン・アントロバスに会いにいくことにした。


アントロバス社は五番街六十丁目の北にあった。細長い建物で、艶のある褐色砂岩の外壁にスリットのような窓が並んでいて、マッチ棒でつくった現代アートのように見える。

「ご用件は？」と、守衛が訊いた。黄色い透明のプラスティックでできた、胸の高さまである受付カウンターの向こうに立っている。

「アントロバス社」

守衛は四十代だが、それより十歳は若く見える。青い目で分厚いコートや光る頭や不格好な眼鏡を見つめている。素顔はわからないとしても、怪しく見えるのはたしかだ。

一瞬ためらってから訊いた。「お名前は？」

「ナイジェル・ビアード」わたしの財布には、その名前のIDカードが入っている。

守衛の前にコンピューターが置かれているのがプラスティックのカウンターごしに透けて見える。

少ししてから守衛は言った。「そのお名前での登録はありませんが」

「電話して確認してくれ」

守衛は渋々といった感じで受話器を取り、番号を押した。

「ビアードという方がお見えになっていますが、お通ししていいでしょうか」それから、二言三言ことばを交わすと、受話器を下におろして、わたしに言った。

「社内の女性たちも聞いていないと言っています」

「ウィリアム・ジェームズ・マーモットの件だと言ってくれ。話を聞きたいはずだ」

また渋々といった感じで受話器をあげ、また少し話をした。

そして受話器を置き、眼鏡を覗きこんだ。

「二十二階です」

「ご親切にありがとう」わたしは使い捨ての新しい人格の効果について思案をめぐらせながら答えた。

人けの少ない建物だった。わたしといっしょにエレベーターを待っていたのは、白のブラウスと黒いスカート姿の若い女性ひとりだけだった。八番のエレベーターのドアが開くと、わたしは手ぶりで女性を先に行かせた。愛嬌のある獅子鼻、赤に近いブルネットの髪。複数の民族の血が流れているにちがいない。

わたしが二十二階のボタンを押すと、彼女は二階のボタンを押した。

わたしがちらっと見ると、こう言った。「テロ対策で階段室には鍵がかかってるの。でなきゃ、歩いてあがるんだけど」

「死ぬ可能性を考えたら、きりがないよ。子供のころには不安でならなかったけど、結局は死ななかった。いまじゃ、永遠に生きつづけるんじゃないかと思ってる」

ドアが開き、女は隙っ歯を見せて笑いながら降りた。

そこからさらに二十階あがっているあいだに、わたしはスチュアート・ブラウンやA・フリー・マンのことを考え、そしてサイモン・クレイトンのことを考えた。あの太っちょを拷問にかけ、もう少しで殺しそうになったスタテン島の地下鉄道の駅舎と、さっきのクイーンズの地下室には、あきらかに共通するものがある。因果応報というものかもしれない。

エレベーターのドアが小さい舞台の幕のようにあき、わたしは前に進みでた。

そこで待っていたのは、スミレ色のスーツを着た細身で小柄な男だった。下にいた守衛は〝社内の女性たち〟と言っていたので、この男はおそらくガードマンだろう。オリーブ色に日焼けした白人で、目の色は淡いブルー、髪の色は根元がブラウンで、先に行くとブロンドに変わっている。三十六歳にも見えるし、十六歳にも見える。ローズ・アター・オイルの香りがする。

この建物の飲料水には、まがい物の〝若がえりの泉〟から取ったものが使われているのかもしれない。

「ミスター・ビアード？」

「そうだ」もしこの男が殺し屋であったとしても、分はこっちにある。コートには防弾用のケブラー繊維が織りこまれている。

「こちらへどうぞ」

男は振り向き、先に行くよう手ぶりで示した。無意味に長い廊下を進むと、小ぎれいな部屋があり、三つの机の向こうにそれぞれに美しい女性がすわっていた。

従業員の容姿を見れば、雇用主について多くのことがわかる。

ガードマンの格好は妙になまめかしいし、女性陣はそれぞれ人種がちがうが、いずれ劣らぬ美人揃い。アントロバスは快楽主義者にちがいない。

中央の机の向こうには、人目をひく丸顔のアジア系の女性がすわっていて、その上の壁に小さな油絵がかかっている。水浴びをしている裸婦を描いたもので、ドガのサインが入っている。本物の可能性は五分五分。

「ミスター・ビアード？」と、その女性が言った。名札には〝ハティム〟とある。

「そうだ」

「ご用件をお聞かせ願えますでしょうか」

「私用だ」

「お聞かせいただかないと、お通しできません」

わたしは肩をすくめた。「じゃ、無理に会うことはない」

振り向くと、スミレ色のスーツの若作りの男がわたしの前に立ちふさがろうとしていた。最悪の場合には、この男を撃たなければならないだろう。これだけの変装をしていれば、素顔で面通しをしても、言いあてることができる者はいないはずだ。

「ミスター・ビアード」いかにも男っぽい野太い声が響いた。

振りかえると、シベリア製の手袋をはめた手のように、声にフィットする体型の顔が立っていた。

長身で、広い肩幅、太鼓腹。グレーのピンストライプが入った明るいグリーンの三つ揃いのスーツ。シャツはパール・グレー、喉もとのネクタイピンには赤と緑のガーネットがあしらわれている。ふさふさとしたグレーの髪。両端が垂れた口ひげは白く、青みがかって見える。

顔は大きくて、いかつい。目は細く、色はおそらくグリーンだろう。スミレ色の装いのガードマンはゲイ、事務員は美女揃いで、みずからは好色漢。

「ミスター・アントロバス」

「わたしに話があるようだね」

「バッファローが絶滅の危機からよみがえり、ほどなく火星の地に侵攻しようとしているらしい」

アントロバスは笑った。その笑い声は武器だった。そこには野獣の力がこもっている。

「入りたまえ」

わたしが一歩踏みだすと、スミレ色の男も同じようにした。

「おまえは来なくていい、ライル。ミスター・ビアードとふたりだけで話したいんだ」

そこからさらに先の廊下は片側が壁で、もう一方にはセントラル・パークを見おろす細長い窓が並んでいた。光と影が織りなす縞模様を見ていると、ライオンの後ろをいまのところは気づかれずに歩いているような気がしてくる。

アントロバスのオフィスはダーク・ウッドとロイヤル・ブルーのファブリックでしつらえられている。書棚にはハードカバーが並び、コンピューターは見あたらない。マホガニー製のデスクはグランドピアノなみの大きさで、その前に、洒落た二脚の椅子がほんの少しおたがいのほうを向いて置かれている。古い友人どうしがコニャックと秘密を分かちあうにはもってこいだ。

「かけたまえ」

わたしはその言葉に従った。

アントロバスは椅子に巨体を沈めると、鉤爪が彫られたアームレストに腕を置き、荒い鼻息を立てた。

そして、言葉の一斉射撃を開始した。「きみはバッファローについて話し、道化師のような格好をしている。きみはアメリカで洗礼名を授かったはずだ。なのに、それとはちがう名前を使っている。つまり、きみにはユーモアのセンスがあるってことであり、きみは道化師じゃないってことだ」

「ご明察だ、ミスター・アントロバス。世を忍んで生きるのが習い性になっていてね。ばれるとわかってるときでも、つい嘘をついてしまう」

「それで、いまもそうしているってわけか」

わたしはなりすました人物のまま言った。「耳寄りな情報を持っている。いい取引ができると思う」

「情報という言葉は嫌いじゃない。それが正しい情報なら、どんな馬鹿が伝えたものでも役に立つ」

また胸の鼓動が速くなったのがわかった。この男にはひとを怯えさせる威圧感がある。子供に世のなかの道理を教えるために書かれた怪奇な昔話から脱けだしてきた人物のようだ。

「おれは私立探偵で、わけあって表には出られない依頼人のために働いている。その依頼人は、スチュアート・ブラウンという男のために、ある者の罪をあばくための証拠を手に入れたがっている。そのある者というのはウィリアム・ジェームズ・マーモットだ」

いきがった言葉のやりとりはそこで終わった。アントロバスはその細い目でわたしを見つめ、それからごく小さくうなずいた。

そして、わたしがさっき何を言ったか忘れるくらいの間をおいてから口を開いた。「何が目当てなんだ」

「ブラウンはマーモットに脅されていて、口添えをしてもらいたいと言っている」

「口添え？　どんな？」

「それはわからない。ポーカーという男に会ったとき、マーモットがあんたの下で仕事をしていると言っていた男を知っているという話を聞いた」

「わたしを知っている男を知っているということか」

「おれの仕事はそういう関係を元にして成りたっている」

また長い間をおき、それからアントロバスは言った。

「だから、きみはここに来たんだな。きみが追いかけている男がわたしと関係しているという話を、ある男が別のある男にしたから」

「あんたが話に聞いているとおり話のわかる男かどうかたしかめたくてね」

「それで、どうだった？」

わたしは微笑んだが、自分の新しい顔にその表情がなじんでいるかどうかはわからない。

「あんたとの取引が成立すれば、その男を追いかける必要はなくなる」

「つまり、きみはブラウンの代理人に雇われているということだな」

わたしはうなずいた。もう微笑んでいない。

「その代理人は誰なんだ」

「レイシーと名乗っている」

「すかし模様《レイシー》の顎ひげ《ビアード》？」

これ以上は微笑まないほうがいい。破顔して身元が割れることは多い。

「きみの希望は、ミスター・ビアード？」

「現金で六千ドル。それでミスター・マーモットはおれのレーダーからはずれる」

「ご立派な仕事ぶりだ」

「あんたに雇ってもらおうとは思っていない」

アントロバスは大笑いした。

「取引は成立したのか」わたしは訊いた。

24

一年のこの時期は、五時前に陽が沈む。フェリーは夕間暮れのなかをゆっくりとセント・ジョージ埠頭に向かっていく。わたしは着ぶくれをした格好のままフェリーの舳《へ》先《さき》に立ち、この日の午後のたくらみが図にあたったことに大いに気をよくしながら、吹きつける風を楽しんでいた。

先刻あの男を殺して以来、わたしは道徳の彼岸に行ってしまったのかもしれない。いまわたしの右ポケットには、六千六百ドルの金が入っている。これで、スチュアート・ブラウンはわたしと取引せざるをえなくなる。いまもまだ生きているとすれば。

人けのないデッキに、小柄で胸板の厚い男が姿を現わし、一分近くわたしを見つめ、それから後ろを向いた。

たぶん、知りあいの誰かに似ていたのだろう。

セント・ジョージで公衆電話を使って電話を一本入れたあと、スタテン島鉄道に乗り、中央の車両の南側の席にすわった。これまでのことを考えると、不思議なくらい落ち着いていた。いろいろなものが空の貯蔵庫に注ぎこまれる穀物のように降りかかってくるが、そのたびにわたしはいまの世のテクノロジーから遠ざかっていくような気がしてならない。言うなれば、狩りをしている虎のようなものだ。けれども、まわりの者は誰もそのことに気づいていない。

車両のはずれのドアが開き、さっきフェリーのなかでわたしを見ていた小柄で胸板の厚い白人の男が姿を現わした。ジーンズにテニス・シューズ、栗色のウールのセーター、薄緑色のゆったりしたスウェット。フードはかぶっていない。

わたしを見ると、つかつかとこっちに向かってきた。あと三歩というところで、男は言った。「このニガーのつるっぱげ《キューボール》」

まわりの乗客が一斉に後ろにさがりはじめる。例外は通路の向かいにすわっていた初老の男性だけだ。やはり白人。紺のピーコートに黒いズボン姿で、黒いワークブーツをはいている。

わたしは肝のすわった初老の男を見ながら、見知らぬ男が吐いた言葉に二の句が継げないでいた。

このまえニガーという言葉を耳にしたのはいつだったろう。黒人どうしのジョークにでも、そのような言葉が出ることはない。

わたしは右手をコートのポケットに入れたまま男を睨みつけた。

「聞こえねえのか」男は言った。腕っぷしはずいぶん強そうだ。何かに対して――おそらく自分の人生のほとんどすべてに対して、激しく怒っている。問題はこの男が考える力を持っていないということだ。わたしのコートのポケットには拳銃が入っている。それを使うことへのためらいはない。

誰かが威嚇のためにポケットに手を入れたとき、たいていの場合、それはブラフだ。だが、そのとき、何も言わなかったら、威嚇が本物である確率はより高くなる。

「どうしたんだ」

わたしは何も言わなかった。

男が一歩前に出る。

「ジュニア」初老の男が言った。

レイシストは振りかえった。このときはじめてそこに初老の男がすわっていたことに気づいたみたいだった。

「エルネスト」どうやら知りあいか何かだったらしく、怒りに満ちた声を和らげようとしたようだが、うまくいかなかった。

「そのひとはおまえとはなんの関係もない。命が惜しくないのか。そこまでにしておけ。そのひとはキューボールじゃない」

その言葉には重い響きがあり、ジュニアと呼ばれた男は一思案したあと、ようやく得心して踵をかえし、元いた車両に戻っていった。

男が立ち去ったあと、わたしはエルネストと呼ばれた男に訊いた。「さっきのは何者だい」

「恋人をキューボールという黒人にとられたんだよ。そいつは名前どおりのつるっぱげ《キューボール》でな。だから、間違われたんだろう。本人は恋人をだましとられたと思ってる。自分が彼女を病院送りにしたせいで見切りをつけられたとは夢にも思っちゃいない」

「とにかく、あんたのおかげで助かったよ」

「おまえさんのためにやったんじゃない。ジュニアはあまりにも愚かすぎる。おまえさんが銃を持ってるとは考えもしなかった。あんたの目の隅には、殺意が宿っていたというのに」

プレザント・プレインズはセント・ジョージから十七番目の駅だ。その間エルネストはずっと同じところにすわっていたが、もう言葉を交わすことはなく、わたしはスタテン島鉄道の旅を邪魔する者がほかにいないかどうかずっとまわりに目を光らせていた。

メルは駅で待っていた。公衆電話はいまも役に立つ。われわれは歩み寄り、握手をした。

「えらい変わりようだな。一瞬気がつかなかったよ」メルは言った。「どうやらお友だちが来ているようだ。気をつけたほうがいい」

振りかえると、さっきの怒れる白人野郎がいた。その拳は怒りのはけ口を求めて震えているように見える。

わたしは何があったのかを簡単に説明した。

「ここにいてくれ」メルは言い、ジュニアのほうに歩いていった。

そして、そこでジュニアと二言三言話をし、携帯電話を取りだした。ボタンを押して、話をし、それから携帯電話をジュニアに渡した。ジュニアは少し話をし、そのあと首を振った。どうやら渋々受けいれざるをえないようなことを言われたにちがいない。携帯電話をメルにかえすと、振り向いて、足早に歩きはじめた。どこかのバーへ憂さ晴らしにいくのだろう。

われわれはどちらも何も言わず、駅から十四ブロック先の教会まで歩き、かつて聖歌隊が神を讃《たた》えていた場所の後ろにしつらえられたキッチンに腰をおろした。

「まあ、こういうものかもしれんな」それがメルの最初の言葉だった。

「どういうことだい」

「あんたの頭の上にはしょっちゅう黒い雲がかかる。近くで何かトラブルが起きると、最初にあんたのところにやってくる」

「赤い鳥のように」

メルは微笑んだ。

「ジュニアになんと言ったんだい」わたしは話のついでにといった感じで訊いた。

「さっき電話したのはヘナーロって男でな。この島の顔役のひとりだ。そいつがおとなしくしてろと言ってくれた」

「ヘナーロという男はあんたがここにいることを知ってるのか」

「島にいることは知っている。おれの住まいはセント・ジョージの海ぞいにある」

「列車でおもしろい男に会った。ジュニアはエルネストと呼んでいた」

メルはうなずいた。「五〇年代から六〇年代にかけてこの島で幅をきかせていた男だ」

「でも、いまは列車に揺られているだけ？」

「それだけここはのどかで、いいところだってことさ」メルは言い、ふたりで笑った。

メルは料理をつくってくれた。唐辛子をきかせた鶏ものトマトソースあえと、ベルミチェッリ。それに甘みを加えたキャンティと、フランス料理の名店のシェフも舌を巻くようなサラダ。

わたしは話した。拉致されたこと、アントロバスのこと、デニス・ナチェズ警視がわたしを警察から追放する陰謀にかかわっていたこと。

「あんたはいまでも刑事《デカ》だ」

「でも、実際はちがう」

「そうかもしれんが、美人の女子高生が大きくなってチアリーダーじゃなくなっても、美人であることに変わりはない」

メルはワインを注ぎ足し、わたしはその妙なたとえ話について思案をめぐらした。

「ところで、キング、ひとつ教えてくれないか」

「なんだい」

「そのナチェズって男はブラウンとつながってるのか」

わたしは自分が追いかけてるふたつの案件について説明した。メルはときおりうなずきながら熱心に話を聞いていた。

一通り話しおえると、メルは言った。「つまりこういうことだな。あんたはA・フリー・マンって男がはめられたってことを証明しようとしている」

「そうだ。それもあるし、自分自身のこともある」

「そのふたつはつながってるのか」

「どちらにも警官がかかわっている。それ以上のものはたぶんないと思う」

「とにかく、あんたはマンの無実の罪を晴らそうとしているんだな」

「ああ。でも、この件に関しては、これ以上あんたの手を煩わせるつもりはない。これまであんたがしてくれたことにはもちろん感謝している。でも、おれはいま警察に追われる身だ」

「それはどうかな。クイーンズで誰かが撃ち殺されたというニュースは流れていない。おれのことは気にするな。ひとを絞首台から救いだすなんて、なかなかできることじゃない。一世一代の大仕事だ。《ロビン・フッド》のエロール・フリンみたいじゃないか」

そして、メルはわたしがこれまでに調べだしたことを尋ねた。わたしはそこに関係する者の名前と背景を話した。ブラッド・ブラザーズ・オブ・ブロードウェイ、ジョアンナ・マッド、リトル・エクセター、ブルックリンの埠頭でのヘロインの取引。ただウィラ・ポートマンの名前だけは伏せておいた。

二本目のワインのピッチャーが空になりかけたあたりで、メルは言った。「なるほど。マンの一件についてはよくわかった。警察に付け狙われ、仲間たちを殺され、罠にはめられたってことを証明しようってわけだな。それはいい。でも、自分のことはどうするつもりなんだ」

「組合に取りあげてもらって、名誉を回復することができるかもしれない」

「復職したいってことか」

「身の潔白を証明したいんだ」自分のその言葉で、しなければならないことをもうひとつ思いだした。「予備のプリペイド携帯を持ってないかな」

メルが持ってきてくれた携帯電話は、まだビニールのパッケージに入っていた。

携帯電話の初期設定をすませると、わたしはコールマン・テセラット宛てに暗号でメールを送った。それは数年前にエイジアとのあいだで取り決めた暗号で、１＝４、２＝９、３＝１、４＝７、５＝２、６＝０、７＝３、８＝５、９＝８、０＝６といったように、数字を置きかえただけの簡単なものだ。それを見たら、エイジアは新しいプリペイド携帯を買って、すぐに電話をかけてきてくれる。

携帯電話をしまうと、メルは言った。「次は何をするつもりだい、キング」

「ナチェズと会わなきゃならない。コンヴァートを使って、おれのキャリアをぶちこわしたことを認めさせるために」

「そいつのオフィスに出向いていって、そんな話をするっていうのか。そこから出てきたとき、命を狙われるのは火を見るよりあきらかだっていうのに」

「口添えをしてもらえるあてがある。場合によっては向こうから会いにくるかもしれない」

「助けはいるか」

「そうだな。できることならフランスの外人部隊に総動員をかけたい」

メルは笑い、それと同時に携帯電話が鳴った。

「A・D？」

「いいえ。モニカよ」

その声の調子にはわたしの気分を沈ませるものがあった。

「やあ」

「いったいどういうことなの。あなたがしたことのせいで、わたしたちがニューヨークを離れなきゃいけないって」

こういう仕事をしてはいるが、わたしはひとに嘘をつくのが嫌いだ。ひとに不快な思いをさせるのも同じように嫌いだ。優秀な警察官とは、巧みに嘘をつき、ひとに痛みを与えるが、内心ではそのことを苦々しく思っている職業人のことだ。わたしもかつては優秀な警察官だった。一方で、エイジアなしの人生は考えられないが、もう一方で、わたしが巻きこまれている数々のトラブルの少なくとも一因はモニカにあると思っている。それで、娘を守ることを第一義としつつも、こんなふうになってしまったのは自分のせいではないというストーリーをつくることとした。

「わたしじゃない。きみがしたことのせいだ」

「わたしが？」

「きみがエーカーズ下院議員に電話をかけたことで、おれをひっとらえるためのゲームが始まったんだ。相手は並みの悪党じゃない。裏で政治家とつながっている。エーカーズはおれにさえ身元を隠している依頼人を見つけだして、裏の仕事の専門家にその話をした。それで、おれは追われる身になり、のっぴきならない窮地に立たされている。十数年前、投獄され、きみが保釈金を払ってくれなかったときといっしょだ」

少し間をおいてから、モニカは言った。「嘘でしょ」

「きみはエーカーズに電話した。ちがうかい」

「だから何よ」

「そのせいで、おれは拳銃を持った男たちに付け狙われているんだ。きみもきみの連れがどうなろうと知ったことじゃない。でも、エイジアを危険な目にあわすわけにはいかないんだ。とにかく、きみたちは家を出たんだな」

「ええ。でも、どこにいるかを教えるつもりはない」

「州外にいるのなら、それでいい。Ａ・Ｄにかわってくれ」

「あの子の名前はデニスよ」

少ししてから、エイジアが電話に出た。「ハーイ、パパ」

「パパの仕事のことはいっさいママに話すな。わかったな」

「わたし、何かやらかしちゃった？」

「いいや。でも、そういう話も含めてママには何も言うな」

「わかった。そっちはだいじょうぶ？」

「ああ、だいじょうぶだ。自分の携帯電話は使ってないな？」

「もちろん。ドラッグストアでプリペイド携帯を買ったから」

「いい子だ」

「愛してるよ、パパ」

「パパもだ。また電話する」

かつての礼拝所には上階があった。そこには、司祭なのか牧師なのかよくわからないが、とにかく信心深い聖職者たちのための小部屋がいくつか並んでいる。折りたたみ式のベッドから脚がはみだしているが、贅沢は言っていられない。ドアに錠はかかっておらず、小さな窓から明るい半月が見える。

眠れなかった。わたしはベッドに横になったまま、片膝を立てて、月あかりを顔に浴びていた。剃ったばかりの頭がむずがゆい。エイジアは無事だ。わたしは死地を脱し、人をひとり殺した。それだけのことだ。わたしの人生は望みうる最良の状態にある。

四時半ごろベッドから出て、キッチンへおりていくと、メルがテーブルでコーヒーを飲んでいた。

わたしは言った。「車を貸してもらえないかな」

「厩舎に銅《あかがね》色のレクサスがある」

「厩舎？」

「教会の裏だ。古い建物だからな」

「あんたはこれから仕事に行くのか」

「用がないなら行くつもりだ」

「タイプライターを持ってないか」

「ワードプロセッサーとプリンターならある」

「それでいい」

車でブルックリンを経由し、道路が混雑するまえにマンハッタンのアッパー・ウェストサイドに着いた。八十三丁目のコーヒー・ショップには、ウェスタン・

オムレツというメニューがあったが、ベーコンは入っておらず、そのかわりに七面鳥を細切りにして押し固め、塩を振り、ベーコンのような色と味にしたものが入っていた。

通りの向かいには、貸し事務所がある。短期契約の物件で、いまは選挙事務所が入っている。まずい料理と薄いコーヒーに辟易《へきえき》していたとき、その選挙事務所に見覚えのある人物が入っていった。

「ご用件は？」と、若い娘が訊いた。肌の色はずいぶん黒い。ブルーベリー色のブラウスを着て、〝エーカーズはわれわれの代表！〟と記された四角い大きなバッジをつけている。

若い黒人の共和党員に会うのはいやではない。若い世代には考える者もいるということだ。その考えの是非は関係ない。

「ミスター・エーカーズを」

もうひとりの女が答えた。「議員はまだ来ていません」

こちらは二、三年前に四十回目のバースデー・パーティーを開いたといった年格好だ。平凡な顔立ちだが、いっときのものではない深い美しさをたたえている。青いシルクのゆったりとしたワンピース。糸のように細い金のチェーンに、二・五カラットはあるイエロー・ダイヤモンドがぶらさがっている。

「共和党員だからといって、嘘をつく必要があるとは思わないが」と、わたしは言った。

「どういうことでしょう」怒りだす一歩手前だ。

「一ブロック手前まで来たとき、ボビーがここに入っていくのが見えたんだよ。としたら、当然、この前を通ったはずだ。もしかしたら、そのとき、あんたは席をはずしていたかもしれない。でも、戻ってきたときに、議員が来たってことを誰からも聞かなかったとは考えにくい」

「ご用件をお訊きしていいでしょうか」

「ある夜ジャージー・シティで出くわしかけた者だが、どうしても話しておかなきゃならないことがあると伝えてくれ」

「お名前をいただかないと」

「請けあってもいい。そんなことは知りたくないと思うよ」

　五分後、わたしは掃除用具置き場ほどの広さの議員のオフィスに通された。もっと広い部屋もあったが、それは忙しく立ち働いているボランティア用にあてられていた。議員本人にどうしても必要なのは、椅子と与太話をするための電話だけだ。

　わたしをなかに招きいれると、エーカーズは青いワンピースの女の前でドアを閉めた。

　わたしはオークの木の椅子にすわり、エーカーズは自分の椅子に向かった。

　そして、そこに腰かけて言った。「きみにまた会うことになるとは思わなかったよ」

「あんたを困らせにきたんじゃない」

「ほう。じゃ、なんのために来たんだね」

「ニューヨーク市警のある警視に電話して、おれが会いたがっていると伝えてもらいたいんだ。ブロードウェイの九十丁目にイングリッシュ・ティーカップという店がある。時間は、そうだな、二時四十五分」

「なんのために？」

　わたしはポケットから封をした封筒を取りだし、エーカーズに渡した。

「ミミ・ロードはあんたから連絡があったと言っていた」

「ああ」

「議会図書館の保管庫宛ての封書を預かっているとデニス・ナチェズ警視に言ってもらいたい」

「わたしにこれを読めと言うのか」

「そんなことは言わない。自分の立場を考えたら、無視するに如《し》くはない」

「それで、誰がミスター・ナチェズに会いたがっていると言えばいいんだ」

「ナイジェル・ビアードという名の男だ。封書の中身は知らないが、アダモ・コルテス二級刑事に関するものだと聞いていると言ってくれ」

「わたしがトラブルに巻きこまれることはないんだな」

「心配ない。あんたにはおれのメール・アドレスを教えてある。助けが必要になったら、知らせてくれ。いつでもすぐに駆けつける」

25

その日の午前中の残りは、ファー・ウェスト・ヴィレッジのチェリー・レーンにある時計の修理屋で過ごした。

警察のお偉方に会いにいくにあたっての対応策をメルといっしょに練っていたのだ。

「警官を動員して引ったてるといった真似はしないだろうか」とわたしが訊いたとき、バイエルンのカッコウ時計は十時五十八分をさしていた。

「ヘロインをさばいているデカが正直者のジョーにそんなことをするとは思えない」と、悪のエキスパートは答えた。「いずれにせよ、あんたにおかしなことをしたら、おれが目にものを見せてやるよ」

かつての同僚をメルのような無法者の手に委ねるのは本意ではない。だが、ナチェズが少なくともわたしを拉致する計画を知っていたのはたしかだし、わたしが犯した殺人によって夜眠れなくなるとも思えない。

一時にはイングリッシュ・ティーカップにいた。ウェイトレスが来ると、ランチを注文し、二時四十五分にここで待ちあわせをしているのでと言って、そのときにハイ・ティーのセットを持ってくるように頼んだ。

メルは大量の火器を積載した特別仕様のヴァンを店の近くにとめて待機している。ナチェズが着くことになるテーブルの下では、速乾性の漆喰が古くなったチューインガムのように硬化しつつある。

勝利か死か。腹をくくって、だいぶまえに買ったヘッセの『荒野のおおかみ』を取りだす。地下鉄であの娘に出くわしてから、またドイツの古典に目が向くようになっていたのだ。

ランチはイングリッシュ・ブレックファストそのものだった。ソーセージ、焼きトマト、マッシュルーム、ビーンズ、脂身の少ないベーコン、トースト。腹はへっていなかったが、度の入っていない眼鏡ごしに本を読みながら食べる。

二時十五分。がっしりした身体つきの白人の男が入ってきた。わたしと同年配で、ライトグレーのスーツを着ている。三つ向こうのテーブルにすわり、コーヒーを注文する。

二時四十五分ちょうどに、ナチェズ警視が紺のスーツ姿で現われた。太り肉《じし》、長身。年はわたしより二十歳ぐらい上だが、戦うための体力はまだ失われていない。ウェイトレスに声をかけ、わたしのテーブルに案内されてやってくる。

テーブルの前で一瞬立ちどまり、鋭い目つきでわたしを見つめる。変装を見破ることはできなかったとしても、わたしが誰かはわかっているはずだ。エーカーズ下院議員のメッセージの意味を読み間違えることはない。

「すわったらどうだい」わたしは言った。

少しためらい、それから腰をおろす。

「何さまのつもりでいるのか知らんが、なめた真似をするんじゃないぞ」

「紅茶は？」

「いらん。ふざけるな」その声は通常の会話より数デシベル大きい。

周囲の客がいっせいに振り向く。ナチェズは眉を寄せた。

ウェイトレスがあらかじめ注文しておいたサンドイッチと菓子の皿を持ってやってきた。

「紅茶は何にいたしましょう」

「なんでもいい」ナチェズは努めて小さな声で言った。

「自分はアイリッシュ・ブレックファストを」

「イングリッシュ・ブレックファストならご用意できるんですが」

「じゃ、それでいい」

紅茶が供されるまで、われわれは待たなければならなかった。ナチェズはいらだっている。わたしは刑事に戻ったような気分だった。

ウェイトレスは四十代で、麦わら色の髪、豊満な肢体。カップに紅茶を注いで立ち去ると、ナチェズはきりっと背筋をのばした。

グレーのスーツの男も同じように背筋をのばす。

出入口のドアの上のベルが鳴り、メルが入ってきた。黒いズボンにヘリンボーンのスポーツ・ジャケットという格好だ。ざっと店内を見まわし、グレーのスーツを着た男のすぐ近くのテーブルを指定する。

「いいか、よく聞け」わたしはナチェズに言った。

「あんたたちのせいで、おれは監獄にぶちこまれ、殴られ、切られ、辱《はずかし》められ、結婚生活を破綻させられた。ひとことの説明も警告もなかった。殺されそうにすらなった。そして、あんたは伝説の悪徳政治家ボス・トゥイードのようにここにすわっている。わかるな。あんたの立場はもうこれまでのように安全じゃないってことだ」

「わたしがそんなことを気にしていると思っているのか。おだをあげれば、わたしがきみを警察に戻すとでも考えているのか。きみのような男には、靴を磨かせるつもりもない。何が悲しくて、そんなやつの足もとにひれ伏さなきゃならんのだ」

ナチェズは怒っている。スタテン島の寝取られ男のように、いつも怒っているのだろう。だが、いまここでの激情は恐怖に根ざしたものだ。

「もしそれが本当なら、どうしてここに来たんだ」

それは正直な疑問だった。その答え次第で、こちらの出方も変わってくる。

「べつにきみを恐れているわけじゃない」

「あんたはすぐそばの席にボディーガードを待機させて、そこにすわっている。それがおれを恐れている何よりの証拠じゃないか。おれが知りたいのは、ポール・コンヴァートがおれをはめた理由だ。それと、あんたたちがおれを二度にわたって殺そうとした理由だ」

ナチェズのハシバミ色の目に、とつぜん疑問と理解の色が満ちた。

「馬鹿馬鹿しい」なんとか形勢を逆転させようと必死になっているのはあきらかだ。

「なんでそんなことをしたのかわけがわからない。いいか。十数年前、おれはある事件を調べていた。がむしゃらになって、あんたたちが埠頭でやっていたことを阻止しようとしていた。だから、あんたたちはおれの前に立ちふさがった。それはわかる。でも、おれはいまゲームの内容もプレイヤーも知っている。だったら、おれを警察に呼び戻すというのがいちばん簡単な方法じゃないか」

質問をしながら、それがわたしとっていちばん大事なことなのだということにあらためて気づかされた。だが、ナチェズにとってもっとも大事なのは、わたしを闇のなかに封じこめることであり、さらに言うなら墓場に葬り去ることなのだ。

顔をあげると、メルが立ちあがっていた。グレーのスーツの男に近づき、その向かいの椅子に腰をおろす。

「きみはなんにもわかっちゃいない」ナチェズは言った。「きみは吹けば消える窓辺のろうそくの火のような、ちっぽけな存在なんだ。こんなことなら、きみが現役のころに処分しておくべきだったよ」

「なぜそうしなかったんだ」

答えはナチェズの目のなかにあったが、口には出てこなかった。

「話はこれで終わりだ」ナチェズは言って、椅子を後ろに引いた。

「紅茶が残ってるぞ」

「きみの命運は尽きている。でも、きみにはそのことがわかっていない」口もとには邪悪にしか見えない笑みが浮かんでいる。

「あそこにいるあんたの友人が何かをするってことか」

ナチェズはそっちに目をやった。メルは微笑み、グレーのスーツの男は苦虫を嚙みつぶしたような顔をしている。

「警察にいたころは、自分ひとりでなんでもできると思っていたが、それ以降多くのことを学んだ。読書がどれだけ大切なものであるかとか、法の解釈は方程式のなかの変数のように条件によって変わるということとか、単独で動くのは愚かだということとか」

ナチェズは椅子にすわりなおした。

わたしは続けた。「ほかにもある。どんなに高い地位にいようと、いかに大きな権力を持っていようと、人はいつなんどきその座から滑り落ちるかわからないということだ。おれが死ねば、あんたも死ぬ。そのことを知っておいたほうがいい。おれの相棒に拳銃を突きつけられている男も同様だ。さあ、ここから出ていけ。あんたの心臓はいつとまるかわからないってことを忘れるんじゃないぞ」

ナチェズはゆっくり立ちあがった。

ちらっと見ると、グレーのスーツの男も立ちあがりかけている。

どちらも目で凄みをきかせようとしているが、ニューヨークのビジネス街で警察官が拳銃をぶっぱなすわけにはいかないことはわかっている。一方で、やつらのほうはわれわれが発砲しないとは断言できない。なんといっても、川の向こうのクイーンズではすでにひとりの男が死んでいるのだ。

ふたりが店から出ていくと、メルは立ちあがり、ゆっくりと近づいてきた。わたしは麦わら色の髪のグラマーなウェイトレスを呼んで、四人分の勘定書を持ってくるようにと頼んだ。

ウェイトレスが立ち去ると、わたしは言った。「待ち伏せされてないかな」

「ないことを祈るよ。やつらのために。いずれにしても心配には及ばない」

「どういうことだい」

「この店を選んだのは、隣のビルに通じる出口があるからだ。そのことを知っている者はほとんどいない。そして、隣のビルには裏通りに出られる通用口がある。たとえ、その手が使えなくなったとしても、武装した三人の男を外で待たせてある。さっき携帯電話でやつらの写真を送っておいた。待ち伏せされていたとしても、対処の仕方は心得ている」

わたしは微笑み、先ほどのナチェズとの会話の内容を伝えた。

「やつはすでに外で照準をあわされている」

「どういうことだい」

メルの携帯電話が鳴った。

「もしもし」と答えて、それから言った。「わかった。ご苦労だった」

メルは携帯電話をしまって、わたしに言った。「ふたりは同じ車で帰った。外には誰もいない」

わたしはキュウリのサンドイッチを取って、ひとかじりした。

「身の寄せどころはあるのかい、キング?」

「ウェスト・ヴィレッジに倉庫室を借りている」

「それはいい」

「今回はなにかと世話になったな、メル。おれはこれからしなきゃいけないことがいくつかある。あとで電話する。さしつかえなければ、もう一度、手伝ってもらうことになるかもしれない」

「かならずそうなる」

26

十番街から東へ一ブロックほど入った四十二丁目の通りに、高層の瀟洒《しょうしゃ》な住居ビルが建っている。厚板ガラスとスティールの梁《はり》でできていて、エントランスは三十フィートの吹き抜けになっている。

カウンターはグリーンの大理石でできていて、高さは四・五フィートほどある。その後ろで、カラメル色の肌をした赤いジャケット姿の男が言った。「ご用件をおうかがいしてよろしいでしょうか」

ビルの入口で、こんな丁寧な物言いをされたのは久しぶりだ。わたしは言った。「ミス・ミランダ・ゴヤを」

管理人は受話器を取り、耳もとに持っていくまえに訊いた。「失礼ですが、お名前は？」

「ジョー・オリヴァー」

「ミスター・オリヴァーとおっしゃる方がお見えです、ミス・ゴヤ」と、管理人は受話器に向かって言った。その応対ぶりに非の打ちどころはない。

　年はわたしより少なくとも五歳は若い。唇は分厚く、色は肌とほとんど変わらない。そのせいで、何かの目的のために特化した生き物のような、もっと言うなら合成物のような感じがする。

「二八一三号室です」

「ありがとう」

　広いエレベーターに乗りあわせたのは八十代ぐらいの老婦人ひとりだった。化粧がよほどうまいのか、少なくとも十五歳は若く見える。お供は白と黒のぶちの小さな犬。わたしに近づこうとして一心不乱にリードを引っぱっている。

　わたしは犬が好きだ。もしどこかの進化論者が人類の祖先は犬だと言ったとしたら、わたしはそれを信じただろう。犬には、兄弟愛や、牙をむきだしにする闘争本能がある。わたしが日常的に感じている恐怖を内に秘めている。

　わたしは犬だ。これまでずっとそう言われてきた。男からも、女からも。

「この子には挨拶をさせられないの」と、老婦人は言った。エメラルド色のカシミヤのセーターに、キツネの毛皮を巻いている。

「噛むのかい」

「おしっこをするのよ。近寄ると、誰かれかまわず足もとに引っかけるの。悪い子だけど、可愛くってね」

　わたしはうなずいた。気持ちはよくわかる。

「あなた、お芝居のひと？」

「えっ？」

「口ひげよ。それに、そのおかしな頬ひげ」

「どうしてわかったんだい」

「ここは俳優組合の共同住宅なのよ。メーキャップとかカメラとか台本のことは、みな自家薬籠中のものってわけ」

「シンシナティで舞台にのせる芝居があってね。いままでブルックリン音楽アカデミーで稽古をしていたんだ。ここでは別の仕事で台詞の読みあわせをすることになっている」

「誰と?」

「言ってもいいけど、彼女の旦那が気分を悪くするといけないので」

キツネの毛皮を首に巻いた老婦人は微笑み、ごく小さくうなずいた。

犬連れの老婦人は十四階でエレベーターをおり、わたしは二十八階までひとりになった。

左側にドアが並ぶ廊下を半分ほど進み、二八一三号室のドアの脇のボタンを押す。ベルやブザーの音は聞こえなかったが、せっかちな人間と思われたくなかったので、続けてノックをするのは控えた。

「どなたかしら」女の声がした。

「ジョー・オリヴァー」

「そんなふうには見えないけど」

ラモントが携帯電話でわたしの写真をこっそり撮って送っていたのかもしれない。でなかったら、わたしの容貌を口頭で伝えてあったのだろう。

「口ひげをつけて、頭を剃ったんだよ。仕事の関係で素顔をさらしたくなくてね。なんなら、アラマヤ介護ホームのチャールズ・ラモントに電話してもいい」

短い間のあと、ドアが開いた。

ミランダ・ゴヤはわたしが——いや、わたしのなかの犬がこれまで見たなかで一、二を争う美人だった。年は二十代後半だが、これまでに経験したことは年齢以上のものがあるにちがいない。紫、赤、緑色の渦巻き模様の膝丈のワンピース。その体型は衣服を拒否しているように見える。そのために、少女のころから散々な目にあわされてきたのだ。品のいいハート形の顔。天上のローズゴールドと地上のブロンズを混ぜたような肌の色。

わたしがなかに入ると、ミランダは身体を脇に寄せた。

そして、わたしが分厚いコートを脱ぐと、下唇を噛んだ。

「それで太って見えたのね」

「小さなことだが、褒め言葉と受けとっておくよ」

「どうぞ奥へ」

小さなワンルームの住まいで、居間とキッチンは幅二フィートほどのフォーマイカの厚板によって仕切られている。たぶん、それをダイニングテーブル兼デスクとして使っているのだろう。外側の壁には、両開きのガラス戸があり、その向こうの小さなベランダからは北側のハーレムを望むことができる。ガラス戸の横には、華やかなオレンジとブルーの極楽鳥花が生けられた大きな素焼きの壺が置かれている。

「ミスター・オリヴァー」

「なんだい」

「それは本名なの？」

「もちろん」

わたしは財布を取りだし、ラミネート加工された私立探偵のライセンス証をさしだした。ミランダはそれを受け取って、目の前に立っているスキンヘッドの男と見比べた。

「この写真なら、ラモントが言っていた人物と似てるわね。それで、わたしに何をしろと？」

「A・フリー・マンの冤罪《えんざい》を晴らすために雇われたんだが、それ以来、おかしな連中に付け狙われていてね。外見を変えたほうが、安心して仕事に精を出せる」

ミランダは深く息を吸いこみ、それから唇をすぼめた。了解したということだろう。

「おかけになって、ミスター・オリヴァー」

ベランダのガラス戸の近くに、クッションつきの籐椅子が二脚あり、そのあいだに、緑色のガラス台がテーブルがわりに置かれている。

わたしが腰をおろすと、ミランダは言った。「ウィスキーはいかが」

「スコッチ、それともバーボン？」

ミランダは口もとをほころばせた。「サワーマッシュよ」

「ダーリン、きみはなんていいやつなんだ」

ミランダの笑い声は喉までしか出てこなかったが、それで気分がほぐれたのは間違いない。

キッチンから訊いた。「氷は？」

「いや、いらない。ありがとう」

ミランダが向かいの椅子にすわったとき、わたしはエイジアのことを頭に思い浮かべた。美しい肢体と品性。まわりにいる者たちを幸せにする微笑。

このトリックは功を奏した。胸の鼓動はおさまり、わたしはたっぷり注がれたウィスキーを飲みほした。

「おかわりは？」

「飲みたいが、やめておくよ」

口もとに微笑が浮かぶ。

「あなたは信用できると、ラモントは言ってたわ」

「それって珍しいことなのかい」

「誰かがマニーのことを訊きにくるたび、ラモントは公衆電話からわたしに電話をかけてきて、訪問者の外見とか来た時間とかを教えてくれるの。マニーのことに関しては、ラモントはよほどのことがないかぎり誰にも何も話さない。特に警官には」

「おれは元警官だ」

「一度でも警官になれば、それからは永遠に警官よ」

わたしは笑った。ウィスキーが額にゆっくり広がっていくのがわかる。

「それで、元警官さん、あなたはなんの話を聞きたいの？」

「A・フリー・マンの話を」

「彼の何が知りたいの？」

「マンとブラッド・ブラザーズの面々は罠にかけられたという話を聞いている。その話を揉み消そうとしている者がまだいるようなんだ」

ミランダは窓のほうを向いた。

それから、またわたしのほうへ向きなおって言った。

「口ひげが取れかかってるわ。左上がずれている。右側はまだいいけど、気づかれるのは時間の問題よ」

指摘された側の口ひげを触ってみると、たしかにずれている。

「直してあげる」

「えっ？」

「それが仕事なのよ。わたしはメーキャップ・アーティストなの。マニーに助けだされたあと、どんな仕事につきたいのかと訊かれ、学校へ行かせてくれたの」

それ以上の話はせず、ミランダは玄関わきのクローゼットの前へ行って、釣り道具入れのような箱とパイプ椅子を取りだした。そして、わたしの右前にパイプ椅子を広げて置き、緑色のガラス台の上に箱を置いた。

「頭を後ろにそらして」

そうすると、ミランダは付けひげをじっと見つめた。

「なかなかの腕前じゃない。ガールフレンドにつけてもらったの？」

わたしは講習を受けたことを話し、その理由を説明した。

「ゲイじゃないかぎり、これで充分に通用するわ。たいていの男は女の胸とお尻しか見てないから。目の色すら覚えちゃいない」

「探偵は覚えている。それが仕事だから」

ミランダは取れかかった口ひげをつけなおしながら

訊いた。「それで、マニーの何が知りたいの？」

「ラモントの話だと、マンはきみをひどいところから救いだしたそうだね」

「わたしだけじゃない」

「いまはきみのことを聞きたいんだ」

「いいわ」ミランダは臭いのきつい軟膏を口ひげの裏側に塗りながら言った。「本当にひどいところだった。でも、ある日マニーが来て、わたしをそこから連れだしてくれた。つまりそういうことよ」

わたしは少しずつA・フリー・マンことレナード・コンプトンのファンになりつつある。

「わたしだけじゃなかった。あそこにはつねに百人からの子供たちがいて、ありとあらゆる破廉恥なことをさせられていた」

「誰に？」

答えるまえに、ミランダは一呼吸おかなければならなかった。「ヴァレンスとプラット」

「ほかには？　そのふたりの仲間は？」

「いたけど、名前は知らない」

「警官かい？」

「さあ、わからない」ミランダはしばらく口ひげをつけなおす作業に専念し、それから話を続けた。「料金が書かれた紙があってね、値段によって、わたしたちがやらなきゃならないことが六十七も書いてあった。胸が悪くなるようなことばかりよ。どれもこれも」

「連中は組織的な売春の斡旋業者で、マンはそこからきみを救いだしたんだね」

「売春の斡旋だけじゃない。人殺しもしていた。何人も殺していた」

「ブラッド・ブラザーズのことかい」

「それだけじゃない……逃げだそうとした子供たちとか、子供を助けだそうとした家族とか。邪魔だてする者はみんな」

「そういったことは記録に残ってないんだね」

ミランダはわたしの上唇のあたりを少なくとも六本の指で押し、それから椅子の背にもたれかかった。深く息を吸い、肌と同じ微妙な色あいの目でわたしを見つめている。

　そして、三分ほどの間をおいてから話しはじめた。

「そう。わたしはラモントを愛してるの。あのひとはわたしをひとりの人間として扱ってくれた。一度だってその立場を利用しようとはしなかった。普通なら、誰だってそうするでしょ。わたしたちはもてあそばれてるってことに気づきもしない。そう。わたしはラモントを愛している。そして、マニーには言葉にできないくらい感謝している。ある日、三十九丁目にあるマッサージ・パーラーの奥の部屋で、わたしは白人の男に変態行為を迫られていたの。お尻の穴に拳を突っこまれて。肘まで入っているんじゃないかと思うくらい深く。そのときよ、マニーが拳銃を持って入ってきたのは。どう、すごいでしょ。白人の男はあわてふためいて、犬みたいに逃げだしたわ。あの日以来、わたしがイエスと言わないことは誰も何もしなくなった。マニーはいま死刑囚監房に収容されている。助けたくても、わたしには何もできない。面会に行っても、マニーは会ってもくれない。わたしが面倒なことに巻きこまれるといけないと言って……これがすべてよ。あのころのことは、話をするだけで、いまでもぞっとするわ」

　携帯電話が鳴ったので、見ると、メルからのメールだった。ふたりの男の名前とひとつの住所が記されている。

「まさかきみに口ひげを直してもらえるとは思っていなかったよ。ありがとう。お代は？」

「気にしないで。わたしが勝手にやったんだから」

　わたしは立ちあがった。「いろいろありがとう、ミス・ゴヤ。つらいことを思いださせてしまって悪かったね」

「お役に立てたかしら」

「ああ。おれがいまここできみから聞いた話のなかには、きみ以外には誰も知らないこともいくつか含まれている。調べを進めていく過程で、連中にきみとのつながりを知られる可能性は否定できない。でも、そのようなことには絶対にならないようにするつもりだ。マンに会ったことはない。でも、彼を助けるために、きみを危険にさらすようなことになれば、きっと黙っちゃいないだろうからね」

そのとき何かを思いだしたらしく、ミランダは急に目を大きく見開いた。

「バーンズ」

「えっ？」

「マニーがやってきたとき、わたしといっしょにいたのよ。やはりわたしといっしょに助けだされた」

「バーンズ？」

「そう呼ばれてたけれど、本名はセオドアっていうの」

「その呼び名に何か意味があるのかい」

「身体をもてあそばれたあと、毎回火傷《バーン》を負わされていたからよ。その客は週に一度ずつやってきていた。バーンズは顔も腕も火傷のあとだらけだった」

ここがターニング・ポイントになったのは間違いない。それはミランダがマッサージ・パーラーで経験したことでもあるのだ。ミランダの話を聞いていなかったら、もしかしたらセオドアの話は頭を素通りしていたかもしれない。それはどうかわからない。いずれにせよ、この瞬間から、それは依頼された仕事を片づけるというだけの問題ではなく、鎖をはずせと叫ぶ奴隷の声のような切実なものとなったのだ。

「セオドアのことをもう少し聞かせてくれないか」

「マニーに助けだされるまえは、ヴァレンスとプラットの下働きをしていた。客をとらされるだけじゃなく、何かとこき使われていたのよ」

「ほかにわかってることは？ ラストネームとか」

「さあ。いつもバーンズとしか呼ばれていなかったから」

「ほかには何か？」

「ヘロインをやってた」美しい顔が醜く歪む。「どうしてもやめられなかったのよ。ヤクでぶっ飛んでなきゃ、とても生きてられないと言ってた」

「きみはそれを黙って見ていたのかい」わたしは訊いたが、なぜそのようなことを訊いたのかはわからない。

「ええ」ミランダは抑揚のない低い声で言った。

「なぜ？」

「だって、バーンズの言うとおりだもの」それはマッサージ・パーラーにいたときのような口調だった。

「しらふじゃ、とても生きてられなかったはずよ」

27

俳優組合の寮舎を出たとき、頭はヘリウム気球のように軽く、足は鉛のように重かった。世界には悪の膿《のう》瘍《よう》があり、それは自分のせいではないが、その責任は自分にあるという思いは強い。A・フリー・マンはいま死刑囚監房にいる。警察も判事も一般市民も、手をあげて〝異議あり〟と叫びはしない。

　その日、午後になるまえに、わたしは何度も考えた。男も女もどうして人を裏切るのか。ある日、目を覚まして、どうしてこんなふうに言えるのだろう。〝わたしが信じていたことはすべて間違いだった。悪いのはあいつらだ〟

　わたしは自分の依頼人さえ信用しない男だ。あちこちでいやになるくらい裏切られつづけてきた男だ。けれども、ミランダ・ゴヤが嘘をついているとは一瞬たりとも思わなかった。

　ポート・オーソリティのほうへ向かって歩いている途中、八番街四十二丁目の角でふと足をとめ、モンタギュー通りのことを懐かしく頭に思い浮かべた。そこには、ビッグ・ビジネスをやんわりと否定し、人間性を優先させる気風がいまもある。わたしのいちばんの悩みの種が、娘の服装の趣味や、未成年者をたぶらかそうとしていると白人のトラウマ男に見咎められることであるとすれば、どれだけ気が楽になるか。

「だいじょうぶですか」誰かに声をかけられた。言葉は柔らかいが、口調は鋭い。

　巨大なバス・ターミナル周辺をパトロールしている巡査だ。白人で、背はわたしより低い。声をかけられるまで気がつかなかった。それにしても、このあたりに大勢いる麻薬常習者やスリや娼婦や逃亡犯のなかから、どうしてわたしが選ばれなければならなかったのか。

「ああ、だいじょうぶだよ。ちょっと立ちどまって考えごとをしていただけだ」

「歩けますか」

　わたしは笑顔でうなずき、人間を先史時代の絶滅寸前の蟻の群れと思わせる大伽藍《だいがらん》の前から離れた。

　地下鉄に乗ることも考えたが、結局八番街七十三丁目まで歩いた。七十三丁目の通りを半ブロックほど行ったところに、古びた褐色砂岩の七階建ての住居ビルがあった。

　玄関前の階段をあがり、ドアをあける。居住者リストから、サーマン・ホッジという名前を探しだし、二七号室のボタンを押して、待つ。

「どちらさん」雑音の入るインターホンごしに、しわがれた声が聞こえた。

「スミス」

　サーマンとスミスという名前とここの住所は、メルがメールで知らせてきたものだ。そこに行くということは、これまで住みなれた世界を捨て、おそらくは敵にまわすことになるということでもある。

「すぐにおりていく」

　エントランスは黴の臭いがした。この臭いを嫌がる者は多いだろう。だが、わたしにとっては、父が有罪判決を受けたあと、後年わたしがそこから出ていくまでのあいだ、母と弟と妹の三人で暮らしていた共同住宅を思いださせる懐かしい臭いだ。

「何か用かい？」窓がついたドアの向こうから男が訊いた。

　身長は靴をはいて五フィート八インチ。真ん中から両側に梳かしつけた胡麻塩の髪。元々は白かったが、いまはペンキの染みだらけのスモック。昔の新聞の連載コミック《ディック・トレーシー》に出てくる悪党フラットトップ、あるいは、その仏頂面からすればグルーサム然としている。

「地下室を借りたいんだ」と、わたしは言った。

　ホッジはビーズ玉のような目を細め、それからドアをあけた。

「ついてきな」

　細い廊下を進み、三段の階段をおり、そこのドアを抜けると、ネコの額ほどの狭い中庭に出た。その先にまた別のドアがあった。

　ホッジは大きなキー・チェーンをあさりながら言った。「この部屋を貸すのはこれが最後だとモーランに言っておいてくれ。この建物にはIT企業が入ることになったんだ。どうしようもない」

　モーランが誰なのかはわからなかったが、そんなことをわざわざ訊く必要はない。

　鍵を見つけると、ホッジは苔むした白いエナメル塗装のドアをあけた。

それから、なかに入るよう身振りで示し、明かりをつけた。そこには下り階段があり、わたしは一瞬ためらった。昨日、同じような階段で男の頭に銃弾を撃ちこんだことを思いだしたからだ。

十五段おりたところに、地下室があった。そこは逃亡者の隠れ家にふさわしいワンルームのアパートメントになっていた。このときはメルが使っているスタテン島の地下鉄道の駅舎を思いだし、いまの自分がかつて忠誠を誓っていた法の対岸で戦っていることを改めて思い知らされることになった。

「テレビもラジオも、電波が来ていないので使えない」ホッジは言った。「電気コンロはあるが、換気がよくないので、匂いがこもるような料理はしないでくれ。ヒーターは使える。これが部屋と玄関の鍵だ。管理人を呼びだすベルは使うな。用があるなら、おれに言ってくれ」

わたしはうなずき、百ドル札をさしだした。それはアントロバスのスミレ色のスーツを着た部下から受けとった金の一部だ。ホッジは驚きの表情でチップを受けとった。

「何か必要なものがあれば、電話してくれ」

ホッジが出ていくまえに、わたしは訊いた。「携帯電話は使えるだろうか」

「神さまにもらった携帯電話じゃなきゃ無理だね」

二ブロック先に、ミートローフとサワーマッシュを出す店があった。ミランダが出してくれた酒の味を思いだし、また飲みたくなったのだ。

「もしもし」アンドレ・トゥルノーは言った。

「やあ、ブラザー」

「ジョー。元気かい」

「地べたで眠って、棺桶のなかで目覚めたような気分だ」

「ポルトープランスに帰ったときには、おれもいつもそんな気分になるよ。何か用かい？」

「アンリに電話して、公衆電話からこの番号に電話をかけるよう言ってほしいんだ」

「息子を厄介ごとに巻きこんだりしないだろうな、ジョー」

「あんたが拳銃を買った理由を忘れちゃいないよ、アンドレ。心配はいらない」

サワーマッシュをちびちびやりながらだと、ミートローフはより味が引きたつ。ほろ酔いになりかけたころ、携帯電話が鳴った。

「もしもし」

「ジョー」アンリ・トゥルノーからだった。「まだ隠れているのかい」

「ナチェズと話をしたよ」

「それで？」

わたしは必要なことを話し、それから付け加えた。

「きみがかかわっていることを知られたくない。きみの友人のなかに、ある呼び名を持つ男のことを調べられる者はいないだろうか。いたら教えてもらいたいんだ」

「お安いご用だよ」

家族のような優しさが胸にしみた。酒のせいだけではない。自分自身の警察からの追放と、マンの有罪判決について調べているうちに、だんだんわかってきた。わたしの山あり谷ありの人生もまんざら捨てたものではない。

一時間後、メールが来た。バーンズと呼ばれているヘロイン中毒者は、イースト・ヴィレッジのCアベニューにあるブレッド&ビーズ・ホームレス・シェルターに入りびたっているらしい。

そのメッセージを受けとったとき、わたしはウェスト・ヴィレッジの七番街からクリストファー通りに入ったところにある怪しげな占いの店の前にいた。

正面のガラスごしに、赤で統一された狭い部屋が見える。さまざまな大きさの水晶玉、フラシ天張りの椅子が二脚、三毛猫、髪の生え際が後退しつつある大きな鼻の男の額入り写真。

なかに入ると、なんとはなしに覚えのある甘い香りに包まれた。客が来たことを知らせる電子音が鳴る。ヒバリが古い友人か新しい恋人を呼んでいるような音だ。

赤いカーテンのあいだから、ぽっちゃりとした白い肌の女が現われた。グリーンのラップアラウンド・ドレスに、小さな丸いミラーを連ねたベルトという装い。

「いらっしゃいませ」

「ラッキに用があってね」

女の顔から愛想のよさが消えるまでに、いくらの時間もかからなかった。

「サウスサイドのシェーマスだと伝えてくれ」

女は唇を歪めたが、黙ってカーテンの奥に引っこんだ。

待っているあいだにふと思ったのは、この仕事が終わったとき、わたしにはどんな刑罰が待っているのだろうということだった。

しばらくして、さっきの女がカーテンをあけ、カウンセリング・ルームには入らずに言った。「こちらへどうぞ」

暗く短い廊下を抜け、明るいキッチンに出た。ふたりの女性と三人の子供がいて、料理をつくったり食べたりしている。薄汚い顔をした小さな女の子がダイニング・テーブルから顔をあげ、にっと笑い、鼻の穴に指を突っこむ。

女は眉をひそめて、別のドアをあけ、居間と言えば言えなくもない部屋へわたしを通した。

そこには、布張りの椅子が二脚あった。ひとつはダークブルーの水玉模様が入った黄色い椅子。普通サイズで、すわり心地は悪くなさそうだ。もうひとつの椅子はその倍の大きさがあるが、全体の形や色はわからない。とんでもなく太った男がそこにすわっていて、視界を遮っているからだ。

キーリン・クラスキー。優に四百ポンドはあるにちがいない。その顔は、死んだらそれをバスケットボールがわりにしてくれと遺言に書いてもおかしくないほど大きくて、丸い。むくんだ手やハムのような太腿と同じく、肉のかたまりとしか言いようがない。

白人で、青いスーツに赤いネクタイ。ソファーサイズの椅子の横のテーブルには、黒いステットソン帽が置かれている。その帽子をかぶって、立ちあがったことがあるかどうかはわからない。

「ジョー」

「キーリン」

「警察を馘になったらしいな」

「もう十一年もまえのことだ」

「おれはまだここにいる。どうかしたのかい」

警察から追いだされるまえ、わたしはキーリンが長期刑を免れるように手をまわしてやったことがある。キーリンはブルックリンの埠頭で暗躍するヘロインの密売組織に関する耳寄りな情報を持っていて、わたしは彼の逮捕歴を揉み消すことができる記録課の友人を持っていた。

「すわってもいいかな」

「もちろん」キーリンは身振りをまじえながら言った。「マリア！」

若い娘がおぼつかない足取りで部屋に入ってきた。一世紀前の東欧の田舎でよく見られた民族衣装を身につけている。派手な色に染められた数種類の布きれを縫いあわせたものだ。

その顔は美しいが、どこか虚ろに見える。

「なあに、パパ」

「お客さんにグラッパを持ってきてくれないか」

「はーい、パパ」娘は言って、またおぼつかない足取りで出ていった。

「美人なんだが、いつも心ここにあらずでね」

「でも、ここにいれば何も心配することはない」

「それで、用件は、ジョー？」

「バーンズというジャンキーを知ってるかい」

マリアが一一〇プルーフの酒を薄いグラスに四分の三ほど入れて戻ってきた。そして、わたしが一口飲み、むせなかったのを見届けてから、にこっと笑って出ていった。

「それはファーストネームかい。それともラストネームかい」キーリンは訊いた。

「ニックネームだ。みんなにそう呼ばれている。顔も腕も火傷の痕だらけらしい」

「なるほど。あいつのことだな。ああ、知ってるよ。厄介な野郎だ。そいつを見つけたいのかい」

「いや、それは自分でやる。何か知っていることがあれば、教えてもらいたいんだ」

「金さえあれば買いにきてたよ。でも、ここ数カ月は見ていない。新しい売人を見つけたんだろう。死んだのかもしれん」

「買い方は？」

「一度に二包みずつ。いっときは一日に三回やっていたこともある」

「一度に二包み？」

キーリンはうなずいた。

「じゃ、その二包みを売ってもらおう」


ブレッド＆ビー・ホームレス・シェルターという名前は、アーノルド・フレイが、ビルの建物の屋上で飼育しているミツバチ《ビー》にちなんでつけたものだ。蜂蜜を売って、ホームレスやアル中や麻薬常習者などを支援するための費用にあてている。

「蜂蜜は神の食べ物だ」と、よく言っていた。

アーノルドが亡くなったあとは、娘のヘスターがあとを継いだ。ヘスターは父親同様に大柄で、父親同様に頑固だった。いまも頑固にミツバチを飼育し、パンを焼いている。

　わたしはシェルターの受付の前に歩いていった。

「やあ。わたしの名前はジョー・オリヴァー」

「警官の？」ヘスターは言って、ウォルナットの事務椅子から立ちあがった。

「このまえ会ったとき、きみはまだ十六歳にもなっていなかった。あのときと比べると、わたしの顔かたちはずいぶん様変わりしていると思う」

「記憶はいいほうよ。ここへ来たってことは、わたしの記憶が必要だってことなんでしょ」

　ヘスターは黒いロングドレス姿で、その体型をうかがい知ることはできない。

「ほかにわたしのどんなことを覚えてる？」

「わたしが知ってなきゃいけないことは、あなたが警官だってことだけよ」

「いまは警官じゃない。十年以上前にお払い箱になったんだ」

　口もとにつくりものではない笑みが浮かぶ。

「今日ここに来たのは、バーンズと呼ばれている男に会うためだ」

「わたしに協力しろっていうの？」

　ヘスターの目はグレーで、わたしの目はブラウンだ。われわれは見つめあい、おたがいを信頼できる理由を探した。が、見つからなかった。

「迷惑をかけるようなことはしないと約束する。この施設に千ドル寄付する用意もある。バーンズに会うときは、きみに立ちあってもらってもいい」

28

寄付金を受けとると、ヘスターは死霊のように痩せた黒人の若者を呼んで、わたしを屋上に並べられたハチの巣箱のそばの小屋へ案内させた。

小屋のドアには南京錠がかかっていた。若者がその錠をはずすと、わたしは訊いた。「きみの名前は？」

「マイキー」

「その錠をくれ、マイキー」

マイキーが南京錠をさしだすと、わたしはそれを掛け金の輪っかにとめた。こうしておけば、ドアに錠をかけることはできない。

「鍵もくれ」

マイキーは一瞬ためらったが、すぐに言われたとおりにした。

それから、なかに入って、チェーンを引っぱると、ひとつの電球から少なくとも四百ワットはありそうな黄色い光が部屋に降りそそいだ。

「ここでちょっと待っていてくれ」マイキーはわたしと目をあわせずに言った。

この若者は人種という点からすれば黒人ということになるが、肌の色はけっこう白い。目の色はヘスターと同じグレーで、白人と変わらない。

振り向き、肩を前に突きだして歩き去ると、わたしは寒々とした部屋にひとり取り残された。わたしのコートのポケットには、『荒野のおおかみ』が入っている。それを取りだすまえに、散らかった作業台の上にラテン語の初歩の教科書があることに気づいた。あずき色の表紙の古いハードカバーで、蜂蜜をとるための各種の道具のなかに置かれている。

刊行されたのは一九三二年で、タイトルは『ラテン語研究の概説』。編者の説明によると、文化と歴史を通じて古語を学ぶという新しい視点から書きおろされたものらしい。

　著者の前書きにざっと目を通したあと、ウェルギリウスがみずからの氏族を〝ジェンズ・トガータ〟、すなわちトーガを着た者たちと称したという記述を読んだとき、小屋のドアが開いて、ヘスターが入ってきた。その後ろに、やはり痩せた黒人の若い男がいた。黄色とグリーンのスポーツ・ジャケット、ごわごわとしたジーンズ。シャツは着ていない。

「セオドア」ヘスターは言った。「こちらはミスター・ジョー・キング・オリヴァーよ」

　わたしのミドル・ネームを知っていたのは驚きだった。

「やあ」これからもつねにバーンズ《やけど》という名前でしか考えられないであろう男が言った。

　わたしは本を閉じて立ちあがり、さしだされた手を握った。濃い褐色の肌。左の頬にはいくつものクレーター状の火傷のあとがある。左手も醜くただれ、皮膚はうろこ状になっている。

　その傷あとを見ているあいだ、バーンズもわたしを見つめていた。わたしの頬の傷は見えないはずだが、なぜかそれに気づいているように思えてならない。

「あなたにいくつか訊きたいことがあるそうよ」

「とにかく腰をおろそう」わたしはふたりに言った。

　無塗装のパイン材の壁際に作業台が置かれていて、その手前に背もたれのない椅子が五脚並んでいる。われわれはそこに腰かけた。

　ヘスターはわたしから目をそらさない。何かおかしなことがあれば、すぐに話を打ち切るつもりでいる。

　バーンズは典型的なジャンキーだ。わたしを警戒しつつも、これが得になる話かどうかと考えている。頭のなかには次の注射のことしかないにちがいない。もしかしたら、キーリンから買ったヘロインの臭いを嗅ぎつけているのかもしれない。

「会えてよかったよ、セオドア」

バーンズはうなずいた。「ああ」

「ミランダがよろしくと言っていた」

「ミランダを知ってるのか」

「コニーアイランドにいるラモントから聞いたんだよ。ミランダと話をしているうちに、ぜひきみと会ったほうがいいということになってね」

「ミランダはおれがここにいることを知らないはずだ」その声には不信の念が滲《にじ》んでいる。

ヘスターが判定を下すように肩をまわす。

「ミランダはきみの過去のことを話してくれた。それで、そのときのニックネームとセオドアという名前を警察にいる友人に調べてもらったら、ここに出入りしていることがわかったんだよ」

「出入りしているわけじゃない」ヘスターが言った。「ずっとここにいるのよ。リハビリのために」

「なんであんたはラモントやミランダのところに行って、ここに来たんだ」バーンズは訊いた。

「わたしはA・フリー・マンがニューヨーク市警のヴァレンスとプラットという刑事に付け狙われ、罠にはめられたことを証明するために雇われている」

セオドアとヘスターの額には、同じように皺が寄っている。

「マニー?」と、セオドアが訊いた。

わたしはうなずいた。

「それがセオドアとなんの関係があるの」とヘスター。

「わからない。ミランダという娘に言われて来ただけだ」

「気をつけたほうがいいわ」ヘスターはバーンズに言った。

だが、バーンズは聞いていない。

「あんたはマニーを助けようとしているのか」と、わたしに言った。まるでその試みがキリストの復活やモーゼの奇跡のように奇特で、永遠に語り継がれるものであるかのように。

「そのために雇われているんだ」

「誰に?」ヘスターが訊いた。

バーンズの目にも同じ質問があった。

「個人だ。警察や国じゃない。わたしを雇った者は、マニーを救いたいと思っている。でも、名前は言えない。守秘義務に反することになる」

「あなたが嘘をついていないってことを証明できる?」

「できない。でも、これで終わりだとは残念だよ。話を聞くために、せっかく金を払ったのに」

最後の一言は餌だった。情報のために金を払う用意があるとわかれば、バーンズは間違いなく乗ってくる。

「じゃ、これで話は打ち切りね」ヘスターは言った。

だが、もう遅すぎた。

「いや」バーンズは遮った。「いや……おれは信じるよ。どうしてミランダがおれの名前を出したかもわかってる」

ヘスターは肩を落とした。わたしはバーンズが必要とするものを持っている。そのことはバーンズにもわかっているし、ヘスターにもわかっている。

祖母がよく言っていたことをふと思いだした。

〝狼が狼になることをとめることはできない。それって、真っ昼間なのに真夜中と言い張るようなものよ〟

「じゃ、ふたりで話そう」わたしはバーンズに言った。

「駄目よ」ヘスターは抗議した。

「だいじょうぶだよ、ミス・フレイ」バーンズは言った。その口調には有無を言わせないものがあった。「あんたは何も知らないほうがいい。マニーのことも、おまわりたちのことも」

「お願いだからやめてちょうだい」ヘスターはわたしに言った。

わたしは立ちあがった。バーンズもそれに続いた。

「お金はかえすわ」ヘスターはすがったが、すでに手遅れであることは自分でもわかっているはずだった。たとえシェルターへの寄付金であっても、結果的には金を受けとったことが仇となってしまったのだ。

「今夜中にはここに帰ってこさせる」

「セオドアは命を狙われるかもしれないわ」

「心配ない、ミス・フレイ。彼は誰の証人にもなれない。それに、ここでのことは誰にも口外しない」

「セオドアは弱い子なのよ」ヘスターの声は小さく震えていた。

弱い子。その一言で、売春を強いられ、自分を破滅させたいと思うようになった者の苦しみの説明がされていた。麻薬に溺れたのは、どこからともなく自分に降りかかってきた災厄から逃れることができなかったからなのだ。

都市にも郊外にも地方にも、同じようにもがき苦しんでいる若者は何十万、いや何百万といる。そのすべてが同じ苦悩をかかえている。だが、救いだすことができる者は一度にひとりだけだ。

「いいや、ちがう、ミス・フレイ」バーンズは言った。「グリーンベレーの隊長だっておれの人生の一日でも耐えられないはずだ。おれは弱くない。だからいままで生きぬいてこられたんだ」

ヘスターの負けだった。だが、彼女が自分の仕事と苦悩する若者たちを愛していることは目を見ればわかる。その情熱ゆえに、彼女のことをもう少し知りたくなったが、あいにくそのような寄り道をしている時間はなかった。

通りを歩きながら、バーンズは言った。「何かをするまえに、一発キメたいんだけど」

「きみのやり方は聞いている」

「ていうと？」

「おれはキーリンから二包み買った。きみがいつもそんな買い方をしていたと言っていたからね。きみにはまず一包みやる。それで禁断症状はおさまり、落ち着いて話ができるようになる。話が終わったら、残りの一包みと二百ドルの現金をやる」

「キーリンってハーレムに住んでるやつのことか」

　知っているのにすっとぼけて、そんな質問をするとは、案外食えない男のようだ。気をつけたほうがいい。

「知っているはずだ。キーリンはウェスト・ヴィレッジのジプシーの店にいる」

「買ったものを見せてもらいたいんだが」

「どこか適当な場所を知ってるか」

　バーンズはにやりと笑った。歯は黄ばみ、二、三本欠けている。だが、心底嬉しく満足げな笑顔だ。

　われわれは東へ数ブロック歩き、コンクリートの公園を横切って、わたしの知らない通りに入った。が、それは通りというより、むしろ路地に近い。

　そこを半ブロック行くと、なんの変哲もないふたつの建物のあいだに、三・五フィートほどの隙間があいているところがあった。その前に南京錠のかかった大きなゴミ箱が置かれている。そのゴミ箱をどかして、その隙間を十五フィートほど奥に入ったところに、錠がかかっていそうに見えるが実際はかかっていないドアがあった。

　その向こうに、六フィート四方の空間があった。頭上からソケット式の電球が垂れさがっている。バーンズはスイッチをひねって明かりをつけた。そこは建物の内側ではないが、壁に囲まれていて、屋根もついている。床はアスファルトで、家具は三脚の木の椅子がひとつあるだけだ。

　地面にはゴミもガラクタも落ちていない。隅には、古いがまだ充分使える箒《ほうき》が立てかけられている。

　わたしは財布からヘロインの包みを取りだしながら訊いた。「ここはどういうところなんだ」

　バーンズはセロファンの包みを受けとると、それをじっと見つめた。「たしかにキーリンのものだ。やつは自分で調合しているんだ」

「ここはどういうところなんだ」

「ホアキン・デ・パルマを知ってるかい」

「ああ」デ・パルマというのは社交好きのヤク中として知られた男だ。各界の同好の士を集めてどんちゃん騒ぎの派手なパーティーをしばしば開いていた。その得体の知れなさと、危なっかしさに惹かれて、まわりには画家やミュージシャンや俳優の卵たちが大勢集まっていたという。だが、いまはもういない。そういったパーティーのひとつで、ひとりの若い娘が薬物の過剰摂取のために死亡し、それでその父親のティボーという男に殺されたのだ。

「そいつとちょっとした付きあいがあったんだ。ひとりでハイになりたいとき、やつはよくここに来ていた。でも、もう使う者はいない。それで、おれが譲りうけたってわけさ」

話しながら、バーンズは注射の準備をはじめていた。スツールに腰かけて、ヘロインの粉末をスプーンに移す。ポケットから小さなボトルを取りだして水を垂らす。それから、赤いゴムのキャップがついた注射器を手に取る。

壁と薄暗さと修道院の一室のような雰囲気が相まって、その行為は神聖な儀式のように見える。

死ななければいいのだが、とわたしは思った。

注射を打ったあと、しばらくのあいだ、バーンズは地面をじっと見つめていた。それから顔をあげて、わたしを見た。

「次の分をくれ」

「あとでやる。話が先だ」

「だったら、コーヒーを。一発キメたら、いつも飲みたくなるんだ」バーンズは実際よりもずっと老けた者の口調で言った。

29

一風変わったヘロイン常習者の聖地から八ブロックほど離れたラファイエット通りに、カフェ・チーノ・カプリースというコーヒー・ショップがあった。看板によると、毎日、最低二十三時間は営業しているらしい。そのときは、時間が遅かったので、そんなに混んでいなかった。紙コップ入りのブラックコーヒーの値段は一杯二ドル九十五セント＋税。われわれはそれを持って、店の隅の丸テーブルに着いた。

　バーンズは息を整え、少しずつコーヒーを飲んだ。

「キーリンのヤクは強力で、長持ちする。二包みあれば、次の日の昼までぶっ飛んでいられる」

「ミランダの話だと、きみに聞けば、マンを救出する手立てが見つかるかもしれないとのことだった」

「チュウシッ？」

「チュウシッじゃない。救出だ。マンを救いださなきゃならない」

「まいったな」セオドアは苦笑いした。「たまにだけど、わからない言葉があるんだ。学校はさぼってばかりだったから。小学校には八年かよったけど、十四歳になっても卒業できず、結局おっぽりだされちまった。そのときにはお袋はあの世へ行っていた。だから、なんの問題もなかった。それまで学校に行ってたのは、お袋にそう言われてたから。でも、死んじまった。それで、おれは学校を追いだされた。お袋は看護師で、バラの花が好きで……」

　この男はひとをもてあそんでいるのか。

「マンの身に起きたことに話を限定しよう」

「ああ。キョウシッだね。おれは何があったのかも知ってるし、あいつらが何をたくらんでいたのかも知ってる」

「あいつらというと？」

「ヴァレンスとプラットだ」

「あのふたりをよく知ってるのか」

「よく知ってる？　おれはプラットのお粗末なイチモツを少なくとも週に一回はしゃぶらされていたんだ。ヴァレンスに言ったら殺すと脅されながら。やってるあいだ、ずっと頭にハジキを突きつけられていた。イッたと同時に引き金をひくんじゃないかと思って、いつもひやひやしていたよ」

「マニーに助けだしてもらったとミランダは言っていたが」

「ああ、助けだしてもらったよ。三回も。でも、わかるだろ。おれの血管にはヤクが染みこんでるんだ。ブラッド・ブラザーズはおれにきれいな身体になることを求めた。もちろん努力はした。嘘じゃない。でも、ヤクをやらなきゃ、まともに考えることもできないんだ。ヴァレンスとプラットはそこらへんのことをよく知っていた。手綱さばきを心得てたってことだ」

「法廷でそんな話をしても受けいれてはもらえないだろう」

「ああ。わかってるよ。ジャンキーの言うことなんか誰もまともに聞いちゃくれない。マニーを殺すために罠を仕掛けたのはおれだと言っても、誰も信じないだろうな」

「ヴァレンスとプラットに言われて、マンを罠にかけたということだな」

バーンズが顔をあげたとき、口もとには笑みがあったが、目には涙があふれていた。

「あいつらはおれんところへ来て、マニーはビジネスの邪魔をしているので掛けあう必要があると言ったんだ。でも、それは口先だけだった。あいつらはおれが手荒な真似を好まないってことを知っていた。だから、殺すとは言わずに、掛けあうと言ったんだ」

われわれは向かいあってすわっていたが、バーンズは右側の白い壁をじっと見つめていた。

「やつらのためにそういうことをしたのは一度だけじゃないんだな」

バーンズは質問を無視して続けた。「あいつらはこう言った。マニーと話がしたい。報酬は百ドルで、終わったら自由にしてやる。そして、おれにこう言えと言った。やつらの悪事をあばく情報を握っているので、ウェスト・ヴィレッジ側のシーゲイト・ピアに来てくれ……それで、おれはその場で百ドル札をもらって、マニーに電話をかけ、言われたことを伝えた」

「きみもそこへ行ったのか」

「いいや。シェルターのさっきの部屋で寝てた」

「じゃ、マンがウェスト・ヴィレッジで襲われたのは、きみのせいだったんだな」

「そうだ。墓地の近くだ」

「あのあたりに墓地なんてないはずだが」

「観光客を呼び寄せるために、ジョージ・ワシントンが埋葬されているとかなんとかいう嘘っぱちの看板を掲げているようなところじゃない。でも、間違いなく墓地だ。ヴァレンスとプラットが待ち伏せしていた場所から二ブロックのところにある」

「きみは連中がマンを殺すつもりだとわかっていて呼びだしたのか」

バーンズは首をまわして、わたしのほうを向いた。笑みは歪み、小さくなり、目にはやはり涙があふれていた。

「ああ」

「それと同じようなことをよくやってたのか」

「連れだしたことは何回かある。モーリス・チャップマンのときは死体を運ぶのを手伝った」

「そこへ案内してくれ」

ジャンキーにとっては長い道のりにちがいない。それでも、バーンズは自分流になんとか歩きつづけた。しばしばよろめき、ときには立ちどまったりすることもあった。ほとんど一言もしゃべらなかった。ヘロイン一包みだけでは足りないのかもしれない。

　クリストファー通りをウェストサイド・ハイウェイぞいに北へ一ブロック行ったところに、打ち捨てられた教会があった。そのとき、わたしはふとメルのことを思いだした。善しか存在しない場所にいる悪党のメル。

　建物の北側のヒイラギの茂みの向こうに、金属のドアがあった。

「ドアの上に、黒い印がついた煉瓦があるだろ」バーンズが言った。

「ああ」

「手をのばして、それを引き抜いてくれ」

　ドアは鉄製で、高さもあるし、幅も広い。手をいっぱいにのばして、ようやく届いた。煉瓦は壁に固定されておらず、簡単に引き抜くことができた。裏に細長い鍵がテープでとめてあった。錆びてはいるが頑丈そうなドアの鍵穴に、その鍵はぴたりとはまった。

　ドアをあけて、なかに入ろうとしたとき、バーンズが言った。「ちょっと待った、刑事あがりの旦那」

　そして、ドアの内側に手をのばし、スイッチを入れた。スポットライトが煉瓦壁に囲まれた前庭を照らしだす。その四角い地面を、あらゆる色と大きさのネズミがぎっしり埋めつくしている。何百匹という数で、とつぜんのまぶしい光に右往左往している。

　バーンズはピンポン玉サイズの石を拾い、毛皮のカーペットの真ん中に投げつけた。

　それで大騒ぎになった。ネズミたちは戸口に殺到し、われわれの足の上や足首のあいだを擦り抜けていった。自分たちの住まいに無断侵入されたことに抗議するような甲高い声を口々にあげている。

「早くなかに！」バーンズは急かした。「ドアを閉めないと、臭いが漏れる。通行人に怪しまれる」

　スポットライトに照らされた前庭に入ると、バーンズはすぐにドアを閉めて、差し錠をかけた。古いドアだが、蝶番《ちょうつがい》には油がたっぷりさされている。

「さっきの鍵を持ってるな」と、バーンズが訊いた。

「ああ」

「この先の緑のドアもそれであく」

　十五フィートほど先に、別の金属のドアがあった。これは銅製で、表面は淀んだ池のような緑色の膜ができている。

「早くあけるんだ」バーンズは言った。「おまわりに明かりを見られるとまずい」

　同じ鍵でドアをあけると、バーンズはすぐにスポットライトを消し、わたしの前に出て、玄関口の明かりをつけた。そして、すばやくドアを閉めた。

　そのときはじめて甘ずっぱい死臭に気がついた。そんなに強くないが、あきらかに人間のものだ。


　長い石の階段をおりていったところに、十数体の死体が積み重ねられた部屋があった。隔離棟の独房のようでもあり、わたしを殺そうとした者に連れていかれたクイーンズの地下室のようでもあり、さらにはメルが用意してくれた隠れ家のようでもある。

　死体のほとんどは古いものだった。肉はネズミに食われたり、干からびたりしている。

　だが、いちばん上の死体は、まだ腐敗が進行中だった。空洞になりかけた胸に二匹のネズミが入りこんで、腐った肉を食いちぎっている。わたしは衝動的に拳銃を抜いて、ネズミを撃った。

　銃声は大きく響いたが、ここは廃墟と化した建物の地下だ。

「気でも狂ったのか」バーンズが意外なほどの大きな声で言った。

　頭蓋骨の一部は剥きだしになっていて、前歯が金色に光っているのが見える。

「ジョアンナ・マッドだ」

「知ってるのか」

「ほかの死体は？」

「面倒を起こした子供たちのものだ。反抗して殺された者もいるし、ヤクのやりすぎで死んだ者もいる。どっちにしても、見つかるとまずいことになる」

「きみが運んだ死体もあるのか」

「あったら、おれを撃ち殺すのか。さっきのネズミみたいに」

　その声に恐怖はなかった。いつ後頭部を撃ち抜かれてもいいと覚悟を決めている死刑囚のように落ち着きはらっている。

「出よう」わたしは言った。

　われわれは石の階段をあがり、前庭を通って、鉄のドアの外に出た。ドアの錠をおろすと、わたしはその鍵をポケットにしまった。

　それからしばらくのあいだ、ドアの前に立っていた。無意識のうちに死者に黙禱《もくとう》を捧げていたのかもしれない。ヒイラギの茂みの陰で、何十匹ものネズミが赤い目でわれわれを見つめている。早く帰れと言いたげに。

「鍵をどうするつもりなんだい」バーンズが訊いた。

「捨てる。なかに入れなくなったら、死体をこっそりほかの場所に移すこともできなくなる」

　クリストファー通りとハドソン通りの交差点で、わたしは残りのヘロイン一包みと百ドル札二枚をバーンズに渡した。

「ありがとう」バーンズは子供のように嬉しそうに言った。「もう一包み持ってるってのは嘘だと思ってたよ」

「協力してくれる者に嘘はつかないさ」

　バーンズはうなずき、包みをしまったポケットを軽く叩いた。

「ヴァレンスとプラットに仲間はいなかったんだろう

か」わたしは訊いた。

「いなかったと思うよ。雑用をさせてた子供たちや客引きはいた。でも、仕切ってたのはあのふたりだ」

「警官のなかには？」

「いいや、いなかった」

「ひとりも？」

　バーンズにしてみれば、いますぐどこかへ行って、注射を打ちたいにちがいない。それでも、懸命に何かを思いだそうとしているのは、恩を受けた者に礼を欠くわけにはいかないという思いが多少はあるからだろう。

「そういえば、プラットに封筒を渡されて、国連ビルの横で待っている男に届けろと言われたことがあった」

「それはどんな男だった」

「背の低い、オカマっぽい気どった野郎だ」

「白人？　それとも黒人？」

「白人だ。ピンクのスーツ姿で、バラの匂いがした。香水の名前はわからないけど、あれは間違いなくバラの匂いだった」

「封筒の中身はなんだったんだ」

「あけなかったよ。おれはそれを渡し、戻って、金を受けとっただけだ」

「ほかには何かないか」

「そんなことを訊いてなんになるんだ。ヴァレンスもプラットも死んだっていうのに。あいつらがやっていたビジネスももう終わってるんだ」

「あそこに新しい女の死体があっただろ。まだ何日もたっていない。あそこが死体置き場になっていることを知ってる者がやったんだ」

「もしかしたらあとで何か思いだすかもしれない。わかるだろ。一発キメて、一眠りすれば、夢のなかでそれまでバラバラだったものがくっつくことがよくあるんだ」

「わかった。何か思いだしたら電話をくれ。番号はヘスターが知っている」

「そのときは取引に応じてくれるか」

「たぶん……それが必要な情報なら」

それから少しのあいだ、どちらも何も言わなかった。

沈黙を破ったのはバーンズだった。「あんたは本気でマニーを救いだすつもりでいるのかい」

「ああ。なんらかのかたちで」わたしは答えたが、その言葉の意味はわかっていなかった――そのときには。

それでバーンズは立ち去った。

わたしはしばらくその場に立ちつくしていた。もう午前三時近かった。さっき死体の山を見たショックで、手と胸にはまだ震えが残っていた。

30

眠ったのは間違いない。女房と娘をレイプして殺してやるという、どこの誰とも知れない囚人の声が夜通し聞こえていた。湿っぽい冷気を感じ、脚に毛が生えた虫が肌の上を這いまわっているような気がした。男たちが狂ったように苦痛の叫び声をあげ、二歩半ぶんの幅しかない監房のなかを休みなしに歩きまわっていた。

それらはどれも現実ではなかった。ここが地下室であるのはたしかだが、まわりにうめき声をあげている者はいない。這いまわる虫もいないし、ひとつところを行ったり来たりする足音も聞こえない。

いっそ寝ないで、次の行動の計画を立てていればよかった。

起きたときには疲れきっていた。食欲はなかった。希望もほどんどなかった。だが、次にすべきことはわかっていた。どこに行くかも、どうやってそこへ行くかもわかっていた。

最初の目的地はセントラル・パークの南側にあるレイ・レイ・ワォナメイカー社のバス停だった。バスの発車時間は午前十一時四十五分。

レイ・レイの兄のブリル・ワォナメイカーは、ニューヨークの市営バスの運転手だ。仕事熱心で、市や組合さらには公共交通機関を通勤者目線で評価する民間団体から何度も表彰されている。

ブリルが善の化身だとすれば、弟のレイ・レイは悪の化身で、有罪判決を三回受けている。一回目はドラッグの売買、二回目は殺人未遂。三回目は救急車の窃盗。なぜ救急車を盗んだのかは本人にさえわかっていない。三回目に有罪判決を受けたとき、ブリルは救いの手をさしのべることにした。レイ・レイがアッティカ刑務所で服役しているあいだに、廃車になった五台のバスを買い、手間暇かけて自分でこつこつと整備しはじめたのだ。

そして、出所の日が来ると、ビジネスを丸ごとひとつプレゼントした。受刑者との面会を望む家族や親類や恋人や友人をバスで監獄まで運ぶ仕事だ。

愛は強力なツールだ。レイ・レイは更生した。それは身入りのよさのおかげではない。自分のために何年もかけて堅気の仕事を用意してくれた兄の思いやりのおかげだ。

レイ・レイは運転免許を取得し、主として前科者を従業員に雇った。そして、いまも週に七日、格安の運賃で受刑者の妻や夫、家族や恋人たちを刑務所に運びつづけている。

わたしは付けひげを取り、黄色のパーカーを着て、バス停まで行った。そこは無許可のバス停だが、ニューヨーク市警は見て見ぬふりをしている。受刑者の権利を守れと主張する団体と揉め事を起こしたくないということだろう。

どの刑務所へ行くバスでも、乗客は受刑者の妻子や母親がほとんどで、兄弟や父親はそんなに多くない。だが、この日わたしが乗ろうとしているバスの行き先は、ベッドフォード・ヒルズ監獄というニューヨークで唯一の女子刑務所で、母親や祖母や娘や子供たちにまじって夫や恋人らしき男の姿もけっこう見受けられる。手に十七ドル五十セントを持って旧式のバスに乗りこみ、何食わぬ顔で運賃を払おうとしたとき、運転手に声をかけられた。

「ジョージじゃないか」

「レニー」

「面会かい」

「今回は私用で。ちょっと話したい者がいるんだ」

「運転手がレイ・レイじゃなくてよかったな」レニーは言った。〝見張り屋《ルックアウト》〟の通り名を持つ痩せた白人の男で、汚いブロンドの髪に、色褪せたワニ革のような肌をしている。

「どういうことだい」

「あんたのおかげで、何度も痛い目にあったからだよ。あんただけは許せないと言っていた」

「それで、どうする？」

「黙っとくさ。料金は十七ドル五十セントだ」

「奥さんに会いにいくの？」と、隣の席の黒人の女性が訊いた。ふくよかな身体に、美しい顔立ち。窓側の席にすわっていて、わたしは通路側の席にすわっている。

「友だちの友だちに。本人は訳ありで面会にいけないので、伝言をことづかってきたんだよ」

「夫婦だってことにして個室で会っちゃえば」

「それじゃ、友だちが納得しない」

「黙ってりゃいいじゃない」褐色のアフロディーテは言った。「あなたの友だちが与えてあげられないものを与えてあげるんだから、その友だちもきっと感謝するはずよ」

「そんな寛大な男なら、面会に来られないようなトラブルを起こしたりしなかっただろうね」

「黙ってりゃわからないって」

わたしは手をさしだした。「レナード・ピラー」

「ゼノビア・プライスよ」と、さしだした手を握りながら言った。「わたしは妹の旦那に会うためにシンシン監獄に五回ほど行ったわ。妹も同じ強盗容疑で捕まって服役中なの」

「もしあんたのパートナーが妹さんに面会にいって個室に入ったらどうする?」

ゼノビアは少し考えたあと、にっこり笑った。隙間のある歯には、ミネソタからの手紙を見たときに感じた奇妙な艶《なま》めかしさがあった。

「パートナーのあそこをちょん切り、妹の子供たちを連れてレイク・タホに引っ越すでしょうね。ネヴァダ側のほうよ。そこでカジノのディーラーをして暮らしていく」

バスを降りるまえに、ゼノビアは電話番号を教えてくれた。わたしもたぶん使えるはずの携帯電話の番号を教えた。

ベッドフォード・ヒルズ監獄はいくつもの古い煉瓦造りの建物から成り、フォート・ノックスの金塊保管所でも守れそうな高い金属のフェンスとレザーワイヤーによって外界から遮断されている。

わたしはゼノビアのあとからなかに入った。本名を知られたくなかったからだ。ゼノビアとは少しでも長く話をしていたかったし、その匂いを嗅いでいたかったが、用心するに越したことはない。自分の名前や面会相手のことを正直に話したら、教会の地下室に見知らぬ者たちとともに葬られ、ネズミに食われることにもなりかねない。

「お名前は？」正面ゲートで女性の守衛が訊いた。すわっていても、背が高いことはわかる。肌の色は白いが、古い象牙のようにくすんでいる。刑務所の職員はめったに笑わないが、少なくとも彼女はむっつり顔ではない。

「ジョー・オリヴァー」

「面会相手の名前と番号を教えてください。それから、面会許可番号も」

「ローレン・バックネル」

守衛はそれまでわたしを見ていなかったが、ここではじめて顔をあげた。

「そのような名前の受刑者はいません」

「受刑者じゃない。ここの副所長だ」

「あなたは？」

「さっき言った」

守衛は混乱していた。このような状況の対処法はルールブックに出ていないのだろう。

「ちょっと待ってください」それから、十五フィートほど離れたところにある金属製のデスクに向かって言った。「メアリー！ こちらの方が副所長に会いたいと言ってるんだけど」

メアリーは肩幅が広く、立ちあがると、男と向かいあっているように思えるくらい背が高い。呼びたてられて、むっとした顔をしている。おそらく以前は守衛だったが、いまはもっと上の地位に就いているのだろう。

「なんでしょう」と、メアリーはわたしに訊いた。黒人とはちょっと呼びにくい。肌の色はキャラメル・バタークリームといったところだ。拳をつくったら、その大きさはわたしの頭と同じくらいになるにちがいない。何かあったら、それをわたしの顎に叩きこむ気でいるのはあきらかだ。

「おれの名前はジョー・オリヴァー。ローレン・バックネルに会いたいんだ」

「副所長には秘書もいるし、電話も通じます」

「でも、おれはいまここにいる。ここで、あんたと話している」

「お手伝いできることはありません」

「だったら、近くの公衆電話で、そう言われたとローレンに伝えることにするよ」

メアリーは気分を害している。珍しいことではない。わたしが無理を通せば、彼らは矜持《きょうじ》を損なうようなことをしなければならなくなる。拘置所にいたとき、わたしは看守を怒らせるのを楽しみにしていた。

聖母の名を持つ職員は言った。「お名前をもう一度お願いします」

わたしは告げた。

「あそこでお待ちください」そして、二人がけの古いパイン材のベンチに手をやった。

わたしはそこに腰をおろして、これまでの自分の人生のことを考えはじめた。その長い年月のあいだ、わたしは休みなく歩きつづけてきた。だが、つねに道を間違えていた。一匹狼の刑事としても、恨み骨髄の私立探偵としても、労を惜しみはしなかった。だが、目が見えていなかった。

そのときふと思ったのだが、わたしの人生は自分のすることにはすべて自分で責任を持つという行動原理を軸にしていたのかもしれない。グラッドストーンはそのことを理解していた。だから私立探偵業という職業をすすめたのだ。

だが、ひとは独りでは生きていけない。もちろん、自分の運命を支配することもできない。そういう意味では、ブヨやセコイアの木となんら変わるところはない。

いまわたしは女子刑務所にいて、コントロールできない力に衝《つ》き動かされ、知りたくない答えを探し求めている。ここまで考えて、なぜか口もとが緩んだ。大きな重りが取れたみたいだった。問題はもはや身の破滅を招くかどうかではない。それがいつになるかだ。

「ミスター・オリヴァー」

顔をあげると、メアリーの横にもうひとりの女性がいた。どちらかというと小柄で、赤銅色の肌。メアリーは厳めしい紺色の制服姿だが、こちらは淡褐色のブラウスに黒のスラックスという格好だ。ベルトの片側に警棒と催涙スプレーをつけ、もう一方の側にトランシーバーをつけている。

「なんだい、メアリー」わたしは言った。

メアリーは顔をしかめ、わたしを睨みつけ、それから言った。「副所長がお会いになるそうです。リアッタがご案内します」

リアッタは鉄のゲートの前まで歩いていき、キーパッドに暗証番号を打ちこんでドアをあけた。その向こうには煉瓦造りの長い通路があり、その突きあたりのドアをまた暗証番号を打ちこんであけると、草深い中庭に出た。三人の受刑者がそこで草刈りの仕事をしていた。

いずれも体型を隠すようなだぶだぶのグレーの囚人服を着ている。いずれも興味深げにわたしを見ている。その視線にこめられた意味は、〝こっちへおいでよ〟から〝失せやがれ〟まで。

リアッタはわたしにもほかの者にもいっさい口をきかずに歩きつづけた。その途中十八人の受刑者と三人の女性看守とふたりの男性看守とすれちがい、またもうひとつのドアの前に出た。そこには警備員が立っていて、電子錠がおりていたが、どちらも支障なく通過できた。ドアを抜けると、その先にグレーとグリーンのエレベーターのドアがあった。

その前まで行ったとき、ドアが開いた。なかは三人がようやく乗れるほどの広さしかない。

「どうぞ」それがリアッタのわたしに対する最初にして最後の言葉だった。

ふいに恐怖を感じた。ここはニューヨーク市ではないが、殺人容疑でのわたしの逮捕状は出ているはずで、ここは州刑務所なのだ。

ドアが閉まり、モーター音が低く響く。エレベーターの速度は、動いていないのではないかと思うくらい遅い。二分後、ドアが開くと、目の前になつかしい顔があった。

「お久しぶり、閣下」

わたしが警察官として順調にキャリアを積んでいたころ、ローレン・バックネルはまったくの新米警官だった。髪の色は赤にもブロンドにも見える。その物腰は女っぽいとは言えないが、品がある。女性にしては長身で、丸顔。肌はいかにも北欧系らしくどこまでも白い。

制服風の紺のパンツスーツ。その身体は最後にあったときと比べると少しふっくらした感じがするが、だまされてはいけない。わたしは彼女がラリって暴れている身長六フィートの男をパンチ一発で地面に這いつくばらせるのを見たことがある。

「いまは普通の民間人だよ」わたしは言った。

ローレンは軍人のようなきびきびとした身のこなしで振り向き、わたしはそのあとについて廊下を進んだ。

そして、オフィスに入った。窓は大きく、壁の三面にあるが、いずれにも鉄格子がはまっている。プラスティックのような素材でできた淡いグリーンの机。サイド・テーブルの上にはコンピューターと青いマウスパッドがあるだけで、鉛筆一本転がっていない。その几帳面さは病的といえるくらいで、わたしが彼女のことをローと呼んでいたころから少しも変わっていない。

ローレンは机の向こうにすわり、わたしはその反対側の椅子にすわった。

口もとに大きな笑みが浮かぶ。「それで、民間人がここへなんの用があって来たの？」

「女を探している」

「あいかわらずね」

「仕事だよ」

ローレンはわたしに好意を抱いている。べつに命を救ってやったとか、特にひいきにして面倒をみてやったとかいうことではない。ただ対等のパートナーとして接しただけだ。あのころは警察官のすべてがそのようにしていたわけではない。いまもそうだ。

「名前は？」

「ラナ・ルイーズ」

ローレンは昔よくそうしていたように小首をかしげた。もしかしたら、わたしの声は恋人、もしくは恋人になりそうな女性に電話で話をするときのような声になっていたのかもしれない。

「そうじゃない」わたしは語られなかった問いに答えた。「仕事で必要な情報を握っているかもしれないんだ」

「仕事というと？」

「知らないほうがいい。信じてくれ」

一呼吸おいてから、ローレンは引出しに手をのばして、そこから受話器を取りだした。わたしには見えないところで、いくつかのボタンを押し、それから言った。「ラナ・ルイーズを面会室に連れてきてちょうだい」

そして、電話を切ると、わたしをじっと見つめた。

ローレンが何を考えているのか正直なところまったくわからない。女性といっしょにいるのは好きだが、女性をよく理解できているかどうかというと自信はない。

長い沈黙のあと、ローレンは言った。「わたし、夫と別れたの。あなたのせいよ」

「なんだって」

「あのひとが言うには、わたしがあなたと組んで仕事をしはじめると、夜の営みが急に積極的になり、いままでしたこともないようなことまで求めるようになった。でも、パートナーが変わると、肌を触れあうこともめったになくなり、たまにあったとしても、何も感じているようには思えないようになったって」

「本当にそうだったのかい」

「あなたのおかげで自分のことがわかったのよ、ジョー」

「どういう意味だい、ロー」

少しためらったあと、ローレンは言った。「つまり、こういうこと。わたしは同性愛者じゃない。男が好きだし、抱かれるのも好き。でも、男が自分たちの世界だと思ってるものには、どうしてもなじめない。アメフトに熱狂したり、暴力沙汰を面白がったり。わたしには愚にもつかないこととしか思えない。もちろん、あなたもそういった世界の住人のひとりよ。でも、あなたといっしょにパトカーに乗っていたら、いまから百年後にはその種のちがいがなくなる世界が来るように思えたの」

視線が絡みあったとき、電話が鳴った。ローレンが受話器を取り、しばらく話を聞いてから電話を切った。

そして、わたしに言った。「さっきのエレベーターに乗れば、ラナがいる階で自動的にとまるようになってる。話が終わったら、ドアをノックして。そうしたら、看守があなたをゲートまで送っていってくれるわ」

「さっきの話の続きは？」

「昔の話よ」

「いまはいまだ」

「わたしにはジョージという新しい夫と、そのあいだにできたシンシアという娘がいるの」ローレンは丸っこい顔に人なつっこい表情を浮かべて言った。「ジョージといても、あなたのことを思いだすことは多い。でも、シンシアのことを考えると、軽はずみなことはできないわ」

わたしはうなずいて、立ちあがった。

「面会室にはマイクもカメラもないから安心して」

エレベーターの速度はやはり上がっているのか下がっているのかわからないくらい遅い。ドアが開くと、そこにはリベットが打ちつけられた金属のドアがあり、その前にふたりの女性看守が立っていた。ふたりとも拳銃と警棒を身につけている。ひとりは褐色の肌で、もうひとりは黒に近い。

「ラナ・ルイーズに面会ですね」黒に近いほうが言った。

「そうだ」

もうひとりの看守がドアの錠をあける。ドアが開くと、その向こうには、事務用のテーブルが一台と椅子が二脚あるだけの、ローレンのオフィスと似たような部屋があった。

グレーの囚人服を着た若い女性が、鉄格子のはまった窓ごしに外の木立ちを見下ろしている。

振りかえって、わたしを見ると、眉間に皺を寄せた。

「なんの用なの？」

「わたしの名前はジョー・オリヴァー。A・フリー・マンの一件を調べている私立探偵だ」

「マニーを二度殺せると思ってるの？」

「いいや。わたしが調べているのは、マンがどうしてヴァレンスとプラットを撃たなきゃならなかったのかということだ。彼らはブラッド・ブラザーズ・オブ・ブロードウェイを一網打尽にし、マンを殺そうとしていた」

ラナの身長は五フィート五インチ、濃い褐色の肌。髪は縮れていないが、硬水と質の悪いシャンプーのせいでごわついている。四十過ぎの女性がかもしだす美しさを持っているが、実際の年は二十代後半だ。長い監獄暮らしと、与えられるより奪われることのほうが多かった人生のせいだろう。

「椅子にすわらないか」

ラナは口もとを歪めて一思案してから、色褪せたテーブルの前にある傷だらけの木の椅子に腰をおろした。

わたしはその向かい側にすわった。そのとき、指の爪の嚙みあとが目にとまった。ラナはわたしの視線に気づいて、両手を膝の上におろした。

「マニー……」ラナはマントラを唱えるようにつぶやいた。「どうしてわたしのことを知ったの」

「裁判記録に名前が出ていた。ここに来るまえにラモント・チャールズにも会った。そこでミランダ・ゴヤのことを教えられ、今度はそこへ行ってセオドアのことを教えられた」

「セオドア？」

「バーンズのことだよ」

ラナは顔を曇らせた。「思いだした。あの可哀そうな子ね。どうしてるの？」

「ハイになってるよ。天国が覗けるくらいに」

その言葉にラナは笑みを浮かべた。そして、椅子の背にもたれかかり、わたしを値踏みするように見つめた。

「それで何が知りたいの？」

「ヴァレンスとプラットがたくらんでいたことを明るみに出せることならなんでも」

「話したら娘に会えなくなる」

「えっ？」

「セシーリアよ」ラナは舌の上で転がすようなスペイン訛りで言った。「四歳になるわ。いまは母のところにいる。ヴァレンスがビリー・メイクピースに約束したのよ。黙っていれば、あの子が高校生になるまえにここから出してやるって」

「ヴァレンスはもう死んでいる」

「ええ。でも、わたしが口を開くのを望んでいない者はほかにもいる」

「それが誰かわかるかい」

「知らないし、知ってても教えられない」

「じゃ、ビリー・メイクピースというのは？」

「わたしと関係のあった刑事よ」

「恋人？」

ラナは微笑んでみせた。

「でなかったら、きみをヴァレンスのような危険な男から守ろうとしたりしないはずだ」

「ビリーはコンドームが嫌いでね。気分が乗ったときには、いつもナマでやっていた」

「それでセシーリアが生まれたんだね」

「マニーはわたしがおまわりと付きあうのをよく思っていなかった。でも、わたしはビリーがくれるものを必要としていたの。ビリーは家賃の補助もしてくれたし、わたしを愛しているふりもしてくれた。セシーリアが生まれると、親子関係の鑑定をしてもらい、母親を死なせちゃいけないと思うようになった」

「ビリーはヴァレンスとプラットが何をしていたか知ってるんだろうか」

「誰だって知ってるわ」

　ローレンが男に対して嫌悪感を拭えないように、ラナは人間に対して嫌悪感を拭えないにちがいない。

「そのことについて証言してくれると思うかい」

「あなただったらどうする？」

　一瞬、私立探偵としての仕事を忘れるくらいの、いい質問だった。警察官なら――優秀な警察官なら、どんなときでも正義のために命をかけるつもりでいなければならない。だが、ほとんどの警察官には家族があり、考えなければならない将来がある。法を破った者が有罪になるのは当然であるという立場を崩すことはまずないだろう。でも、わたしはちがう。メルはそのことを知っている。わたしの娘も知っている。

「この部屋にカメラはないよね」ラナが訊いた。

「副所長はそう言っていた」

「すわったままでやりたい？」

わたしの顔の質問に、ラナはにやりと笑った。それから立ちあがると、テーブルの上にすわり、脚を開いた。

「やりたいならやっていいよ」

「わたしはきみの父親くらいの年なんだぜ」わたしは首筋に汗が噴きでるのを感じつつ言った。

「わたしのベビーの父親になれる年でもある」

「ビリーはどうするんだ」

「ここにはいないわ」

「コンドームは持参していない」

「この監獄にはね、子育てプログラムっていうのがあるの。受刑者が妊娠したら、九カ月間の特別待遇を受けることができ、出産後は一年間赤ん坊といっしょに過ごすことができるのよ。そのあと二年もすれば、わたしはここから出られる。セシーリアには弟か妹が必要なの。ビリーはもう男の機能を失っててね。わたしが誰とやったって何も言えない。ねえ、いいでしょ。嫌いじゃないんでしょ」

もちろん嫌いじゃない。息は荒く、わたしは欲情している。だが、エイジアのことを考えると、ジッパーをさげるわけにはいかない。わたしはラナの父親といっていいくらいの年なのだ。そのように振るまわなければならない。わたしはアントロバスから受けとった金のうちの七百ドルを取りだして、ラナに渡した。

そして、ラナの当惑の表情に答えて言った。「わたしにも娘がいる。自分の命の次に、いや、もしかしたらそれ以上に大事なものだ」

「ほかに希望があればお聞きするけど」

「ビリー・メイクピースの連絡先を教えるというのはどうだい」

31

わたしは電話にでた男に言った。「ミスター・メイクピース?」

そのときは、バスの最後尾のトイレの横の一人席にすわっていた。

「きみは誰なんだ。どうやってこの番号を知ったんだ」

「ラナはあんたがセシーリアに会ってやっているかどうか気にしてたぞ」

「いったい誰なんだ」

「A・フリー・マンの友だちだよ」

沈黙のバリアが張られた。いますぐ電話を切ってしまおうかどうか考えているにちがいない。

「いったいどういうことなんだ」

「あんたの気持ちを聞きたい。ふたりの死んだ男に不利な証言をするつもりがあるかどうか。あんたの娘の母親を自由にしてやるつもりがあるかどうか。無実の罪で死刑を宣告された男を救うつもりがあるかどうか」

また沈黙があった。

「きみが誰かは知らんが、わたしは警察官であり、きみはいま脅迫という犯罪をおかしているんだぞ」

「そうなるのは、あんたがヴァレンスとプラットが使っている秘密の墓地のことも、そのふたりがしていたこともまったく知らなかった場合だけだ」

「いったいきみは何者なんだ」

「言っただろ。マニーの友人だって」

「ラナとはどういう関係なんだ」

「ラナの仲間たちは次々に殺されたのに、ラナだけは生き残っている。その理由を尋ねたら、あんたに娘のことを訊いてみたらと言われた」

「なんのことかわからないね」メイクピースは冷ややかに答え、電話を切った。

わたしは窓をあけて、携帯電話をハイウェイに投げ捨てた。


七十三丁目の地下の隠れ家から五ブロック離れたところに酒屋がある。そこで一リットル瓶のヘネシーXOを買って隠れ家に戻った。部屋の棚に、青緑色のプラスティックのコップがあった。容量は約三オンス。そこにコニャックを満たし、飲みほし、また満たす。

四杯飲むと、唇や指先に火照りを感じるようになった。おぼつかない足取りで階段をあがり、地下の隠れ家から通りへ出る。

ときどきつまずきながら劇場街まで歩いていき、そこでプリペイド携帯を売っている電器店に入り、三台買う。


コーヒー・ショップの人気チェーン店で、特大カップの深煎りコーヒーを注文する。べつにコーヒーが飲みたかったわけではない。携帯電話の一台の電源を入れて、深夜の電話をかけはじめる。


「もしもし」エイジア＝デニス・オリヴァーが眠そうな小さな声で答えた。

「わたしだ」

「パパ」

「変わりないか」

「うん。明日ディズニー・ワールドへ行くことになってる。コールマンはそのうちにみんなで魚釣りにいこうと言ってる」

エイジアは遠いところにいる。これで一安心だ。

「友だちとかに電話してないな」

「してないよ」

「誰にも？」

「マンハッタン橋の下のローラースケート場で会った男の子が、わたしのいつものケータイに電話してきたけど、親戚といっしょに二週間ほどワシントンDCに行くと言っといた。その子のことは誰も知らないはずよ」

「いい子だ」

「いまここにママがいるの。話したいんだって」

物音がして、それから、「ジョー？」

「やあ、モニカ」

「ねえ、だいじょうぶなの？」

心のなかに棲みついた化け物のすぐそばで怒りが沸きあがった。あのとき、モニカは恐怖のライカーズからわたしを救いだすことができた。保釈金を払ってくれさえすれば、深夜の度重なる暴行を受けずにすんだのだ。

「ジョー？」

「心配ない」

「何が起きてるの？ わたしの電話が本当にこのゴタゴタのすべての原因なの？」

「すべてじゃない。おれが配管工にでもなってりゃ、なんの問題も起きなかっただろうよ」そう言ったのはモニカに腹を立ててほしくなかったからだ。どんなに自分の痛みがひどくても、モニカを苦しめる必要はない。

「どうして電話をかけてきたの？」

「娘の声はペニシリンみたいに傷に効くんだ」心のなかで何かが渦を巻きはじめた。アルコールの支配力がだんだん強まってくる。

「こっちはだいじょうぶよ」モニカは言った。「コールマンが付いていてくれるから」

　エイジアにおやすみを言ったあと、二通のメールを送った。十二分後にプリペイド携帯が鳴った。

「やあ、エフィー」

「ジョー？」

「そうだよ」

「なんなの、この電話は？」

「ちょっと厄介なことになってね」

「わたしが必要なの？」

エフィーの問いには、胸がぞくっとするものがあった。それは単純な愛ではない。人間が記憶以上に経験で結びついていた群棲動物だったころのものだ。

「きみのことを考えてたんだ」コニャックがわたしに言わせた。

「どんなこと？」

「きみはおれになんの借りもない」

「命以外は」

わたしは立ちあがり、小さなテーブルから離れ、コーヒー・ショップの正面のドアのほうへ歩いていった。みんながわたしを見ているような気がする。自分では素面《しらふ》のように歩いているつもりだが、アルコールは確実にまわっている。

「そうかもしれない」わたしは携帯電話に語りかけた。「でも、きみは電話でいつもおれを窮地から救ってくれた。女性にそばにいてほしいとき、きみはいつもそばにいてくれた」

少し間があった。わたしは八番街をなんとかまっすぐ歩こうとしていた。まわりの人間はみなしっかりした足取りで歩いている。警官に見られて、難癖をつけられないようにしなければならない。

「いまどこにいるの？」

「どこでもないところだ」

「来てほしくないの？」

「愛してる、エフィー」それしか言えなかった。

息をのむ音が電話ごしに伝わってきて、わたしの心にしみこんだ。

やれやれ。完全に酔っぱらっている。

わたしは新しい関係を望んでいる。愛しているから友だちになれると思っている。そのことを説明するのに四ブロックかかった。

エフィーは言った――まず最初に、あなたはわたしが罪に問われないよう手をさしのべてくれた。あなたが落ちこみ、わたしを受けいれたとき、わたしはあなたを救命いかだのようにしてみずからの窮地を切り抜けた。だから、ふたりいっしょに安全な海へ乗りだすことができた……

電話を切ったときには、隠れ家の玄関口に着いていた。

そこで一息つくと、コップにまたコニャックを注いで、シンクの前で飲む。二杯目を飲んでから、一人用の折りたたみ式のベッドの上に腰をおろす。

地下室の天井は低い。頭にのしかかってくるような感じがする。部屋はぐるぐる回っているが、それはさほど深刻な問題ではない。その程度のことならなんとでもなる。問題は明日の朝か明後日には死ぬのではないかということだ。何者かがわたしを殺そうとしている。

吐き気が戻ってきた。いまにも吐きそうになり、ベッドから立ちあがろうとしたが、そのまま横向きに倒れて意識を失った。無意識のなかには、撃たれ、血まみれになって死に、棺に入れられるというシナリオが詳細に書きこまれていた。

プリペイド携帯の呼びだし音は、最初は低く鳴り、だんだん高くなっていき、最終的には二オクターブあがるようになっている。最後の音は長くて、甲高く、やや耳に障る。午前四時以降はそれが三回繰りかえされるので、そのメロディは耳にこびりついている。

最初の一回は、地下の洞窟を流れる水の音を連想させた。そこでは魚が泳ぎ、陸にはピューマがいて、わたしが水を飲もうとしたら襲いかかろうとしている。

　二回目は、ベルが鳴るような音にあわせて、光の壁がちらちら動いていた。

　三回目の途中で、わたしは身体を起こし、床から携帯電話を拾いあげて怒鳴った。「誰だ、糞ったれ」

「どうかしたのか、キング」メルカルト・フロストだった。

「メル？」

「だいじょうぶか」

「そこまで楽観的じゃない。でも、死んではいない」

「どうだ、隠れ家の住み心地は？」

「いまにも大きな赤い悪魔がドアを叩き壊して、おれの魂を盗んでいくんじゃないかと心配している。用件は？」

「メールで電話番号を知らせてきただろ」

「陽が昇るまで待てなかったのか」

「十八世紀につくられたネジまき式の木の時計と運命的な出会いをして以来、おれはその時間にあわせて動いている」

「運命的な出会い？」わたしは吐き気を抑えるためだけに言った。

「あんたが一線を越え、警官にあとを追われているようなら、いい案がある」

「案って、なんのための？」

「あんたのための」

　立とうと思ったが、無理だとわかって、ベッドの後ろの冷たい煉瓦の壁にもたれかかった。冷たさのおかげで、頭がほんの少ししゃきっとなる。

「続けてくれ」

「どうあがいても、マンの死刑は動かせない。警察はヴァレンスやプラットのような警官が悪事を働いてたってことを決して認めないだろう。もちろん、あんたをはめたことも認めない。あいつらにとって、あんたは害虫なんだ。岩と固い地面のあいだに害虫がいたらどうなるかわかるな」

「だからどうだっていうんだ、メル」

「パナマに、野球チーム全員の姿を消してしまうことができる男がいる。必要なのは飛行機とちょっとばかりの金だけだ」

メルの話は続いたが、内容はほとんど覚えていない。本当に久しぶりの深酒だった。でも、飲みすぎるのはこれで最後にするつもりだ。

32

混濁した意識のなかで、忍び寄る危険と死の予感に怯えていたとき、しずくが額に落ちるのを感じた。もしわたしがオズの国の悪い魔女だったとすれば、それは身の破滅を意味する。わたしは死んで、空飛ぶ猿との戦いは終わる。

腹はしぼんだ飛行船のようで、頭は煉瓦の壁のようだ。頭痛は相変わらずひどく、永遠に続くような気がする。

また小さなしずく。

ライカーズから出たあと、エイジアはわたしを抱きしめ、わたしの首に涙をこぼした。愛されていることが嬉しくて、わたしも泣いた。

「だいじょうぶ、パパ?」と、エイジアは訊いた。わたしといっしょに独房にいて、わたしといっしょに涙を流してくれているような気がした。

次のしずくは、小学三年のときの下校時の大雨を思いださせた。その日は一日中曇っていたが、雨が降りそうだとは誰も言わなかった。宿題も教科書も持ってかえれなかった。春の雨に服はびしょ濡れになった。寒くて、ベッドに入っても、震えがとまらなかった。

土砂降りのなかを祖父母の家にとぼとぼと歩いていったことを覚えている。そこがいちばん近かったからだ。家に着くと、祖母はすぐに服を乾燥機に入れてくれた。だから、ふたたびその服を着たときには、完全に乾いていて、冷たさは感じなかった。

ベッドの上の天井にひび割れがあるにちがいない。そのときはそう思っていた。だが、こんな夜の夜中に起きあがって、どうこうする気にはなれない。だから身体の向きを変えて、壁の近くに移動した。いまわたしが望んでいるのは、意識を失うことだけだ。

次のしずくは左耳のなかに落ちた。わたしは身体を起こし、口のなかで毒づいた。

目をあけると、明かりがついていて、しずくを垂らしていたのは、点眼器をダンテの地獄の鬼の拷問具のように持った男だった。

「グラッド! これはいったいどういうことなんだ」

グラッドは椅子をベッドの脇に持ってきてすわり、青緑色のプラスティックのコップから水をしたたり落としている。

「一瞬、死んでるんじゃないかと思ったよ、ブラザー。そうしたらブランデーの匂いがした」

「どうやってここがわかったんだ」

グラッドは全身黒ずくめだった。

「フェイスブックで問いかけたら、ローレン・バックネルから応答があったんだよ。いまちょうどベッドフォードを出て、レイのバスに乗ったところだってな。としたら、あとはバス停の向かいで待つだけでいい」

永遠に続くと思われた二日酔いは、六十秒もたたないうちに治った。この部屋にグラッドストーンといっしょにいるというのは、生死にかかわること——というより、死を覚悟しなければならないことなのだ。このときすべてがあきらかになった。わたしの身に何が起きたのかも、それはなぜなのかも。そしてその結果も。

わたしはグラッドを見つめ、そして訊いた。「おれを殺しにきたのか」

「そうしろと言われた。はじめてのことじゃない」

グラッドに襲いかかることも考えたが、すぐに思いなおした。頭に水滴を落とすかわりに、頭に銃弾を撃ちこむことも可能なのだ。

「あんたはリトル・エクセターやその仲間ともつながっていたのか」

「いいや。やつらはおれに電話をかけてきて、あんたを殺すことになったと言っただけだ」

「なんであんたに電話をかけてきたんだ」わたしは訊いたが、答えはわかっていた。

「おれはいま新しい市長と署長のあいだの橋渡しの仕事をしていてな。だからよくわかるんだが、どちらも過去を清算し、まっさらな状態で再スタートを切りたいと考えている。でも、以前はクラブのようなものがあって、そのなかで裏金を順繰りにまわしていた。その金があったから、おれは甥をロースクールに入れ、女房にマイアミの別荘を買ってやることができたんだよ。それで、おれはあのときあんたがやろうとしていたことを話し、連中はあんたを殺すという決定を下した」

「でも、あんたはもう少し気のきいた提案をした。そういうことだな」

「おれはあんたの女癖の悪さをよく知っていた。若くてキュートな白人の娘を使えば、ころっと引っかかるのは間違いない。案の定だったよ。でも、コンヴァートは根っからの邪悪な男だ。ジョスリン・ブライヤーに事件を担当させて、モニカがあんたを見捨てるように仕向けた。おれの心づもりじゃ、保釈金を払ってもらって、あんたはすぐに拘置所から出てくるはずだった。そのときに、ことの次第をすべて話すつもりだった。そうしたら、ほかに方法はなかったってことをわかってもらえると思っていた。でも、そうはならなかった。それで、あんたが拘置所で囚人に切りつけられると、あんたを隔離棟に移して、あとはお偉方の判断にまかせることにした」

「そうやって、おれの人生を破壊した。そういうことだな」

「おれはあんたの命を救ってやったんだ、ジョー。それだけは信じてもらいたい」

「でも、いまはおれを殺しにきた」

「サーマン・ホッジの隠れ家のことはまえから知っていた。だから、あんたがここにいるってことは、この建物に入るのを見た瞬間わかった。あんたはどうやってここを知ったんだ」

「おれを殺すつもりか、グラッド」

「殺さなきゃならないと思うか」

「おれもかつては警官だったんだ。悪事を見逃すわけにはいかん。あんたの仲間は悪のかぎりをつくしていた」

「いまは警官じゃない、ジョー。でも、だからどうだっていうんだ。警官のままでいたら、あんたは撃たれるか何かして殺されていたはずだ。としたら、おれはあんたの命を二度救ったことになる」

「あんたのしたことは間違っている」

「かもしれん。たぶんそうなんだろう。でも、わかってくれ、ジョー。お偉方はみんな入れかわっている。おれの仲間だった男たちは警察を辞めている」

「ポール・コンヴァートはまだ現役だ」

「でも、もう死に体だ。クイーンズで先走ったことをして、あんた以上に苦しい立場に追いこまれている」

「クイーンズで何があったか知ってるのか」

「話は聞いているよ」グラッドは悲しげな、そして親しげな笑みを浮かべた。「警察もあそこまでのスキャンダルは無視できない。埠頭でうごめいていた者たちは、リタイアしたか、死んだか、改心したかのどれかだ。いまの市長もあんたが死んだほうがいいとは決して思っていない」

グラッドストーンは真実を白日のもとにさらすすべを知っている。けれども、わたしにはよくわかっている。わたしは身の潔白を証明することも、復職することも決してできないだろう。

「もうひとつある」グラッドは言った。

「というと？」わたしは訊いた。疲労の波が押し寄せてくる。

「A・フリー・マン——つまりレナード・コンプトンのことだ」

「どうして知ってるんだ」

「あんたの消息を探っていたら、あちこちから話が聞こえてきた。ひとの口に戸は立てられないってことだよ」

「ヴァレンスとプラットは十人以上の人間を殺しているんだぞ、グラッド」

「知っている」

「知っている？」

「ヴァレンスとプラットのことは誰でも知っている。でも、だからといって警官を殺していいってことにはならない。しかも、やつらは金蔓《かねづる》を握っていた。その金を使って車輪をまわすための油をさしていたんだ」

「そんなことがあっていいわけがない」

「たしかに。でも、それは目下の問題じゃない」

「だったら、何が目下の問題なんだ」

「いますぐ殺してもらいたいとあんたが思ってるかどうかだ」

グラッドの唇に微笑みはなかった。これほど冷たい顔を見たことはいままで一度もなかった。その質問は冗談でもなんでもないということだ。答えは深海の生物の古い死骸のように心の奥底から浮かびあがってきた。

「いいや、そうは思っていない」

そこから先のことは覚えていない。そのあとグラッドが何を言ったかも。いつ地下室から出ていったかも。わたしは自分を守ることも救うこともできないまま意識を失っていた。

だが、その深い眠りのなかでも、ここまで来てわたしが出した答えにはまぶしい光がさしていた。

自分のキャリアを修復することはできない。A・フリー・マンの死刑宣告を取り消すこともできない。いま自分にあるのは、真実と、その真実のために何かをしなければならないという思いだけだ。覚悟はできている。たとえそれが法を破ることを意味するとしても。そうすることによって、娘が高校を卒業するのを見届けられなくなるとしても。

33

意識とともに二日酔いも戻ってきたが、思ったほどひどくはなかった。気になるのは手足のしびれだけだった。

ベッドから出て、トイレへ行き、それから、友人であり殺し屋でもあった男が水滴をしたたらせていた椅子にすわる。

始まりは中西部からの手紙だった。わたしの人生はほぼ壊滅状態にあるが、何が間違っていたのかを知るためには、いったんそこで立ちどまって物事を整理することがときとして必要になる。

何をすればいいかわかっているし、そのための方法もおおむねわかっている。それはプランというより、敵陣の中枢に突入する自殺行為といったほうがいい。いまのわたしは真実を知ったテロリストなのだ。安ピカの飾りものを剝ぎとり、判断ミスを認めさせ、強大な敵に一矢報いることができることを思い知らさなければならない。

わたしは電話に出た相手に向かって言った。「メル？」

「そうだよ、閣下」

午前十時十六分。わたしはまた昨夜のコーヒー・ショップにいた。このときは注文したコーヒーを飲んでいた。

「あんたは一日中そこにすわって時計の修理をしながら、法律を出し抜く方法を考えていたんだろ。ちがうかい」

「ああ。毎日、毎時間。雨の日も晴れの日も。夢のなかでも、うつつでも」

「例の野球チームをパナマに逃がす案はとても気にいっている。でも、ちょっと付け加えたいことがあってな」

　その点について、ふたりで一時間以上話しこんだ。最初の三十分、メルは懐疑的だったが、最終的には同意し、十一時半ごろになると興奮の色があらわになるようになった。それは何か悪いことが起こるかもしれないということを意味していた。

　その日の朝は冷えこみが厳しかったが、厚手の変装用のコートがもう一着あったので、それを着て、タイムズ・スクエアまでぶらぶら歩いていった。前市長が周辺の道路を車両通行止めにしていたので、観光客は通りをのんびり散策したり、路上のベンチに腰かけたりすることができるようになっている。

　最初の呼びだし音で応答があった。

「もしもし」その声は最初から弱々しかった。

「ミスター・ブラウン、トム・ボウルだ」わたしは言った。

「ボウル？　今度はなんの用なんだ」

「おれはこれまであんたに嘘をついていた。本当はジョアンナ・マッドを見つけるために雇われたんじゃない。A・フリー・マンは無実だってことを証明するために雇われたんだ。依頼人はあんたがマンの弁護を放りだしたことを知って、居ても立ってもいられなくなったらしい」

「マン？」

「そうだ。でも、結果的にはジョアンナを見つけることができた。マンに殺された警官が捨てた死体の山のいちばん上で死んでいた」

「わたしにはなんの関係もない」

「あんたはおれに殺し屋をさしむけた」

「マーモットは脅すだけだと言った」

「あんたはそれを信じたのか」

「きみは自分が何をしているかまったくわかっていない」

「いいや、わかってる。おれはマーモットのボスを告発するためにあんたの手の者に雇われているという話をした。あんたは気を悪くするかもしれないが、そんなことは知ったことじゃない。とにかく、おれはあんたにスポットライトを当てたかった」

「わたしのことはどうだっていい。わたしが心配しているのは娘のことだ」

「娘？」

「わたしがマンの一件から手を引いたのは娘をさらわれたからだ。娘をさらわれ、言われたとおりにしないと命はないと脅されたからだ」

「マーモットがそう言ったのか」

「そうだ」

「それにアントロバスも？」

「そんな名前の男は知らない。でも、きみはわたしのためにマーモットを調べていると言った。それで、あいつらはいまわたしの娘を殺すと言っている」

警察の仕事は、本筋とは無関係な第三者がしばしばつまずきの石となる。どんなにベストを尽くしても、見落としや流れ弾や誤認逮捕は避けて通れない。

「それは申しわけないことをした、ミスター・ブラウン。おれはあんたがマンの一件を投げだして、ふたりの殺し屋をさしむけたとばかり思っていた。娘さんのことを知っていたら、別のやり方をしたはずだ」

ブラウンは黙っている。

「教えてもらいたいことがある」わたしはあらたまった口調で言った。

「どうして答えないといけないんだ」

「娘さんを取り戻せる可能性はそこにしかないから」

ブラウンは三回呼吸してから言った。「何を知りたいんだ」

「娘さんの年齢は？」

「七歳」ブラウンは言い、そしてすすり泣きはじめた。

「なんとかする。でも、そのためには、マンハッタンでマンの審問を開く段取りを整える必要がある。日にちは来週ならいつでもいい」

「どうやって娘を取り戻すつもりだ」

「そんなことを教えられると思うか」

「先に娘を自由にしてくれたら、きみの提案を受けいれよう」

「駄目だ、ミスター・ブラウン。これは取引なんだ。あんたは審問の段取りを整え、こちらで選んだ何人かの者の面会許可をとる。そうすれば、おれは娘さんをあんたのところに送り届けるようにする」

「きみはいったい誰と組んでいるんだ」

「闇のなかの人物だ、ミスター・ブラウン。決して表には出てこない」

「審理のスケジュールはなんとでもなる。でも、わたしのまわりにいる多くの者が言うように、マンが引き金をひいていないということを証明しないかぎり、評決を変えることはできない。もちろん、きみが調べるのをとめはしない、ミスター・ボウル。調べたければ、いくらでも調べたらいい。でも、マンが引き金をひいていないということを証明できるとは思えない。ミズ・マッドのことは気の毒に思う。でも、それはきみの力が及ばなかったということもある」

「忌憚のない意見に感謝する、ミスター・ブラウン。誰かといっしょに仕事をするとしたら、そういう率直な物言いができる者を優先するつもりだ。でも、心配するには及ばない。必要なのはA・フリー・マンを本署の待機房に行かせることだけだ。不可能なことを証明する必要もなければ、死者をよみがえらせる必要もない」

「審問は月曜ということで調整可能だと思う。わたしにいくつかの借りがある判事がいる」

「また連絡する」

「いまわたしの頭のなかにあるのはクリシーのことだけなんだ、ミスター・ボウル」

「わかってる。おれにも娘がいる。そのことをあんたがどう思うかはわからない。でも、おれの言ったとおりにしていれば、水曜日の夜には娘といっしょにチョコレート・パフェを食べることができるはずだ」

屋外のベンチにすわっていると、肌寒くなってきたので、身体を温めるためにグランド・セントラル駅まで歩いていった。駅に着くと、階段をあがったところにあるステーキ・ハウスに入って、フライドポテトとインゲンマメを添えたミディアム・ウェルのポーターハウス・ステーキを頼んだ。

この日、三番目の電話に、快活な声が答えた。「ハロー？」

「昨夜の男はあんただったのか。それとも夢だったのか」

「そいつはハンサムで、才走っていたか」

「と思う」

「だったら、それはおれだ。なんの用だ、ジョー」

「オーガスティン・アントロバスとウィリアム・ジェームズ・マーモットについて知っていることを教えてもらいたい」

「フリー・マンの一件だな。いいか、ジョー、ふたりの警官を殺した男を無罪放免にすることは誰にもできない。シャーロック・ホームズでも手に負えないはずだ」

「ああ。いまならわかる。でも、そのまえに、おれはある男にちょっと悪いことをしてしまってな。なんとかその埋めあわせをしなきゃならない」

「マンの身の潔白を証明するのをやめるというのか」

「コンヴァートがおれに近づかないでいてくれるなら」

「持っているファイルをメールで送る。でもな、ジョ

――」

「なんだい」

「あんたが一線を越えるたびに、いつもおれが尻ぬぐいをするとは思わないでくれ」

ファイルはステーキが来るまえに届いた。わたしの安物の携帯電話では読めないが、べつに問題はない。それをメルのところへメッセージをつけて転送したあと、ステーキにとりかかった。

わたしがすわっていたのは壁際の席で、そこからは何千人という通勤客や市民、そして警官や犯罪者が行き交うメイン・コンコースを見渡すことができる。人々のざわめきが下から湧きあがってくる。わたしはステーキを食べながら国家に対する策謀をめぐらした。

三度目の呼びだし音で、電話はつながった。「もしもし」

「ハロー、ミスター・フェリス。ジョー・オリヴァーだ」

「やあ、マイ・ボーイ。元気かい」

「昔のボクシングの試合でいえば、十五ラウンド目といったところかな。いままですべてのラウンドでポイントを取られていたけど、とうとう敵のディフェンスをかいくぐってフックを見舞う方法を見つけた」

「最終ラウンドで敵にダメージを与えられる力はどれほども残っていないと思うがね」世故に長けた大富豪は言った。

「もとより承知の上だよ」

「それで、わたしになんの用なんだね」

「今晩、祖母といっしょに音楽を聴きにいく気はないかと思って」

「カーネギー・ホールのボックス席というのはどうだろう。演目はモーツァルトの四手連弾ソナタ三曲」

「おれが祖母をそこに連れていくってことでいいか

な」

「もちろん」

「じゃ、それで決まりだ」

「それでわたしは何をすればいいんだね」

「とんでもないことだ。大きな迷惑をかけることになるかもしれない」

それから四分間、われわれはとんでもないことについて話しあい、最後にロジャー・フェリスは言った。

「わたしは生涯にわたる山師だ、ジョー。その才能を正しいことに使えるのは喜ばしいことだと思う」

「コンサートには平服で行ってもいいかな。そのまえにやらなきゃならないことがあって、ブルックリンに着替えに戻る時間がないんだ」

話してる最中に、小さな着信音が三回鳴った。

「どんな格好でもかまわないよ」

電話を切って、画面を見ると、メルからのメールだった。

〝いつでもいいぞ！〟

「見返りにロジャーに何かしてもらうことになってるのね」かつて小作人の妻だった祖母が言った。

「まあね」

「そうと決まれば、髪をセットしてもらわなくちゃ」

「ルルに頼みたいんだろ」

「ロジャーがおまえと話したあと、すぐにルルに電話して、ここに来るよう言ってくれたの」

「気合が入りまくってるって感じだね」

祖母は咳払いをし、それから言った。「みたいね。おまえのほうはどうなんだい。何をするにしても用心が肝心よ、ジョー」

「用心しすぎるほど用心している。でも、筋は通すつもりだ」

34

スタテン島のプレザント・プレインズへは一時間半かかった。電話は列車の駅から歩きながらかけた。メルカルトはかつて神聖であった建物のゲートの前で待っていた。

そして、握手をしながら言った。「どうだい、調子は？」

それは形ばかりの質問で、うなずいたり、おざなりな返事をしておけばいいだけの話だったのかもしれない。けれども、わたしはそれがどういう意味か考えながら無言で立っていた。

「どうしたんだい」

「教えてくれ、メル」

「何を」

「おれたちがここで何をしようとしているかはよくわかっている。おれの世界は十数年前にトチ狂ってしまった。そのおれを助けようとするトチ狂ったやつはあんたぐらいしかいない」

「わかってる」

「あんたはおれが筋を通す唯一の人間だと言った。あんたがどこかで見た赤い鳥のようだとも言った。でも、それだけのことであんたがここまでのことをしてくれるとはちょっと思えないんだ」

「それはあんたのためだからだよ、ジョー」メルがわたしをファーストネームで呼ぶのはこのときがはじめてだった。「あんたは教会で生まれた悪魔として育てられたわけじゃない。父親が強姦犯で、そのために母親に疎まれて育ったわけでもない。でも、信じてくれ。あんたはおれを撃ち殺しもしなかったし、嘘をつきもしなかった。それに、数年間チェスの相手をしてくれた。あんたは兄弟のように、気のおけない友人のように、そして手を引いてくれる父親のようにチェス盤の前にすわっていた。おれの世界とおれの心のなかで、あんたはおれがずっと探していた宝物だったんだ」

「このまえ話していた時計職人は？」

メルは悲しげに微笑み、そしてうなずいた。「そのことはいつか話してやるよ」

メルには突つかれて痛いところなどないと思っていたが、どうやらそうではなかったようだ。

「わかった。じゃ、始めようか」

「さっきの返事をまだ聞いていない」

「おれの調子か？」

メルはよりいっそう親しげに微笑み、そしてうなずいた。

「おれの頭には冷たい石ころが詰まっていて、心にはスズメバチが巣をつくっている」

「じゃ、始められるな」

ガラス張りの壁の向こうに、ベージュの三つ揃いのスーツを着た長身の男が立っていた。ウィリアム・ジェームズ・マーモットだ。がらんとした白い部屋の床の上には、メルが持ちこんだパイプ椅子が置かれている。マーモットはそれでガラスを割ろうとしたにちがいない。だが、いまはいらだたしげに部屋のなかを歩きまわっている。どこかに隠された出口がないか調べているのだろう。

ポーカーを痛めつけたときの血はきれいに拭い去られている。

「どうやって連れてきたんだ」わたしはメルに訊いた。

「仲間を使ったんだよ。心配することはない。ボディーガードをふたり連れていたから、人手が必要だったんだ。ボディーガードが叩きのめされたら、おとなしくついてきたよ」

「誰かに顔を見られなかったか」

「いいや」

「どうやって口を割らせるつもりだ」

「アントロバスはあんたを知ってると言ってただろ。この男を生かしておくなら、あんたの顔や肌の色は見られないほうがいい」

「どうしてアントロバスにしなかったんだ」

「ちょっと調べてみたんだが、アントロバスというのは危険な男だ。ひじょうに危険な男だ。相手にしたくないわけじゃないが、まずはこの男からと思ってな」

メルはブルージーンズに青いTシャツ姿で、ギリシア神の白い仮面をかぶっている。左手には長銃身の二二口径を持っている。

メルは囚人のいる部屋に入っていった。マーモットはメルよりほんの少し背が高い。マーモットが肩を前に突きだしたとき、メルは拳銃をあげた。それを見て、マーモットは一歩半あとずさりした。

「何が望みなんだ」マーモットは訊いた。

「クリシー・ブラウンの居場所を教えてもらいたい」

「何のことかわからないね」

「目には目を」

マーモットは口を大きく開いた。「言ったじゃないか、知らないって——」

メルは銃口をさげ、マーモットの左足を撃った。マーモットは悲鳴をあげ、倒れかけたが、それと同時に前方に身を投げだした。危ない、と一瞬わたしは思ったが、メルはすばやく体を入れかえて攻撃をかわし、マーモットの側頭部を拳銃で殴った。

マーモットは床にくずおれ、血まみれの左足を抱えて、子供のように泣きはじめた。

メルはズボンのポケットに手を入れ、包帯とふたつの厚い脱脂綿を取りだし、床に放り投げた。

「床が血まみれになるまえに、靴とソックスを脱いで包帯を巻け」

マーモットは言われたとおりにした。そのあいだ、ずっとすすり泣いていた。

包帯を巻きおわると、メルは言った。「もうひとつのポケットにも包帯が入っているが、できることなら使いたくない。次の一発は左手にお見舞いする。片手で包帯を結ぶのは簡単じゃないぞ」

「いったい何が知りたいんだ」

「ジョアンナ・マッドの死体をどこへ捨てたか。クリシー・ブラウンをどこに隠しているか」

「お、おれを釈放しなかったら、娘はおれの仲間に殺されることになるんだぞ」

メルは銃身をマーモットの顔の高さにあげた。マーモットは身をすくめた。

「ということなら、おまえを殺すしかないな」

「ジョアンナ・マッドの死体はウェスト・ヴィレッジの廃墟に捨てた。もともとは教会だったところだ。仲間の警官が殺した死体を隠すのに使っていた」

これでマーモットが犯行にかかわっていたことがあきらかになった。ポーカーらの一党はわたしを殺して、あのネズミの穴ぐらに埋めようと考えていたのだろう。

「子供のほうは？」

「話したあと、おれを殺さないっていう保証はあるのか」

メルは無造作に拳銃を振りまわしながら言った。

「殺したくてもすぐには殺せない。おまえが嘘をついているかもしれないし、おまえがここで赤ん坊のように泣いているあいだに、クリシーはほかの場所に連れていかれるかもしれない。さらに言うなら、おれが雇われたのは死んだ女と生きている子供を見つけるためだ。おまえはおれに殺されるほどの重要人物じゃない」

「信じるもんか」マーモットは子供のような口調で言った。

「これなら信じるか」メルは言って、ふたたび拳銃を構えた。「いまから三分のあいだにクリシーの居場所と状況があきらかにならなかったら、おまえの身体にひとつずつ穴をあけていく。納得のいく答えが得られるか、出血多量で息の根がとまるまで」

　場所はヨンカーズ。マーモットの言葉を信じるなら、ふたりの女が見張っている。話がすむと、メルは礼を言って部屋を出た。

　そして、わたしに訊いた。「あいつを殺すか？」

「いいや。クリシーが死んでいるか、居場所が嘘だったりしたら話は別だが」

「わかった。あんたといっしょにしばらく仕事をしたら、おれの罪の十パーセントほどは帳消しになるような気がするよ。ちょっと待っていてくれ」

　メルが部屋から出ていくと、わたしは見張り役を引き受けた。五分ほどすると、マーモットは立ちあがり、パイプ椅子を持って、足を引きずりながらドアの前に歩いていった。そこで待ち伏せて襲いかかるつもりだろう。

　マーモットがやったことを考えると、許す気にはなれないが、それでも気持ちはわかる。数日前、わたしも同じような状況にあって、生きのびるために必死にあがいていたのだ。

「まだ悪あがきをするつもりのようだな」後ろの戸口からメルの声が聞こえた。マーモットの無言の一人芝居に気をとられていて、部屋に入ってくる音に気づかなかったのだ。

　手には、傷だらけのオークのテーブルを持っている。十九世紀の子供用の書きもの机のようだ。もう一方の手には、ペーパー・フォルダーがある。

「手伝おうか」

「いや」メルは肩をすくめた。「ここは最後まで自分流にやりたい」

　メルは部屋に入ってきて、外側のドアを閉めた。マーモットは気配を察したらしくパイプ椅子を振りあげた。

「ドアから離れて、椅子をおろせ」メルはマイクごしに言った。

マーモットはたじろいだ。

「六十秒だけ待ってやる。それが過ぎたら、ドアの穴からおまえを撃つ」

わたしは頬の傷あとを指でなぞった。

マーモットは椅子を床に投げ捨てて、ドアから離れた。

メルはなかに入り、テーブルを窓に向けて置いた。

「椅子を拾ってきて、このテーブルの前にすわれ」

マーモットが言われたとおりにすると、メルはペーパー・フォルダーをテーブルの上に置いて開いた。なかには白い紙の束が入っていて、折りかえし部分に黄色いプラスティックのシャープペンシルがさしこまれている。

「他人の家に来ているのに、家具を投げ飛ばしたりするやつがいるか」メルは言った。「まあいい。おまえにはこれから書きものをしてもらわなきゃならない。自分がしたことを全部ここに書くんだ。ジョアンナ・マッドを殺したこと、クリシー・ブラウンを拉致したこと、そのあと娘の父親を脅迫したこと。仕えている者の名前、使っている者の名前。おまえのボスと悪徳警官の名前も含めて」

マーモットは震えだした。

「何をためらっているんだ」

「警官と手下どもの名前は教えられるが、誰に仕えているかは教えられない」

「殺されるとしても？」

「どっちにしてもおれは殺される」

「おまえのボスがお縄になったとしても？」

「そんなことはありえない」

マーモットの口からアントロバスの名前を引きだすことはできなかった。拉致した子供のことや居場所は聞きだせた。アントロバス以外の名前も全部吐いた。ポーカーとその仲間。ヴァレンスとプラット。自分がやったことはすべて認めた——警官による麻薬と性奴隷の商売に手を貸していたこと。マンの口を封じるために上訴の妨害をしたこと。手下にジョアンナ・マッドを殺させ、クリシーを拉致させたこと。誰のことでも進んで話したが、ボスのことだけは別だった。強要された自白は証拠として使えないということを知らないとは思えない。だが、アントロバスの名前をちらっとでも口の端にかけたら、それでみずからの命運は尽きることになる。

　すべてを書きおえると、メルはマーモットに手錠をかけて椅子につないだ。それから、椅子の後ろにまわって、マーモットの髪を引っぱり、上から首を見ることができるようにした。そして、マーモットの手下にしたように注射を打った。

「それは何なんだ」マーモットは訊いた。

「シアン化物だよ。これでよく眠れるぞ」

　目に恐怖の色が浮かび、それと同時にマーモットは意識を失った。

「殺したんじゃないだろうな、メル」

「ああ。死ぬと思ったとき、顔にどんな恐怖の表情が浮かぶか見たかっただけさ」

35

わたしはスタテン島をあとにして、カーネギー・ホールへ向かった。先ほどのメルとの話では、意識を失った悪党は警官が最初に見つけるはずの場所に置いておくことになっていた。

「書いたものはベストにピンどめしておく」と、メルは言った。「そうしておけば、娘を救いだすこともできるし、死体置き場を見つけることもできる」

「でも、やつを刑務所に送りこむことはできない」

「気にするな。アントロバスについて聞いたことが本当なら、春まで生きながらえることはできないはずだ」

いいコンサートだった。祖母はきらきら光るプラスティックのスパンコールがちりばめられた赤いイブニングドレスを着ていた。

「そんなドレスを持っていたとは思わなかったよ」と、わたしは言った。

「ロジャーは贈り物で女を落とせると思ってるのよ」と、祖母はさあらぬていで答えた。

コンサートの終了後は、オーバル・ルームの豪華な装飾が施された天窓の下で、親しい者どうしの懇親会が催された。その席で、祖母がトイレに行ったとき、ロジャーがわたしを呼んで言った。「頼まれていた件だが、月曜の朝、出発できるようにしておいた。操縦できる者はいるのかね」

「ああ。友人の友人に頼むつもりだ」

祖母は口とは裏腹に白人の大富豪のアプローチに心を動かされている。金は関係ない。赤いドレスでも赤いリボンでも、愛の証しであることに変わりはない。

翌朝、娘に電話をかけた。「おはよう、ベイビー」

「ハーイ、パパ。どう、調子は？」

「これまでの人生でいちばんいいかも」

「ほんとに？　トラブルは片づいたの？」

「おまえのは片づいたよ。こっちのはこれからだ」

「だいじょうぶそう？」

「言っただろ。いまは絶好調だって。ママとコールマンに伝えてくれ。危険はなくなったから、いつでも家に帰っていいって」

「でも、パパはどうなの」

「心配ない。やるべきことはわかってる。もう窓から外を見ながら獄中生活を思いだすようなことはないはずだ」

「身の潔白を証明できるってこと？」エイジアはわたしが罪をおかす人間であるとはまったく思っていない。

「それはむずかしいかもしれない。でも、前を向いて生きることができる方法は見つかった」

「どうするの？」

「おまえが大学を卒業する日に教えるよ」

「ずいぶん先だな」

「パパが過ごしてきた時間を考えると、まばたきをしているくらいの時間さ」

「月曜日からオフィスに行っていい？」

「その次の月曜日からにしよう」

「どうして？」

「しなきゃならないことがあるんだ」

「パパに会える？」

「できるだけ早く電話する。それでどうだい」

「わかった」

「愛してるよ、エイジア＝デニス」

「わたしも、パパ」

「じゃあな」

モンタギュー通りの三階の部屋で、わたしは毛布をかけずにベッドに横たわっていた。ここまでのわたしの人生は、切られたり、刺されたり、撃たれたりの連続だった。骨を折られたこともあるし、いつまでも消えることのない深い傷を負わされたこともある。けれども、いまの気持ちは瑞々《みずみず》しく、希望に満ちている。赤いドレスを着た祖母にも負けないくらい。

次にかけた電話は八回の呼びだし音のあとつながった。

「もしもし？」

「ウィラかい」

「ミスター・オリヴァー？　何か問題でも？」

「万事順調だ」

「何かわかったの？」

「午後一時にオフィスに来てもらいたいんだ」

「ミスター・ブラウンの身に起きたことが関係しているのかしら」

「していなくもない」

「わかりました。いい知らせ？」

「いい知らせになるかもしれないチャレンジといったほうがいいかもしれない」

「うかがいます」

メルにはすでに電話ずみであり、その次の電話がもっとも慎重を要するものになった。

「もしもし」弁護士の口調にはすでに気丈さが戻ってきていた。

「ミスター・ブラウン」

「ミスター・ボウル」

「あれはおれがやった」

〝あれ〟というのは、ほとんどすべての新聞のトップニュースのことだ。唯一の例外はニューヨーク・タイムズ紙で、ウィリアム・ジェームズ・マーモットが意識を失った状態のままニューヨーク市警本部前の階段で発見されたというニュースは、〝印刷に値するすべてのニュース〟というモットーを掲げる新聞には、やや煽情的にすぎたらしく、第一面の右下に掲載されているだけだった。

「ゆうべ警察が娘を助けだしてくれた。少し怯えているだけで、怪我もしていない」

「知っている。あんたの友人のマーモットの胸にとめられていたメモから、ヨンカーズの女の家にたどり着いたんだ。頼んであったことはやってくれたか」

「先に訊いておきたいんだが、それはミスター・マンのための計画なのか」

「いいや」

「いいや？　それはどういう意味なんだ」

「警察はマーモットがあんたに圧力をかけていたことを知っている。でも、あんたが依頼人を見捨てたという証拠はつかんでいない。ジョアンナ・マッドのことも知らない」

「やつらが何をたくらんでいたのかは、わたしも知らなかった。知ったときには、吐き気をもよおしたよ」

「ジョアンナ・マッドも殺されるとわかったときには、吐き気をもよおしただろうね」

ブラウンは口をつぐんだ。

「あんたを窮地に追いこむための証拠は揃っているが、それとあんたに頼んだこととは別の話だ」

「別の話？」

「そうだ」

「どういうことか教えてくれ」

「マーモットは雑魚《ざこ》だ。ヴァレンスやプラットのまわりで、ちょこまかと動きまわっていたにすぎない。問題はマーモットのボスだ。あんたに名前を知られているってことがわかったら、それが運の尽きになり、クリシーは父親を失うことになる」

「脅しに屈するつもりはない」自信たっぷりの口調だが、自信などもとより皆無にちがいない。

「かならずマンを本署の待機房に行かせるように。そして、月曜の午前と午後に五名の面会の許可をとるように」

「面会人の名前は？」

わたしは五人の面会予定者の名前をあげた。そのなかにいくつか意外な名前があったらしく、その点について訊かれたが、答えはしなかった。

「頼んだことをやってくれるだけでいい。そうすれば、クリシーは従姉に会いにヨンカーズに行ったことになり、あんたは世界一の父親でいられる」


大きな鉄製のバスタブにつかったあと、縄ばしごで二階のオフィスにおりた。十一時間眠ったせいか、世界は軸から少しずれて動いているような気がした。通りを行き交う人々は、自分たちの頭の上でわたしが破天荒な策をめぐらしていることを知らない。獄中生活も、グラッドストーン・パーマーの裏切りも、警察バッジを失ったことも、もうそれほど気にならなくなっている。

『西部戦線異状なし』を手に取って、しばらくのあいだ一度も中断することなく読み進んでいたとき、オフィスのドアのブザーが鳴った。

このときのウィラは、わたしの好きな小説に出てくる魔性の女を彷彿《ほうふつ》とさせる青いドレスを着ていた。髪をアップにし、唇には紅が引かれている。そういえば、最初に会ったときにはメイクをしていなかった。

「ミスター・オリヴァー」

「今日はゴージャスだね」

「ありがとう」

「どうぞ、なかへ」

わたしはエイジアの机の後ろにすわり、ウィラはその向かいにすわった。それにしてもこの日はどうしてこんなにめかしこんでいるのか。獄中の恋人を助けてもらうため、わたしに気を使っているということか。

「今朝の新聞で、ミスター・ブラウンについての記事を読みました。娘さんが人質にされていたなんて夢にも思わなかった」

「彼が手を引いたのはそのせいだ」

「ブラウンから電話があって、月曜日の正午にマニーに会うようにと言われました」

「おれがそう言ったんだよ。ブラウンは弁護士というより、弁士だ」

わたしのジョークにウィラは微笑んだ。

「きみにはやってもらわなきゃならない大事なことがある」

「どういうことかしら」

「もう少ししたら、ある男がここに来て、きみにあるものを預けるから、それをマンに渡してほしいんだ。そのなかに、メモといっしょにひじょうに大事なものが入っている」

「どんなふうに大事なものなの？」

「それは答えられない。法律用語ではなんと言うんだっけ。そうそう。〝妥当な否認権〟ってやつだ。とにかく、きみはそれをマンに渡してくれたらいい」

「そういったものは徹底的に調べられます」

「おれの友人は禁制品をこっそり持ちこむエキスパートでね」

「刑務所に？」

わたしがうなずくと、ウィラの目にかすかな不安の色が宿った。

「彼を愛してるの。彼を傷つけたくないの」

そう言ったのはわたしが掻きたてた恐怖のせいにちがいない。わたしは微笑んだ。

「何がおかしいの？」

「マンは仲間のほとんどを殺され、自分自身もふたりの警官を殺して死刑囚監房に入れられている。弁護士には見放され、高等裁判所の判事たちは死刑は免れないと確信している。なのに、これ以上さらに傷つくっていうのかい」

「彼には妻子がいる」

「だから？」

「あなたが何をするつもりなのか話しておくべきなんじゃないかしら」

「きみにも誰にも話すつもりはない。でも、すべて筋書きどおりに進んだら、最終的にどうするかはマンが自分で決めることになる」

質問はまだまだ続きそうだったが、そのときブザーが鳴った。

ドアの覗き穴を見るまでもなかった。

そこにはメルが立っていた。淡黄色のスーツと、黒いシャツといういでたちだ。

どちらも何も言わなかった。なかに通すと、ウィラは立ちあがった。惹かれつつも、怯えているといった感じだ。メルは進化した虎がみずから設置した柵の向こうから覗いているようにウィラを見つめている。


それから、椅子を引き寄せてすわった。ウィラはいつものように少しためらってから椅子にすわった。

この数日間、わたしはいろいろな経験をしたが、このときほど自分の能力を試されていると思ったことはない。全神経を最大限まで研《と》ぎすまして感じとったものは、幾通りもの意味を持っているように思える。そのすべてを理解し、いまに活かさなければならないのだ。

「手短かにすませよう」わたしは言って、ウィラのほうを向いた。「ここにいる友人があるものをきみに渡す。それを弁護士との接見室に持っていってもらいたい。マンに渡して、友人から預かったと言うんだ。名前は伏せたままで。われわれのことは何も言っちゃいけない。性別も、どんなことを知っているかも、何を調べているのかも。きみはそれをマンに渡すだけでいい。そうすれば、あとはすべてマンが決める」

「メモにはどんなことが書いてあるの？」

「それは知らないほうがいい」メルが驚くほど優しい声で言った。「おたがいの身のためだ」

「死刑囚との面会は下着まで調べられるのよ」

メルはポケットに手を突っこみ、そこから小さな箱を取りだした。風のそよ吹く草原の絵に、〝ア・サマーズ・デイ〟という商品名がプリントされている。女性用のポピュラーな衛生用品――三本入りのタンポンだ。ウィラはそれを受けとった。

「封は切っていない。値札は底に貼りつけられたままになっている」

「でも、始まるのはまだ先で……」

「いや、もうそろそろ来るはずだ」メルはからかいたくてならないみたいだった。

「マンに渡すだけでいいんだ」わたしは言った。「なかにメモが入っている」

メルが付け加える。「見つからないように隠し持っておいて、房に戻ってからあけるようにと言うんだ。メモに書いてあるとおりにすれば、五十パーセントの確率で助かる可能性が出てくる」

「それって、どういう意味なの」ウィラはメルの冷たい目をまっすぐに見つめて言った。

「話したら、おまえさんを殺さなきゃならなくなる」

ウィラの鼻の穴が膨らんだ。もしかしたら、メルの言葉の裏に秘められた力によって性的な高ぶりを覚えたのかもしれない。

「わかったわ」ウィラはわたしに向かって言った。

「話はそれだけ？」

「それだけだ」

ウィラが帰ったあと、わたしは年代物のポートワインを取りだして、グラスに注いだ。

「言われたとおりにすると思うか」メルが訊いた。

「間違いない。愛しているんだ。ほかに選択肢はない」

「たしかに。それで、そこはどういう病院なんだ」

「トリーチャー・アドミッティングといって、ブロードウェイからメイデン・レーンを東に数ブロック入ったところにある」

「聞いたことがないな」

「広告を出してないんだ。ウォール街の金持ち御用達の病院で、警察とも誼《よしみ》を通じている。治療費をタダにしてやるかわりに、いろいろ便宜をはかってもらっているらしい」そこで一呼吸おき、それから訊いた。

「粉のほうは？」

「赤痢菌の一種だ。虫垂に炎症を起こすが、長続きはしない。でも、おれたちが目的を果たせるだけの時間はもつ」

「ケチをつけるつもりはないが、強盗から時計職人に転身した男が、どうしてそういったものを手に入れられるんだ」

「ムショにはいつもロシア人が大勢いる。連中は結束が強く、ギャングも多い。母国や東ヨーロッパとのつながりも深く、なかには諜報機関と関係を持つ者もいる。この種の薬物は昔のＫＧＢの研究施設から簡単に手に入れることができる」

「恐れいったよ。これが病院の見取り図だ。セキュリティはそんなに厳しくない。警察の庇護のもとにあるし、その存在自体、世間にはほとんど知られていないから。でも、そこには多くの警官がいる。できることなら、段取りはすべてあんたにまかせたい」

「まかせておけって」

　われわれはワインのグラスをあけ、もう二杯ずつおかわりをした。

36

日曜日の朝、わたしはどうしてこんなにいつまでも法を犯す者の側にいつづけられるのだろうと考えていた。考えているうちに、もう警察に未練はなくなっていることに気づいた。自分では優秀な警察官のつもりでいたが、そのせいで危うく命を失いかけた。

厳密にいうと、わたしは犯罪者ではない。けれども、融通がきくはずの法は、わたしが望んでいたほど、あるいはわたしが必要としていたほど曲がらなかった。

ネットのニュースによると、ウィリアム・ジェームズ・マーモットは拉致され、撃たれ、拷問を受け、自白の文書を服にピンどめされるに至った経緯について、あれやこれやの御託を並べたてていた——覆面をした男に殺すぞと脅され、言われたとおりのことを書いただけだとか。自分は被害者であり、なんの犯罪にもかかわっていないとか。そのマーモットは病院に収容されたが、夜の十二時すぎに警察の監視の目をかいくぐって、姿を消したらしい。

正午に、わたしはマンハッタン橋の下の古いが改装ずみのボクシングジムに行き、バーベルとサンドバッグで一時間ほど汗を流した。

オフィスに戻ると、留守番電話にメッセージが入っていた。

「ミスター・オリヴァー、わたしの名前はレジー・ティーグス。あなたと争っている者の非公式の代理人を務めています。今回のこの一件はできれば法制度の枠外で処理したいと考えています。まずはお電話をください。どこかでお会いし、依頼人との和解案を提示させていただきたい」

電話番号が残されていたが、追跡することはできないだろう。

メルに電話しようかと思ったが、なんでもかんでもメルに頼りすぎるのも気が引ける。用心のため一週間ほど返事をするのを待つというのも手だが、それもどうかと思う。ティーグスの提案は脅迫であり、時間稼ぎは許されないはずだ。

電話に出るなり、男は言った。「ミスター・オリヴァー」

その電話は、パーク・スロープまで歩いていって、行きつけの小さなレストランに入り、そこの公衆電話からかけたものだった。誰からの電話でもおかしくないのに、いきなりそう言ったということは、その番号を知っている者はわたししかいないということだろう。

「それで？　用件は？」

「お会いしてお話しできればと思いまして」

「密会のお誘いを受ける栄誉に浴するのは、今世紀になってはじめてのことだよ」

「場所はそちらで指定してもらってけっこうです」

「では、コロンバス・サークルのショッピングモール四階のワイン・バーで。三十分後に」

「了解です。わたしのことはすぐにわかると思います。ヘリンボーンのジャケットにオレンジ色の蝶ネクタイを締めている者はほかにいないでしょうから」

二十八分で、四階のオープンエアのワイン・バーに着いた。男はスニフターでコニャックを飲みながら、人間の姿をした異星人が宇宙の片隅にある別の惑星の風習を調査しているように周囲を見まわしていた。白人とばかり思っていたが、少し離れたところからでもそうでないとわかる。異様に細い身体。オリーブ色の肌に黒い目。

友人と待ちあわせているとウェイトレスに告げると、にっこり微笑んで通してくれた。わたしは歩いていったが、男のほうは気づいていない。写真は持たされていないということだろう。

「ミスター・ティーグス？」

細い身体と堅苦しい格好のせいで、背丈は自分より低いと思っていたが、椅子から立ちあがると、その黒い目はわたしを上から見おろしていた。

品定めをするような目だ。このときのわたしの格好は、青いスーツに、黒いキャンバス・シューズ。いざというときに走って逃げられるようにするためだ。奇妙に落ち着かない気分で、つい揉み手をしてしまそうになる。

ティーグスは白く小さい歯を見せて微笑んでいる。そして、手をさしだした。「ミスター・オリヴァー、よく来てくださいました」

握手を交わしたあと、わたしは小さな丸テーブルの向かいの席にすわった。

店の名前は知らない。客はそんなに多くない。われわれの席は壁際にあり、その向こうは吹き抜けになっていて、三階下のエントランスホールを見おろすことができる。このショッピングモールは、可処分所得を気にする必要のない富裕層をターゲットにしているので、国や世界の景気のいかんにかかわらず、そのなかに入っている店舗はつねに賑わっている。

ほかのテーブルはわれわれの席から少し離れたところにあるので、ティーグスは言葉を選ぶ必要も、声をひそめる必要もない。

「われわれはあなたを処分するという決定を下していました」まるでバラの茂みに糞をした仔犬のことを話しているような口ぶりだ。「それは当方の判断ミスであり、心から申しわけなく思っています」

これでわたしの第一の疑問は解けた。ティーグスを雇ったのは、わたしの警官時代、グラッドストーンを使ってわたしを罠にかけた者だ。

「それで、その件は結局のところどうなったんだ」

「軽率な判断を下した者の処分はすんでいます。その点はご心配いただかなくてもけっこうです」

「仲間がいたはずだ」

「ひとりは去り、もうひとりは消えました」

ティーグスは口のきき方を心得ている。言葉を濁しているようで、濁していない。

「責任を負っているのはコンヴァートだ。なのに、どうしてあんたが謝らなきゃならないんだ」と、わたしは言った。ティーグスのような微妙な言いまわしはできない。

「代理人を務めるということは、責任を取らなければならないということです。西洋文明はそのようなルールの上に成りたっています」

「つまり、あんたはすべてをまかされているってことか」

ティーグスはまた小さな歯を見せて笑った。「いいえ。わたしはただの仲介者であり、当事者間の利益の調整をさせていただくだけです」

「だったら、もっとまえにあんたみたいな者にご登板願えばよかったのに」

「申しあげたとおり、判断を誤ったんです」

「ずいぶん簡単に言うんだな。まるで足を踏んだとか、クリーム入りじゃなくてブラックコーヒーを持ってきたとかみたいな」

「いいですか、ミスター・オリヴァー。何人もの死人が出ているんです。わたしは償いをしにきたんです」

「償いというと？」

ティーグスはテーブルの下に手をのばし、鈍い淡黄色のピッグスキンのかばんを取りだした。

「四十五万ドル。足がつかない金です」

警官時代なら、即座に席を蹴っていただろう。わたしをお払い箱にした連中に忠義だてする気持ちが少しでも残っていたとしたら、言下にノーと答えていただろう。いまは道理をわきまえた市民として、否定の言葉が喉まで出てきたが、それ以上は先に行かずに、そこにとどまっている。

ティーグスはそれを見てとって言った。「結論を出すまえに、ミスター・オリヴァー、ひとつだけ言わせてください。あなたがこの申し出を断わったら、相手方は心証を大いに害することになると思います」

これだけの金があれば、エイジアを大学に行かせてやれる。明日の仕事にも、それなりの金がかかる。それは連中がスチュアート・ブラウンのような弁護士に見て見ぬふりをしてもらうための見かえりなのだ。

「あなたが大変な思いをされたのは間違いのないところです」ティーグスは核心を突いてきた。「ですが、われわれの先の誤りにもかかわらず、あなたはいまも生きています」

「そのかばんを受けとったら、あんたが代理をしている連中はおとなしく引きさがるんだな」

「夜が明けたときの闇のように」

「受けとらなかったら？」

「その場合の結果についてはコメントを差し控えます」

その夜、オフィスに戻ったときには、ピッグスキンのかばんと、これまで持ったことのない額の金を持っていた。家でチャーリー・パーカーとディジー・ガレスピーのセッションを聴いた。ヒューマニティという聖域からようやく解放された狂人のなせるわざとしか思えないような演奏だった。

それを何度も繰りかえして聴きながら、わたしは考えた――わたしが見つけだし、いくばくかの復讐を果たした者について。大小さまざまな政府機関が流布した嘘を下支えする真実について。それはわたしが金を受けとった理由でもある。

37

朝、エイジアから電話がかかってきた。フロリダから帰ってきたので、今日は学校へ行かずに、わたしといっしょにお昼を食べたいとのことだった。本当ならノーと言うべきところだろうが、誘いに応じ、学校に電話をして、娘を一日預からせてもらうことにした。

正午に、ふたりのお気にいりのピザ屋で待ちあわせた。リンカーン・センターの筋向かいにあり、極薄の生地のシンプルなピザを出す店だ。

開口一番エイジアは言った。「髪の毛、どうしたの」

「陸上競技を始めようかと思ってね。髪がないと、空気抵抗が減る」

この冗談は受けなかった。

「だいじょうぶなの、パパ」

返事のかわりにハグとキスをし、それから窓際の席についた。

「一応」

「どうして一応なの？」

「ひとついいことを教えてやろう。真実は尻を蹴る」

エイジアはくすっと笑い、ウェイトレスが注文を取りにきた。

ウェイトレスが立ち去ると、エイジアは訊いた。

「真実に蹴られたってこと？」

「そうだ」

「わたしにできることある？」

「パパはおまえの服装によく文句をつけるだろ」

「だから？」

「そういうときは、とにかく話を聞き、その上でやりたいようにすればいい」

「いつもそうしてるよ」

「わかってる」

「でも、パパは大体いつも正しいことを言ってる」

エイジアの顔には心配そうな表情が浮かんでいる。そのせいで、大人びて見える。わたしの目には、より美しく見える。

「向こうへ行ってたとき、パパのこと心配で心配でならなかった。夜もほとんど眠れなかったくらい。それで、夜中に目が覚めたら、ママが隣の部屋のソファーにすわってた」

「スイートに泊まっていたのか」

「コールマンがそうしようと言ったのよ、みんないっしょにいられるように。ずいぶん怖がってたみたい」

「それで、ママがどうしたって？」

「パパのことが心配だとわたしが言ったら、ママもそうだと言った」

「本当に？」

「そう。それで、なんて言ったと思う」

「想像もつかないな」

「十数年前、警察のひとにビデオテープを見せられたときに、パパを見捨てたのは間違いだったかもしれないって」

「おまえにその話をしたのか」

「パパが誰かといっしょにいるのを見たってことだけ。でも、パパがいいひとだってことはよくわかってると言ってたよ。あのときは腹の虫がおさまらなかったので、まるで何かに衝き動かされたみたいにパパを裏切ってしまったって。いまも怒りはおさまってないけど、あのときはもう少し冷静になってパパを助けるべきだったと思ってるって。そうしていたら、パパは自分の力で苦境を脱していたにちがいないし、いまみたいなトラブルに巻きこまれるようなこともなかったはずだって。わたしはそのことをパパに話すべきだと言ったんだけど、ママはそんなことはできないって言うの。

いまはコールマンの妻だからって。夫以外の男性にそんなことを言うのはおかしいって」

「なるほど。でも、だったら、おまえはどうしてこんな話をここでしているんだ」

「パパに知られたくないことなら、ママはかならずそう言う。今回は言わなかったから、パパに知ってほしいんだって思ったのよ」

　ウェイトレスがピザとサラダを持ってきたので少し考える時間ができた。

　縁が欠けた青い名札にはメアリアンと記されている。そのウェイトレスが立ち去ると、エイジアは言った。

「それで？」

「それでなんだい」

「仲直りしようってママに言う？」

　ここに来た目的はこんなことを話すためではない。わたしはジャケットの内ポケットに手を入れて、茶色い小さな袋を取りだした。丈夫なビニール製で、封をしてある。それを世界でいちばん大事な人間に渡した。

「なんなの、これ」

「パパが大怪我をしたり、大きなトラブルに巻きこまれるようなことがあったら、封を切って、そこに書いてある指示に従ってくれ。それまでは、ママにもコールマンにも見つからないよう、どこか安全な場所にしまっておくように」

「まかせといて。でも、なんて書いてあるの」

「それを知ることはおそらく永遠にないはずだ」

　先の和解金のうちの三十万ドルは貸し金庫室に保管し、わたしとエイジアだけが持ちだせるようにするつもりでいる。だが、ここでその話をするつもりはない。

　エイジアは袋をバッグにしまいながら訊いた。「ママとのことはどうなの」

「おまえは本当にパパとママにまたひとつ屋根の下で暮らしてほしいと思うのか。何年にもわたって、いがみあってきたあとで」

エイジアはしばらく考えたあと、目を大きく開いて、にこっと微笑んだ。

「わたしの言ったことは忘れてちょうだい」

38

世間にほとんど知られていない病院から四ブロック離れたところにあるクラウンズ・カーニバルというレストランで、メルと落ちあった。時間は夜の八時少し過ぎ。どこかで防犯カメラがまわっているかもしれないので、わたしは付けひげで変装していた。

メルは黒ずくめだった。わたしも同じ黒装束で、その上から暗褐色の分厚いコートを着ていた。

挨拶をし、コーヒーを頼んだあと、メルは言った。

「あの見取り図は少しまえのものだった」

「本当に？　どうしてわかったんだ」

「建築許可証を見たんだよ。市のウェブサイトに全部出ている。あんたが言ったとおり、警察とは持ちつ持たれつの関係だが、べつに何かを隠そうとしているわけじゃない。正面玄関の警備は厳重で、そこから侵入することはできない。裏にまわるしかない」

「あの建物に裏口はない。裏側はカーショー・アンド・アソシエイツの建物と接している」

「たしかに。でも、六階から上には、建物と建物のあいだに二フィートほどの隙間がある。そして、病院のなかで唯一最新式のセキュリティ・システムが導入されているのが九階部分だ。その階に病室はひとつしかない。おれたちは隣の建物からそこにいつでも忍びこめるようにし、やつが運びこまれるまで近くで待機する。脱出方法は、警官がどこに配置されているかわかった時点で決めればいい。最後にひとつ、武器を使うつもりはあるかどうか確認しておきたい」

「警官を殺すということか」

メルはうなずきもしなかった。

「いいや。誰も殺しはしない」

「よかろう。それならそのようにする。いざというときには殺したほうがずっと手っとり早いが、仕方がない」

カーショー・アンド・アソシエイツの建物には通用口がある。この数日間、メルは何度かそこへ行って、誰にも怪しまれずになかに入れるよう策を練り、ドアの錠を細工してくれていた。そこに防犯カメラが設置されていないことも確認ずみだった。

われわれはその建物のなかに入って、八階へあがり、マイヤー・マイヤー・アンド・ゴールドファーブというオフィスのドアの鍵をバールでこじあけた。机や壁を見てもなんの会社かわからなかったが、そんなことはどうでもいい。この建物の八階はトリーチャー・アドミッティング病院の八階と九階のあいだに位置している。

わたしはショルダーバッグにコソ泥の七つ道具を入

れて持ってきていた。二本のバールを使って、ふたつの建物のあいだの狭い空間に面した窓を取りはずす。そして、そこから病院の壁にパイプ椅子を立てかける。その椅子を伝って上にあがり、病院の窓の錠を壊してなかに入る。壊した錠のあとは、メルが丁寧に補修したので、近くで目をこらさないとわからないくらいになった。

嚙んで柔らかくしたガムでベッドの下に小型の送信機を貼りつけ、それからマイヤー・マイヤー・アンド・ゴールドファーブのオフィスに引きかえす。

あとは待つだけだ。

病室の音声は小型スピーカーで聞けるようになっている。病室で何かが起きたら、すぐにわかる。

それから三時間、われわれは暗闇と静寂のなかで待った。

計画はいたってシンプルだ。タンポンにはメモが隠されている。そこには、Ａ・フリー・マンに宛てて、ネットで拾ったブロック体の文字でこう書かれている。自由の身になりたければ、同封した小さなセロファン袋に入っている粉を、午後十一時から午前二時のあいだに飲め。そうすれば、腹が痛くなり、高熱が出る。症状が現われたら、すぐに警備員を呼べ。あとは何もしなくていい。

そして、われわれは待った。その間、どちらも一言も話さなかったと思う。

何も話しはしなかったが、わたしの心のなかには、興奮と不安、そしていくばくかの後ろめたさがあった。

わたしはナタリ・マルコムと名乗る女性と性行為に及んだが、何かを無理強いしたわけでも、レイプしたわけでもない。Ａ・フリー・マンはふたりの警察官を撃ち殺したが、それは彼らが誓約にそむく悪事を働き、マンを殺そうとしたからだ。どちらも本物の犯罪者によって濡れ衣を着せられただけで、実際はなんの罪も犯していない。警察からも裁判所からも何も期待できないとすれば、みずからの手で法の正義を実現するしかないではないか。

そういう思いに一抹の不安はある。それはこれまで一度も経験したことのないことであり、これまでずっと間違っていると思ってきたことだ。そして、それは実際に間違ったことだ。わたしは悪魔の友人と組んで、正真正銘の脱獄の手引きをしようとしているのだ。わたしのような過去を持つ者にとっては、考えうる最悪のことと言ってもいい。

全身がぞわぞわする。呪われているような気がする。だがそれでも、これはわたしに残されたただひとつの途《みち》なのだ。

わたしとメルのあいだにある机の上の小型スピーカーから、女の声が聞こえた。「ここに連れてきて！」

午前一時五十七分。

リノリウムの床をゴムの車輪が転がる音と、金属のフレームがきしむ音、そしてときどき何かが何かにぶつかる音。

女の声。「ベッドに寝かせて」

男の声。「身体を持ちあげろ！」

音はよく聞こえないが、おそらくストレッチャーからベッドへ身体を移しているのだろう。

女の声。「拘束具は必要ない。熱が四十度もあるのよ」

「いいですか。こいつは警官殺しで有罪判決を受けた男なんですよ。個人的には監房でくたばっちまえばいいと思ってるくらいです。いくら病院とはいっても、ベッドにつなぐくらいのことはしなきゃなりません」

さらに物音と会話。われわれは気を引きしめた。もはや正しいか間違っているかを問題にしている場合ではない。行動を起こす時間だ。

「虫垂炎の症状だけど、もしかしたらちがうかもしれない」先の女性が言った。

　別の男の声。「拘置所に戻しましょうか」

「いいえ。少なくとも二十四時間は様子を見なきゃ。伝染病の疑いもある。隔離しないと、拘置所全体に病気が広がるかもしれない」

「われわれにもうつる可能性があるってことですか」

「さあ、どうかしら。とにかく様子を見なきゃ」

最初の男の声。「アーカディ」

「なんでしょう」

「部屋の外で見張ってろ、寝るんじゃないぞ」

「病気がうつったらどうするんです、部長刑事」

「そのために神は医療保険ってものを考えだしたんだ」

　女医と警官の話はもう少し続いた。しばらくして、ほとんどの警官が帰っていった。それから二、三十分のあいだ、誰か、おそらくは女医が室内を歩く音が聞こえていた。三十四分後に、静寂が訪れた。

　メルが静かにパイプ椅子の上にあがり、病室の窓を覗きこんだ。それから、窓をあけて、なかに入った。わたしもできるだけ音を立てないようにあとに続き、同じようになかに入る。

　手袋はカーショー・アンド・アソシエイツの建物に入ったときからつけていた。病院に最初に忍びこんだときからは、黒い目出し帽をかぶっていた。

　A・フリー・マンはやつれ、無意識状態で、病院のベッドにつながれていた。ドレッドヘアが乱れ、一部は唇にかかっている。

　わたしは持ってきていたボルトカッターを使って、ベッドのフレームにつながれた拘束具を切断した。そのあいだに、メルは太いロープでマンを隣の建物に移すためのハーネスをつくった。そして、わたしがマンの上体を起こすと、その左肩にわかづくりのハーネスを装着した。

そのとき、ドアがいきなり開いて、光が部屋にさしこんだ。

一瞬、時がとまった。ひとりで病室の見張りの任についていた警官が、ドアをあけて、明かりのスイッチをつけたのだ。室内の物音を聞きつけて、マンが手錠をはずそうとしていると思ったのだろう。拳銃は抜いていなかった。われわれの姿を見ると、あわてて拳銃に手をのばした。

メルのほうが速かった。右に身を躍らせて、五発撃った。撃つたびにポンという柔らかい音がし、警官は両足と両腕を撃たれてよろめいた。メルはそこに突進し、銃身で額の真ん中を殴った。

大きな身体が牛のように床に倒れると、メルはすばやく手錠を奪いとって、それを拘束具に使った。ちょっとやりすぎではないかとわたしは思ったが、よく見ると、警官は一滴の血も流していない。

メルはわたしの視線に気づいて言った。「ゴム弾だよ」

そして、腰につけていたポーチから金属製の注射器を取りだした。なかには催眠薬が入っているにちがいない。

メルが注射をしているあいだに、わたしは廊下に出て、車椅子を見つけだした。

それを持って病室に戻ると、メルは訊いた。「何をするつもりだ」

「見張りはいない。エレベーターを使う」

「監視カメラにひっかかったら？」

「ここはＶＩＰ御用達の病院だ。ＶＩＰを監視するようなことはしていないはずだ」

メルは微笑み、わたしは誇らしい気持ちになった。

「おれは隣のビルに戻って、置いてきた荷物を持っていく」メルは言った。「あんたは付けひげで変装しているので、マスクは必要ない。外に出たら、西に進み、ブロードウェイのほうへ向かってくれ。おれは車であんたたちを拾いにいく」

悪い策ではなかったが、エレベーターを待っているときも、乗っているときも、袋のネズミのような気分だった。最下階の搬入口に着いたときでさえ、心拍はいつもの三倍くらい速かった。メルから拳銃を渡されていたが、そんなものはなんの慰めにもならなかった。もし捕まったら、残りの人生は監獄で過ごさなければならなくなる。にもかかわらず、わたしの胸はこれまでにない、そしておそらくこの先もない、大きな高揚感に満たされていた。

車椅子を押して脇道の歩道に出る。病院のセキュリティは怪しい者を入れないようにするためのものであり、そこから出ていく者のことは眼中にない。

われわれが病室に忍びこんだとき、マンはすでに鎮静状態にあったが、メルはさらに追加の鎮静剤を与えていた。

「注射器を二本持ってきたのか」と、わたしは訊いた。

「実弾を装塡した拳銃も持ってきている。あんたがバールを持ってきたのと同じだよ。しなきゃならないことをするためだ」

マンの身体を車椅子にストラップで固定したあと、わたしはその顔を長いドレッドヘアごしに見つめた。わたしと同じ濃い褐色の肌。急進的な歴史学者のように見えるハンサムな横顔。

外は寒く、それは吐く息の白さでもわかった。だが、寒さは感じない。通りの先に、パトカーの赤と青の警光灯が見えた。ブロードウェイとメイデン・レーンの交差点を通りすぎていく。

「おーい」メルの声が聞こえた。

わたしのすぐ後ろの歩道わきにヴァンがとまった。車体の色はグリーンで、側面に〝ホバート・アンド・サンズ建設〟と記されている。

車椅子を歩道に置いて、マンの力の抜けた身体をヴァンの床のマットレスの上に横たえる。

その横にわたしが腰をおろすと、メルは車を出した。

ホランド・トンネルを通ってジャージー・シティに入り、九十五号線から七十八号線に抜け、ニューアーク国際空港を通過し、エリザベスから二十マイルほど走ったところに、民間の飛行場があった。そこに着くまでのほとんどの時間を、わたしはマンの身体が揺れないようにするのに費やしていた。

わたしの胸は高ぶっていた。やったと思った。達成感は大きかった。わたしにとって、それは娘が生まれたことの次にもっとも意味のあることだった。

滑走路のゲートは簡単に通り抜けることができた。警備員は背が低くて、顔の大きい白人の男だった。

「名前は？」と、車を運転していたメルに訊いた。

「ランスマン」と、メルは答えた。それは祖母のボーイフレンドであり大富豪である男とのあいだで取り決めてあったコードネームだ。

「パイロットが待っています」

パイロットは背が高く、目鼻立ちの整ったヒスパニックで、ジャックと呼んでくれと言った。三人でマンを小型ジェットの機内に運びこみ、その身体を座席にシートベルトで固定した。

わたしは意識のない状態のA・フリー・マンとしか接触していない。つまり、わたしは夢か幻のようなものだ。それは彼の人生を変えるが、記憶には何も残っていない。

ジャックが操縦席で離陸の準備をしているあいだに、メルは言った。「おれとジャックは旧知の間柄だ。いっしょにパナマ・シティへ行って、マンの身のまわりの世話をしてやる」

「おれもいっしょに行ったほうがいいだろうか」

「あんたは多くの者にマンのことを話して歩いている。ちがうかい」

「ああ」

「だったら、誰かがそのことを不審に思うかもしれない。そのときのために、あんたはここで普通に暮らしていたほうがいい。それに、おれのヴァンをここに置いていくわけにもいかない。おれたちがこの車に乗って走り去るところを見た者がいて、そこから足がつかないともかぎらないからな。心配するな、ジョー。あんたをはめるために、わざわざこんなことをしたりしないさ」

たしかにそのとおりだ。だが、まだやることは残っている。

「さっきのオフィスからダッフルバッグを持ってきてくれと頼んでおいたはずだが」

「ああ」メルはヴァンの荷室をあさって、ダッフルバッグを取りだした。

わたしはそのなかから革のかばんを引っぱりだした。ティーグスから受けとったものだ。

「十五万ドル入ってる。二万五千ドルはあんたの取り分だ。パイロットに支払いをすませたら、残りはマンに渡してくれ」

メルはそれを受けとり、そして微笑んだ。

「わかっているな、ジョー。マンのような男はおれたちの側の人間だ。あんたはその反対側にいて、正しいことをする人間だ」

「早く行ったほうがいい。あんたとキスをしたい気分になってきた」

わたしは地下の無人駐車場の長期貸し用の区画にヴァンをとめた。防犯カメラがなければいいのだが、あったとしても、帽子と付けひげで変装している。駐車場を出ると、ニューアークから列車でマンハッタンに戻り、夜の十時以降は各駅停車になるA系統の地下鉄でブルックリンのハイ・ストリート駅に向かった。

39

昼前にベッドに入り、トイレに起きることもなく十九時間眠った。

翌朝早く、昨日の大胆な脱獄事件についての記事すべてに目を通した。スチュアート・ブラウンは依頼人のために七名の面会の申請をしていた。マンの内縁の妻、三人の医師、そしてもちろんウィラ・ポートマン。さらにはスチュアート自身と、祈りのために呼んだカトリックの司祭。全員が事情聴取を受けたが、何も出てこなかった。運がよければ、捜査は何十年たっても終わらないだろう。ウィラがわれわれから受けとった箱のことを話したとしても、なかに何が入っていたかを知るすべはない。マンには、同封した粉を飲んだらメモもセロファンの袋も処分するようにという指示を与えてあった。

多少は不安になるかと思っていたが、その日の朝は喜びしか感じなかった。

翌日から、エイジアが仕事に復帰した。彼女は何があったかわかっているとだけ言った。そのことについて話しあう必要はなかった。

金曜日にメルがオフィスにやってきて、わたしに小さなメモリーチップを渡した。

「受けとった金は渡しておいた。連れあいへのメッセージを預かっている。念のために再生して見てみた。本人にとっても、おれたちにとっても、まずいことは何も言っていない」そして、ポケットから紙切れを取りだした。「やつの義理の母親の住所だ。〝ハニー・ママとリトル・シュガーへ〟というメッセージをプリントアウトして送ったら、間違いなく本人に届くと言っていた」

その日の夕方、部屋のブザーが鳴った。

わたしはインターホンに向かって言った。「どちらさん？」

「グラッドストーン」

わたしは一瞬ためらったが、話さなければならないことが元友人にあるとしたら、それを聞いてやらない道理はない。

われわれはテーブルを囲み、グラッドが持ってきたアイリッシュ・ウィスキーを飲んだ。

少し世間話をしてから、グラッドは言った。「連中とのあいだで話がまとまったらしいな」

「一応」

「ティーグスって男が出向いてきたんだな」

「あんたはここへ何をしにきたんだい、グラッド」

「おれに裏切られたと思ってるんだろ、ジョー。気持ちはわかる。でも、おれとしちゃ、あんたの命を救ったつもりなんだ。やつらのやっていることをやめさせることはできなかった。それで、あんたを金で釣ろうと説得したんだが、そんな危険な真似はできないと言って拒否された」

「正しい判断だったかもしれない。当時のおれは肩肘を張っていたから」

「いまはちがうのかい」

わたしは深く息を吸って友人を見つめた。

「もういいんだ、グラッド。いまならわかる。当時はわかってなかった。ルールを知ってるつもりだった。でも、いまならわかる。ルールはすべてをカバーしているわけじゃない」

つねに笑みを絶やさない友人の眉間に皺が寄った。

「ポーカー・ゲームに参加する気はまだあるか」

「もちろん。これまでの経緯を考えたら、あんたに少しは勝たせてやってもいい。なんといっても、あんたはおれの命を救ってくれたんだから」

深夜、コンピューターにリーダーを接続して、メモリーチップを読みこんだ。画面に表示されたアイコンをクリックすると、A・フリー・マンの映像が現われた。ゆったりした黄色のシャツ姿。ドレッドヘアは後ろで結わえて、頭の上にあげている。その笑みは、顔から離れて、頭の上を飛びまわりたそうにしている。

〝やあ、ハニー。寝たときは死刑囚だったのに、起きたら自由の身になっていた。いまはまぶしい太陽の下にいる。誰よりも何よりも幸せな気分だ。いまどこにいるのかも、どうやってここに来たのかも言えないが、きみとリトル・シュガーには知っておいてほしい。きみたちを愛してることを。いまは無理だが、できるだけ早くいっしょに暮らせるようにするつもりだ。また連絡するから、わたしを信じて待っていてほしい。

やあ、リトル・シュガー。そこにいることはわかっている。おまえを愛してるよ。パパはどんな悪いこともしていない。誰に何を言われても気にするな。真実はおまえが知っている〟

わたしもマンといっしょに自由の身になったような気がした。胸のうずきと痛みを感じはするが、同時に、神が一瞬現われて、手をさしのべてくれたような感じもしている。

訳者あとがき

一九九一年、『ブルー・ドレスの女』（早川書房）でアメリカ私立探偵作家クラブ賞と英国推理作家協会賞をダブル受賞し、鮮烈なデビューを果たした作家が、二十八年の歳月を経て、二〇一九年、本書『流れは、いつか海へと』でアメリカ探偵作家クラブ賞最優秀長篇賞を受賞し、ふたたびアメリカの推理小説界をざわつかせることになった。

『ブルー・ドレスの女』の主人公は、残業を拒否して解雇され、マイホームのローンを払えなくなった冴えない元機械工であったが、ヘタレ度では本書の主人公も負けていない。いとも簡単にハニー・トラップにひっかかってレイプ犯扱いされ、妻に見捨てられ、警察を馘《くび》になった情けない男だ。舞台は一九四八年のロサンゼルスから、本作では現代のニューヨークに移っている。

主人公の名前はジョー・キング・オリヴァー。父親が蔑称になりにくいと思ってつけたとも、ルイ・アームストロングの師として知られるコルネット奏者にちなんでつけたともいわれている。黒人。十数年前まではニューヨーク市警の刑事として鳴らしていたが、いまは細々と私立探偵業を営んでいる。

キャリアもプライドも失い、失意と傷心のうちに漫然と日を重ねているだけの暮らし。そんななかで、ただひとつの慰めであり、希望であり、生きがいが、一人娘のエイジア＝デニスだ。まだ高校生だが、アシスタントとして、学校がひけてからオフィスに来て、父親の仕事を手伝っている。
オフィスはブルックリンのモンタギュー通り（シャーロック・ホームズが私立探偵業を開始した通りの名前でもある）にある。いつものようにそこの窓から通りをぼんやり眺めながら、十数年前の苦々しい出来事のことを考えていたとき、ひとりの女性から手紙が届き、その直後に別のもうひとりの女性から仕事の依頼があった。

手紙の差出人は、十数年前にハニー・トラップを仕掛け、その後消息を絶っていた女性だった。仕事の依頼人は、人権派の弁護士事務所に勤務する若い女性で、警官を殺して死刑を宣告された黒人男性の無実を証明してもらいたいとのことだった。その男はA・フリー・マンと名乗る、地域の急進的な活動家で、依頼人は面会を重ねるうちに心を寄せるようになったらしい。

このふたつの事案に、直接的なつながりはないが、共通点はある。どちらも裏に卑劣な陰謀が張りめぐらされているように思えることだ。行く手には権力という大きな壁が立ちふさがっている。身の破滅を覚悟して前へ突き進むのか、これまでどおり世を倦《う》み、自分の殻に閉じこもりつづけるのか。

敵は圧倒的に強い。だが、味方になってくれる者も、少ないが、いる。公私にわたって世話を焼き、面倒を見てくれる親友の刑事、グラッドストーン。いつでも無償で性的サービスを提供してくれる元娼婦。悪魔を意味する名前を持つ凶悪犯で、いまは時計職人のメルカルト・フロスト。九十歳を超えても矍鑠《かくしゃく》とし、乙女のような恋をする祖母。世界中に銀山を持ち、功なり名とげてもなお山師かたぎが抜けない大富豪……
主人公が調査の過程で出くわす者はめまいがするほど多い。巨大都市ニューヨークの片隅でうごめく、いかがわしさ満載の男や女。そして、法の両側で跋扈《ばっこ》する有象無象《うぞうむぞう》の悪党ども……数多くの登場人物、盛りだくさんなサブプロットやエピソード。そして、ノワールの色濃い、だがどこかオプティミスティックなストーリー。

道を踏みはずし、陋巷《ろうこう》に朽ちかけていた中年男は、起死回生の勝負に打ってでる。元警察官としてのプライドをかけ、失われた名誉を取りもどすために。

みずからの人生を破滅に導いた罠と、A・フリー・マンの冤罪事件。そのふたつをメイン・テーマとするストーリーは、河がいくつもの細《ささ》流れを集めて海に向かうように、大勢のひとの怒りや悲しみを呑みこみながら、最初はゆっくり、次第に速度をあげながら、大方の読者の予想を裏切るであろう結末に向けて進んでいく。

流れは、いつか海へ。

原題は“Down the River Unto the Sea”。直訳すれば、〝河を下って海へ〟だが、これと似たような言葉に“Sell Down the River”というのがある。裏切る、見捨てる、欺くといった意味の成句だ。昔、ミシシッピ上流域の農場主が、下流のニューオーリンズにはもっと楽な仕事があると偽って、不要になった奴隷を売りとばしていたことが語源らしい。もうひとつは、“Across the River and into the Trees”。これは南北戦争の南軍司令官ロバート・リー将軍が戦闘のさなかにしばしば口にしたとされる言葉で、全力を尽くして目前の困難を乗り越えると、そのあとには川岸に木立の陰の安息が待っているという思いを表白したものだという。なお、ヘミングウェイの作品にも同タイトルの小説(『河を渡って木立の中へ』)がある。

次に本書の献辞にも触れておこう。そこには三つのファーストネームが掲げられている。マルコムとメドガーとマーティン――おそらくだが、それはマルコムX、メドガー・エヴァース、マーティン・ルーサー・キングの三人と思われる。いずれも人種差別と闘い、公民権運動を指導し、三十代の終わり、志なかばにして凶弾に斃《たお》れたブラザーたちだ。

作家がその闘いに支持と共感を表明する人物はもうひとりいる。作中のA・フリー・マンのモデルになった人物だ。これは作家本人も認めているところで、名前はムミア・アブ=ジャマールという。かつてブラックパンサーの活動家だったジャーナリストで、一九八一年、警察官を殺害したとして逮捕され、死刑判決を受けた。しかしながら、その根拠となった証言や証拠はでっちあげられたものである可能性が高く、裁判も露骨に人種差別的で杜撰《ずさん》きわまりないものだった。そのために抗議運動が全米各地で展開され、おかげで死刑はなんとか破棄されるに至ったが、有罪判決自体は維持されたため、身柄はいまなお獄中にある。

もちろん、権力に反旗をひるがえして、不当に投獄されたり、殺害されたりした者は、ほかにも大勢いる。丸腰の一般市民が、黒人というだけで、警察から難癖をつけられたり、暴行を受けたり、撃ち殺されたりする例もあとを絶たない。

本書の主人公ジョー・キング・オリヴァーは、白人の客しかいない場末のバーで、彼らの敵意に満ちた視線を背中に感じながら、ひとりごちる――アメリカは変わりつつある。強風のなかを進むカタツムリの速度で。だが、その軟体動物が目的地にたどり着くまでは、ポケットに四五口径を忍ばせ、たえずあらゆる方向に目を配っていなければならない。

そして、彼は強風のなかを突き進む。高い壁に向かって。不正に膝を屈さず、失われたみずからの尊厳を回復するために。たとえその行く手にどのような困難が待ちかまえていようと。敵がどんな大きな力を有していようと。

最後に著者ウォルター・モズリイについて一言。

一九五二年一月生まれ。母はユダヤ系のロシア移民、父はアフリカ系アメリカ人。生誕地はロサンゼルス、黒人が住民の九十九パーセントを占めるワッツ地区。

そのワッツ地区で、人種差別への怒りから大暴動が発生したのは、一九六五年の暑い夏の日のことだ。同地区のメインストリートに数千とも数万ともいわれる黒人たちが集まり、白人の車を襲い、商店を略奪し、鎮圧に乗りだした警官隊と激しく衝突。最終的に死者三十四名、負傷者千三十二名、逮捕者約四千名を出した。

当時、モズリイは十二歳。暴動の現場をもっとも荒れた地域で目撃している。

そして、後年（二〇一五年）、インタビューに答えてその事件のことを次のように語っている。

「人々は五百年の抑圧に耐えられなくなっていた。そこに暴動が起きた。それは五日間でアメリカを根本から変えた。まったく驚くべきことだ……たしかにコミュニティは傷ついた。だが、焼きうちにあった店はすべて白人が所有していたものだ。彼らはアメリカ全土に大きな変化をもたらす道を切り開いた。そのとき失われたものがなんであれ、われわれはもっと多くのものを得たと信じている」

そして激動の六〇年代後半。ワッツの衝撃は全国に広まり、公民権運動やヴェトナム反戦運動の高まりとなり、闘いの舞台にブラックパンサーを登場させ、同時にアメリカの既存の価値観を根底から覆すカウンター・カルチャーを花開かせた。ヒッピー、ドラッグ、セックス革命、ウッドストック、その黒人版であるワッツタックス……

若き日のモズリイも髪を長くのばし、カリフォルニアのサンタクルーズで時代の空気を胸いっぱいに吸い、ヨーロッパをさまよい歩いていたという。

その後、ヴァーモント州のゴダード大学教養学部に入学、ジョンストン州立大学で政治学の博士号を取得。

一九八一年にはニューヨークへ居を移し、モービル・オイルで働きながら、ハーレムのシティ・カレッジでライティング・コースを受講。そのとき、そこで講師をしていたアイルランドの小説家エドナ・オブライエンから、〝あなたは黒人で、ユダヤ人で、貧しい家庭で育った。それはあなたの財産なのよ〟というエールを送られたという。

小説を書きはじめたのは三十四歳のときで、それから三十数年、ほぼ毎日書きつづけ、現在までにミステリやSF、ヤングアダルト、ノンフィクションなど多岐にわたるジャンルで四十以上の著作がある。

二〇一九年十一月

HAYAKAWA POCKET MYSTERY BOOKS No. 1950

田《た》村《むら》義《よし》進《のぶ》

1950年生，英米文学翻訳家
訳書
『カルカッタの殺人』アビール・ムカジー
『帰郷戦線―爆走―』ニコラス・ペトリ
『窓際のスパイ』『死んだライオン』『放たれた虎』
ミック・ヘロン
『ゴルフ場殺人事件』アガサ・クリスティー
『エニグマ奇襲指令』マイケル・バー＝ゾウハー
（以上早川書房刊）他多数

この本の型は，縦18.4センチ，横10.6センチのポケット・ブック判です．

〔流《なが》れは、いつか海《うみ》へと〕

2019年12月10日印刷　　2019年12月15日発行

著　者　ウォルター・モズリイ
訳　者　田　村　義　進
発行者　早　川　　浩
印刷所　星野精版印刷株式会社
表紙印刷　株式会社文化カラー印刷
製本所　株式会社川島製本所

発行所　株式会社　早　川　書　房
東京都千代田区神田多町２－２
電話　03-3252-3111
振替　00160-3-47799
https://www.hayakawa-online.co.jp

（乱丁・落丁本は小社制作部宛お送り下さい
送料小社負担にてお取りかえいたします）

ISBN978-4-15-001950-1 C0297
JASRAC 出 1912808-901
Printed and bound in Japan

ハヤカワ・ミステリ〈話題作〉

1943 **パリ警視庁迷宮捜査班**
ソフィー・エナフ
山本知子・川口明百美訳
停職明けの警視正が率いることになったのは曲者だらけの捜査班⁉ フランスの『特捜部Q』と名高い人気警察小説シリーズ、開幕！

1944 **死者の国**
ジャン＝クリストフ・グランジェ
高野 優監訳・伊禮規与美訳
パリで起こった連続猟奇殺人事件を追う警視が執念の捜査の末辿り着く衝撃の真相とは。フレンチ・サスペンスの巨匠による傑作長篇

1945 **カルカッタの殺人**
アビール・ムカジー
田村義進訳
一九一九年の英国領インドで起きた惨殺事件に英国人警部とインド人部長刑事が挑む。英国推理作家協会賞ヒストリカル・ダガー受賞

1946 **名探偵の密室**
クリス・マクジョージ
不二淑子訳
ホテルの一室に閉じ込められた探偵に課せられたのは、周囲の五人の中から三時間以内に殺人犯を見つけること！ 英国発新本格登場

1947 **サイコセラピスト**
アレックス・マイクリーディーズ
坂本あおい訳
夫を殺したのち沈黙した画家の口を開かせるため、担当のセラピストは策を練るが……。ツイストと驚きの連続に圧倒されるミステリ